父亲的雪山，母亲的河

党益民 著

陕西新华出版传媒集团
太白文艺出版社

图书在版编目（CIP）数据

父亲的雪山，母亲的河／党益民著 . —新 1 版 . —西安：太白文艺出版社，2020.3
ISBN 978-7-5513-1808-2

Ⅰ.①父… Ⅱ.①党… Ⅲ.①长篇小说—中国—当代 Ⅳ.①I247.5

中国版本图书馆 CIP 数据核字（2019）第 301283 号

父亲的雪山，母亲的河
FUQIN DE XUESHAN, MUQIN DE HE

作　　者	党益民
责任编辑	申亚妮　蒋成龙
整体设计	王　航
出版发行	陕西新华出版传媒集团 太白文艺出版社
经　　销	新华书店
印　　刷	陕西金德佳印务有限公司
开　　本	787mm×1092mm　1/16
字　　数	220 千字
印　　张	15.75
版　　次	2020 年 3 月第 1 版
印　　次	2020 年 3 月第 1 次印刷
书　　号	ISBN 978-7-5513-1808-2
定　　价	49.80 元

版权所有　翻印必究
如有印装质量问题，可寄出版社印制部调换
联系电话：029-81206800
出版社地址：西安市曲江新区登高路 1388 号（邮编：710061）
营销中心电话：029-87277748　029-87217872

父亲的雪山，母亲的河

目录

卷一	江河	1
卷二	江雪	45
卷三	江果	93
卷四	江雪	123
卷五	江河	147
卷六	江果	189
卷七	江河	217

卷一 江河

父亲的雪山，母亲的河

一

父亲身上有三个枪眼，一个是马步芳的骑兵留下的，一个是藏族头人留下的，还有一个是我留下的。

父亲去世的前一年秋天，我回了一次河源。说是去看他，其实是想把他从阿尼玛卿雪山下的那个巴掌大的小县城接到北京，让他享几天清福。父亲一辈子没有离开过那里，也该过几天好日子了。可是他不愿意。他比从前更加固执。他说他的好日子就在雪山下，就在埋葬母亲的地方。他说他要陪伴母亲，还有牺牲的战友。

那天，我们坐在雪山下的草地上，整整聊了一下午。母亲的坟茔就在我们的身旁，另一边是父亲的坟茔，只不过是空的，那是父亲为自己准备的。我们周围的草地上开满了格桑花，花香随风飘散。父亲看着不远处静静流淌的黄河。

他说："我哪儿也不去，我要陪着你妈。"

他又说："她陪了我一辈子，我要陪她下辈子。"

据大姐江雪说，她将母亲从二姐江果所在的格尔木部队医院接回河源的第二天，父亲就开始为母亲挖掘坟墓。那时已是深秋，天气已经很冷，草地都快要冻住了。父亲不让任何人帮忙，一个人固执地挖掘。父亲的脸上看不出悲伤，好像在干一件再平常不过的事情，好像不是在给母亲挖坟，而是在为母亲盖一座新房子。

坟墓挖好了，父亲一身寒气地回到家，高兴地对母亲说："我给你把新房子盖好啦，很漂亮、很宽敞，你住着一定舒服！"

母亲努力地朝父亲笑笑，什么也没说。因为那时母亲病得已经说不出话来了。那天晚上，母亲躺在父亲的怀里安静地走了。

大姐说，从母亲生病到去世半年多的时间里，少言寡语的父亲变得话特别多，他经常给母亲讲一些蹩脚的笑话。那些笑话别人听着不

父亲的雪山，母亲的河

觉得可笑，可是母亲每次都笑得很开心。母亲伴随着笑声走完了最后的路程。掩埋了母亲，父亲一个人在母亲的坟前哭了很久。大姐说，父亲的哭声像狼嚎，很吓人。大姐说她从来没有见父亲哭过。我也没有，从来没有。

那个弥漫着花草香味的下午，我和父亲坐在两座雪山之间的河谷草地上，第一次坦诚地聊天。我们面对巴颜喀拉雪山，背靠阿尼玛卿雪山。我望着远处的雪山，心想：很多年后，当人们发现掩埋在冰雪下的三个藏族男人完好无损的遗体，还有他们手里的猎枪，肯定想象不出当年这里曾经发生过的一切。

那是一段被雪藏的故事。

父亲好像看出了我的心思，叹息了一声说："时间过得真快呀，一晃就是五六十年了。"

我说："就是因为他们，你才在这里守了一辈子？"

父亲说："不全是，还有你妈。"

我很疑惑："我妈？她不是一直想离开这里吗？"

父亲说："就因为她想离开，所以我才坚持留下来。"

我被父亲的话弄糊涂了："这是为什么？"

父亲沉默了一会儿，便开始了他的讲述。父亲讲的那些事情，许多我是第一次听说，可能母亲也未必知道。我惊奇地发现，忠厚老实的父亲的内心竟然蕴藏着那么丰富的感情。我隐约感到父亲并没有把什么都告诉我。这也难怪，我与父亲分开这么多年，感情上多少有些生疏。但我已经很知足，很感激父亲的坦诚。母亲生前给我们讲过的只言片语，或许正好填补了父亲讲述的空隙，但绝对不是全部，因为我发现父母的故事里还有许多空隙，而每一个空隙里都埋藏着不为人知的秘密。其实我并不了解自己的父母，我以前对他们的种种猜测，现在看来，或许都是错误的。

我们就从父亲身上的第一个枪眼说起吧。

那时，父亲在马步芳的骑兵团里当兵。有天傍晚，老兵马奎在马棚里找到父亲，神秘兮兮地对父亲说："江三，跟我走，我带你小子尝鲜去！"

父亲当时正蹲在地上整理马缰绳，仰头看着马奎，迷惑不解地问："尝鲜？你又偷了谁家的羊羔？"

"你狗日就知道个羊羔！世上还有比羊羔肉更好吃的东西哩！"

"啥东西？"

马奎哈哈大笑，然后小声说："你个瓜娃，女人嘛。"

父亲看着马奎，胸口像塞了一把马草，乱糟糟的，气息也短了。

马奎说："走，跟我去尝女学生的鲜去！"

父亲的心怦怦直跳："哪个女学生？"

马奎踢了父亲一脚："你装个屁！西宁来了那么多女学生，你狗日的不知道？"

父亲当然知道。几天前，马步芳派来西宁女子师范学校十几个女学生，专门来给骑兵团慰问演出。已经演出了两场，今晚上是最后一场。不过，父亲一次也没有看到演出，马奎也没有看到，只有军官和部分有战功的骑兵才有资格去看演出。

父亲站起来说："你是啥意思？"

马奎将嘴巴凑到父亲耳边说："咱去把那女学生给拾掇了……"

父亲心里哆嗦了一下："她们不是去给军官们演出了吗？"

"有一个病了，今晚留在营房里呢。"马奎神秘地说，"军官们都去看演出了，我们现在去把她拾掇了正是时候。"

父亲惊讶地问："你咋知道的？"

"我是谁？我是马奎！"马奎愤愤不平地说，"凭啥只准军官看不准咱们看？不准咱看咱就不看，咱咥实活！走，咱尝鲜去！"

马奎转身走了几步，发现父亲没有跟来，转身骂："你狗日的走不走？"

父亲说："这种伤天害理的事，我不去！"

马奎跑回来踢了父亲一脚，正好踢到了父亲的脚脖子，父亲疼得直咧嘴，但他没敢吱声。

父亲的雪山，母亲的河

马奎瞪着眼说："你狗日的去也得去，不去也得去！"

父亲只好硬着头皮跟着马奎走。

父亲害怕马奎。不光父亲，许多骑兵都怕马奎。马奎人高马大，心狠手辣，是个不要命的家伙，谁要是惹了他，他会抽出马刀跟你拼命。马奎最擅长的动作就是"劈刺"。所谓"劈刺"，就是双手握紧马刀，然后下蹲，举刀，猛一发力，从上而下劈将下来，人就成了两半。马奎是个杀人不眨眼的家伙，他经常对俘虏这么干。

所以父亲没敢吭声，跟着马奎朝着女学生居住的营房走去。

父亲能成为马步芳的一个骑兵，都是因为马奎。其实细究起来，也不是因为马奎，而是因为一把马料。

那时父亲十六岁，家里很穷，一家四口，一间草房，一个土炕，两条被子。原来兄弟三个，后来饿死一个，剩下兄弟俩。兄弟俩只有一条裤子，谁出门讨饭谁穿。父亲兄弟俩讨饭一般都是朝东走，去相对富裕的关中一带。他们一走就是十天半月，带回来的一布袋馍馍，可让一家人维持七八天，剩下的七八天只能用野菜米汤充饥。父亲讨回来的馍有麦面馍、玉米面馍、糜子面馍，还有高粱馍。怕馍馍路上发霉，父亲就将馍掰开，晒干，然后再装进布袋里。有时晾晒馍馍时，疲倦的父亲睡着了，馍馍便被鸡狗糟蹋得七零八落。父亲有一次跟狗去争夺一块馍馍，被狗咬伤了。父亲很伤心，不是因为疼痛，而是因为狗撕破了他们兄弟俩唯一的裤子。

父亲最后一次出门乞讨，发誓要讨来一条裤子。因为这样，他就可以和哥哥一起出门乞讨了，兄弟俩做伴，能相互壮胆。可是父亲到底还是没有讨来一条裤子。别说裤子，他连自己也弄丢了。

父亲那天来到一个村庄，只见城门紧闭，父亲怎么也叫不开。有人站在城头上对父亲说："要饭的娃呀，马步芳的队伍马上就要来了，你赶快跑吧，小心被乱马踩死！"

父亲没有跑。不是因为他不害怕，而是因为他太饿了，实在跑不动了。他已经三天没有吃东西了。饿死是个死，被马踩死也是个死，反正都是个死，那就省些力气吧，让马步芳的骑兵踩死算屎了。父亲这么想着，就在城墙下的土窑里浑浑噩噩地昏睡了过去。

父亲醒来时已是黄昏。城门早已洞开，一队队骑兵进进出出。父亲听到一声马嘶，循声望去，只见几个骑兵在不远处喂马。骑兵们抽着旱烟，相互骂着粗话。马吃着羊皮口袋里的马料，隔一会儿打一个喷鼻。父亲饿得难受，嗅到了马料的香味。

几个骑兵不知因为什么事都走了，把马留在那里。父亲摇摇晃晃地站起来，双腿不由自主地向马料口袋走去。那些马停止了咀嚼，警觉地看着这个陌生人朝它们走来。父亲扑到马料袋上，准确地说，是跌倒在马料袋子上，他急不可待地将手伸进袋子，抓了一把。啊，是黄豆！父亲欣喜若狂，将一把黄豆塞进嘴里。可是还没有来得及咀嚼，脚脖子就被什么东西抓住了。他用力蹬了蹬，没有蹬掉，而且抓得更紧了。父亲低头一看，是一只手。顺着手往上看，是一个胡子拉碴的骑兵。骑兵躺在地上，正用阴森的目光看着他。

父亲吓坏了，黄豆噎在了喉咙里，剧烈地咳嗽。

骑兵从地上爬起来，哈哈大笑，突然又阴下脸说："你娃娃胆子不小，敢偷我的马料！"

父亲将黄豆吐了出来，看着骑兵。

"这事咋办？"骑兵黑着脸说，"要不，你让我砍下一只手；要不，你给我当马夫。"

把手砍了可不行，我还要讨饭呢，没手怎么行？还是当马夫吧。可是父亲不知道马夫是干什么的，便大着胆子问："马夫是啥？"

老兵说："马夫就是给我喂马。"

父亲问："有馍馍吃没？"

老兵说："馍馍尽饱吃。"

父亲说："行，我给你当马夫。"

就这样，父亲当了马步芳队伍里的一个马夫。每次打完仗，父亲就把老兵的马牵到河边刷洗干净，然后再将它们喂饱。打起仗来的时候，骑兵们在前面跑，父亲没有马，就甩开两条长腿追着马蹄扬起的

7

父亲的雪山，母亲的河

尘土拼命跑。仗打完了，骑兵们一身血腥，父亲一身灰土，看不清眉眼。

父亲喜欢当马夫，他从小就喜欢马，可是村里更多的是牛，只有财主家才有马。父亲喂马很经心，只要时间允许，总喜欢一把一把地给它们喂马料，日子长了，马就跟父亲有了感情。父亲让它们卧下它们就卧下，让它们前腿直立起来它们就前腿直立。父亲一声口哨，马就会嗒嗒嗒地跑到父亲跟前来。

父亲喜欢当马夫的一个重要原因是能吃饱，实在吃不饱，还有马料呢。但是父亲并不开心，因为那个把他带进骑兵团的老兵总爱欺负他，老兵让他干这干那，稍有怠慢就会拳脚相加。后来父亲个子长高了，人也壮了，也当了骑兵，拥有了自己的一匹战马，老兵就很少打他了。但是老兵仗着父亲是他带进骑兵团来的，所以总喜欢在父亲面前耍老兵的派头。

不用说您也猜到了，这个老兵就是马奎。

马奎将父亲领进一个院子。房子里橘黄色的灯光从麻纸裱糊的窗户里泄漏出来，看上去是那样的温暖。可是父亲却打了一个寒战。

马奎将枪交给父亲，在父亲的耳边小声说："我先进去，你在外面放哨。等我出来，你再进去。"

黑暗中，父亲看不见马奎的表情，只看见他的白牙，知道他在笑。马奎蹑手蹑脚地向屋门走去。平时笨手笨脚的他，这会儿手脚轻巧得像一只猫。父亲的心怦怦直跳。

屋门被悄无声息地推开。灯光"哗啦"涌了出来，又"哗啦"一声被黑暗吞噬了。接着，是一声女人的惊叫。父亲的心跳到了嗓子眼，双腿哆嗦起来。父亲跑到窗前，从窗户上一个破洞里看见马奎一手捂住女人的嘴，一手正将女人往炕上拖。女人"唔唔"叫着，又踢又咬，在马奎怀里扑腾。父亲看见了女人的脸，一下子惊呆了。她是那样的美，美得让父亲心颤；她是那样年轻，年轻得让父亲心疼。也许就是在那一瞬间，父亲爱上了这个女人。

父亲急得在窗下转圈，心里一遍一遍对自己说："不能让狗日的马奎把她糟蹋了！不能让狗日的马奎把她糟蹋了！"

屋里又传出女人一声惊叫。父亲趴到窗户上一看，马奎正在撕扯女人的衣裤。父亲急了，一脚踹开屋门，端着枪冲了进去。

马奎和女人都愣了。

马奎扭头说："你狗日的进来做啥？"

女人缩在炕角直发抖。

马奎说："你给我滚出去！"

父亲哆嗦了一下，往后退了一步，但是马上又站稳了脚跟。父亲嘴唇哆嗦着对马奎说："她病了……你不能祸害她！"

马奎似乎没有听清，问父亲："你说啥？"

父亲不再哆嗦，梗着脖子说："我不让你祸害她！"

马奎听明白了，低吼一声："滚！"

父亲像长在了地上，动也不动。

马奎说："好，算你小子有种！等我拾掇了她，再来拾掇你！你不出去就站在这里看着！"

女人跳起来想往外跑，被马奎一把抓住，按倒在炕上。

女人惊恐地看着父亲，大声喊："救救我，大哥！"

父亲对着马奎忙碌的后背说："奎哥，求求你，放了她吧！"

马奎头也没回，继续撕扯着女人的衣裳。

父亲说："奎哥，看在我服侍了你三年的分上，求求你放了她吧！"

马奎继续忙活着自己的事。

父亲走过去，用枪抵住马奎的后背说："奎哥，求求你啦！"

马奎感觉到了后背上的枪管，愣住了，但是他头也不回，轻蔑地说："你小子有种就开枪吧！"

父亲举枪的手哆嗦了："奎哥，你别逼我！"

马奎仰起头，无声地笑了，背对着父亲说："小子，要么你开枪，要么你给我滚出去，别耽误老子的好事！"

父亲的雪山，母亲的河

父亲突然大喊一声："马奎，你去死吧！"

枪声响了。马奎趴在了炕上。父亲看见一股黑红的污血从马奎的后背"突突"冒了出来，顿时傻眼了。父亲从来没有杀过人，何况是他最惧怕的人。女人也被吓傻了，哆嗦成一团。父亲知道枪声很快就会引来骑兵，得赶快离开这里。

"走，跟我走！"

父亲拉着女人跑到院子里，迟疑不决。往哪儿走？怎么走？父亲环顾四周，看见墙根下有一堆麦秸，突然有了主意。他打了一声口哨，一匹战马从黑暗中跑进院子。父亲将马奎从屋里拖出来，扶到马背上，然后在马屁股上拍了一巴掌，那马驮着马奎跑出了院子，跑进了黑暗里。

马蹄声越来越远，可是更多的马蹄声却越来越近。父亲拉起女人，钻进了院墙根的那堆麦秸里。他们刚把自己藏好，一队骑兵就冲进了院子。父亲听见有人说，枪声是从这个院子里传出来的，可是咋不见人？父亲听见又有几匹马跑进院子。

"队长，那匹马追上了，是马奎，已经死了，后背中了一枪。"

"你们开的枪？"

"我们还没来得及开枪，他就从马背上掉了下来。"

"那他后背的一枪是谁打的？"

"不知道。"

"队长，那个生病的女学生不见了。"

"难道是那个女学生？"

"找到她不就知道了？"

"给我追，就是追到天边也要逮住那小娘们儿！"

"队长，这里有一堆麦秸，那女学生会不会藏在里面？"

父亲听见有人朝麦秸堆走来，他急忙用手捂住了女人的嘴。女人在父亲怀里瑟瑟发抖。父亲将她抱紧，免得麦秸抖动。

"给她个胆子，也不敢藏在这里面！走，给我追！"

一阵马蹄声过后，院子里静了下来。父亲发现他一直捂着女人的嘴，急忙松开。父亲还发现自己的衣裳早已经湿透了。他抱着的女人身上也全是汗。父亲嗅到了一种从来没有嗅到过的味道，那是女人的汗香，还有温热的麦秸的味道。这时，半裸的女人软绵绵地瘫倒在父亲怀里。父亲感觉到女人的身体很烫。

父亲说："你在发烧哩。"

女人有气无力地说："谢谢大哥……"

父亲说："我们必须离开这里！"

父亲侧耳听了听，马蹄声和人声已经远去。父亲扶着女人从麦秸堆里爬出来，悄悄摸出院门，朝马棚的方向打了一声口哨。一匹白马流星一样跑了过来。父亲将女人扶上马鞍，然后翻身上马，一手揽着前面的女人，一手抖着马缰绳，消失在浓浓的夜色里。

但是，他们没有跑出多远，就被骑兵发现了。身后响起了零乱的枪声。一颗子弹击中了父亲的脊背……

二

父亲睁开眼睛后最先看见的是一张黑红的脸。这张男人的脸很和善，笑容可掬，但是总觉得哪儿不对劲儿。仔细一看，原来是少了一只耳朵。

见父亲醒来，少了只耳朵的男人说："你终于醒啦！你小子命大，要是那一枪再偏一点，你就见阎王了。"

父亲这才记起之前发生过的事，但他不知道自己现在在哪儿。男人直起身子，往后退了一步，父亲这才看清他身上的解放军服装。父亲吓得想坐起来逃走，但是背部疼痛难忍，没有成功。父亲心想：这下完了，落在了解放军手里，我死定了。

解放军说："你不用害怕，你已经摆脱了马步芳的追兵，没有人会伤害你。这里是解放军二十二师独立营，我是营长刘达。"

父亲用胳膊肘勉强撑起身子，结结巴巴地说："我……我……"

那个自称营长刘达的人将他重新按倒在床上，笑着说："你什么

父亲的雪山，母亲的河

都不用说了，那个女学生已经讲了事情的经过。你很勇敢，很了不起！我们欢迎你来投诚！从现在开始，我们就是同志了。"

父亲当时并没想过要投奔解放军，只想带着那个女学生逃命，谁知命运之神却将他送进了解放军的兵营。既然是命，那就认命吧，何况人家还救了自己一命呢。当兵吃粮，在哪儿不是混口饭吃？好吧，就跟着解放军干吧！

营长问："你叫什么名字？"

父亲说："江三。"

"江山？有山有水的，这名字好！"

"不是大山的山，是一二三的三。"

"噢，看来你在家里排行老三？"

"是的，长官。"

"解放军不兴叫长官，叫我刘达同志，或者刘营长。"

父亲觉得叫"同志"很新鲜，可他不敢这么叫，还是叫营长比较合适。父亲说，是，营长。他突然想起了那个女学生。

"营长，那个女学生她……"

营长说："你说茹雅啊，她没事，只是有些感冒发烧，一两天就会好的，我们的医生正在给她治疗呢，你就放心吧。"

直到这时，父亲才知道那个被他救出来的女学生叫茹雅。几天后的早晨，茹雅在一个年轻女医生的陪同下来看父亲。茹雅一进屋就"扑通"一声跪在了父亲面前："大哥，谢谢你救了我！"

父亲窘迫地说："你赶紧起来吧，我受不起这个……"

茹雅从地上站起来，已是满眼泪水。父亲脸红了，不敢看面前的茹雅。茹雅的泪珠滚过白皙的脸庞，扑簌簌落在了父亲床前的地上，她用一双泪汪汪的眼睛望着父亲说："大哥，今生今世，我都无法报答你的救命之恩！大哥，我要走了……"

父亲抬起头问："你上哪儿？"

茹雅抹了把脸颊上的泪水说："我要回家了，我不赶快回去我妈会急死的。我家在西宁，离这里不远。"

父亲僵硬地点了点头，表示自己知道了。

这时，一起来的女医生说："时间不早了，你该走了，要不然天黑之前到不了西宁，毛驴车还在外面等着哩。"

父亲不敢看茹雅的脸，他把目光停留在茹雅的脚上说："走吧，这世道，兵荒马乱的，路上要多加小心……"

茹雅说："大哥，我走了，你多保重。"

父亲看见茹雅的双脚迟疑了一下，然后向后转，向门口挪动，最后消失在门外的阳光里。

茹雅一走，父亲的心好像一下子被谁掏空了。茹雅走了，再也不会回来了。父亲心里有种说不出的失落和难过。

第三天中午，沉睡中的父亲看见了茹雅。他们坐在一片草地上，远处是雪山，周围是花草和纵横的河流。父亲甚至嗅到了鲜花的芬芳。茹雅对他说着什么，可是他一句也听不见。父亲一急，醒了。

茹雅坐在床边，静静地看着父亲。

父亲惊慌地坐起来："是你？我不是在做梦吧？"

茹雅羞涩地笑了："不是梦，我又回来了。"

"你咋又回来了？"

"马步芳的人到处抓我，说我杀了他们的骑兵，我们家的人都逃走了，我一个人不敢待在西宁，没地方去，所以又跑回来了。我跟大哥一样，也要当解放军。"

茹雅正说着，营长刘达走了进来。"回来了好啊，欢迎欢迎！我们这里就缺文化人。"

茹雅忙站起来说："只要营长肯留下我，我干啥都行。"

刘达说："你就给我们当文化教员吧，教不识字的同志认认字。我说江三，你也没上过学，以后也要跟茹雅同志好好学习哩。"

父亲咧着嘴傻笑。

茹雅跟营里的女医生住一个屋。女医生叫文静，没有茹雅那么漂亮，但身材好，皮肤白，一白遮百丑，所以也很耐看。文静的丈夫叫

父亲的雪山，母亲的河

　　章明，是个连长。他俩是西安中医学校的同学，毕业后双双到了延安，文静当了医生，章明不想当医生，被分到了战斗部队。后来，组织上照顾他们，将文静也调到了独立营。

　　独立营原来就文静一个女兵，香饽饽似的，走到哪儿就能把男兵的目光牵到哪儿。现在茹雅来了，男兵的目光转移到了茹雅身上。文静心里多少有些不舒服，说白了，就是有些嫉妒。嫉妒是女人的天性。哪个女人不喜欢被男人的目光罩着？对于女人来说，男人的目光就是她们的阳光。有了阳光，女人才会活得灿烂。

　　嫉妒归嫉妒，但俩人关系不错。文静是老兵，总照顾茹雅，这让茹雅很感动。茹雅一口一个"姐"，叫得文静心里也甜滋滋的。这么叫着，文静还真把自己当成了大姐姐，没过多久，就张罗着给茹雅介绍对象。茹雅这么漂亮，谁能配得上？只有营长刘达。刘达一表人才，打仗勇敢，立过许多战功，茹雅不会不愿意。

　　夜里，两个女人躺在床上。

　　文静问茹雅："你今年多大了？"

　　茹雅说："十八了。"

　　"大姑娘了，也该嫁人了。"

　　"我不想嫁！"

　　"为啥呀？"

　　"我讨厌男人！"

　　茹雅说的是实话。一想起那天晚上在马步芳兵营里发生的事，她就心惊肉跳。她对男人有一种本能的恐惧，但江三和营长刘达除外。

　　文静说："那我今天看见营长在外面，你出去之前一个劲儿地照镜子，还用水抿了抿头发，见了人家脸都红到了脖子根……"

　　"谁见他脸红啦！"

　　"你那点小心思瞒不了姐。"

　　茹雅沉默了。突然问文静："他怎么少了一只耳朵？"

　　"少一只耳朵咋啦？那是光荣的纪念。去年一次战斗中，他一个人干掉了六个马匪，他的一只耳朵也被马匪砍掉了。"文静说着叹了口气,"唉,营长也挺不容易的。他妻子也是女兵,几年前被马步芳的匪兵杀害了,当时肚子里还怀着孩子呢。后来他就一直没有再结婚……你要是愿意,我给你们撮合撮合?"

"太可怜了,营长真不容易……你让我想想。"

文静说:"你是不是爱上了别人?比如,那个救了你的江三?"

茹雅赶忙说:"我没有,我不是……"

文静说:"我就说嘛,江三哪能跟营长比!"

茹雅说:"别这么说江大哥,他也是个好人……"

父亲的伤好后,被营长分配到章明的连队,当了一个班长。

马步芳的骑兵节节败退,已经从黄河东岸撤退到了西岸。营长刘达说,不能给马匪喘息之机。他命令章明的连队夜袭马营,而且指明让父亲的班做前锋,理由是父亲熟悉马匪的宿营习惯。

但是父亲却不这样想。父亲认为营长想得到茹雅,有意让他去送死。因为有一次他和茹雅谈论到营长时,从茹雅的口气里父亲嗅到了一种让他不安的气息。他隐约感到茹雅有些喜欢刘达。更可怕的是,后来不久他发现刘达也喜欢茹雅。父亲一下子慌了手脚,不知如何是好。毫无疑问,父亲喜欢上了茹雅。从麦秸堆里他搂抱着茹雅的那一刻起,他就喜欢上了她。可是他拿不准茹雅是否喜欢他。现在又冒出来个营长刘达,父亲心里就更没底了。他拿什么跟刘达竞争呢?刘达是营长,他是马匪兵营里逃出来的小兵,事情明摆在这儿,傻子都能分出胜负。但是父亲太喜欢茹雅了,他相信这个世界上没有第二个人像他这样喜欢茹雅。是呀,营长也喜欢茹雅。谁不喜欢漂亮女人呢?但是父亲武断地认为,营长的喜欢只是对漂亮女人的喜欢。而他的喜欢却与众不同,他和茹雅是生死之交,任何人都无法相比!但父亲并不想以救命恩人自居,让人家以身相许。如果那样,他还算个男人吗?他鄙视那样。父亲对自己很有信心,他相信俩人相处日子久了,茹雅会喜欢上他。茹雅不可能不喜欢上他。父亲对自己说:茹雅是我的女人!茹雅只能是我的女人!谁也别想把她从我身边抢走!

父亲的雪山，母亲的河

父亲怀疑刘达有私心，但他还是义无反顾地去执行任务了。他想打个漂亮仗给茹雅看看，证明自己也是铁血男儿，也能杀敌立功。谁知马匪早有提防，父亲闯入了人家的包围圈。但是在最后的危难时刻，刘达带领第二战斗队冒着枪林弹雨，把父亲他们救了出来。

之后，敌我双方在一个高地展开拉锯战，进进退退，激战了一天一夜，仍然相持不下。敌人火力猛烈，我方的十几次冲锋都因伤亡惨重而毫无结果。刘达哑着嗓子指挥部队一次又一次进攻。

一次进攻失败撤退时，父亲假装中弹倒地，没有退回阵地。当部队再次吹响冲锋号时，距离敌人最近的父亲突然投出几枚手榴弹，借着爆炸的烟雾，父亲手持爆破筒冲进敌军指挥所，大喊一声：

"放下武器！要不然，我跟你们同归于尽！"

敌军官只好让他的士兵放下武器⋯⋯

父亲立了大功，当了章明连里的一个排长。

不久，马匪向我军阵地全面进攻。刘达带领两个连坚守阵地，让父亲他们连迂回到敌人后面，准备前后夹击。没想到敌人越聚越多，蚂蚁一样爬满山坡。刘达带领的两个连被敌人死死地围困在山上，进退两难，动弹不得。他们在山顶坚守了七天八夜，伤亡过半。连长章明为了营救营长他们，在战斗中受伤。父亲带领全连拼命冲锋，从敌军阵线撕开一道口子，将身负重伤的营长背了出来⋯⋯

三

经过那一仗，独立营元气大伤，部队开始休整。

营长刘达和连长章明都受了伤，住在一个病房。俩人伤势不是很重，但需卧床休养。好在那里是一个偏僻的山坳，马步芳的骑兵擅长在平原作战，不敢轻易来袭扰，所以相对比较安全。

营里只有文静一个医生，伤员却有三十多个，她一个人显然忙不过来，茹雅就经常过来帮忙。文静为了撮合茹雅和刘达的事，有意让茹雅来到病房照顾刘达和章明。

父亲的雪山，母亲的河

父亲心里像长了蒿草。刘达在战斗中负了伤，作为战友，茹雅照顾他是应该的，但是这样照顾下去很危险。父亲不放心，又没有办法，就魂不守舍地在病房附近转悠。看见茹雅从病房进进出出，听见刘达爽朗的笑声，父亲心里烦躁不安，很不是滋味。

父亲去找文静，请求去照顾营长和连长。但是文静不同意。文静说："你一个大老爷们儿，粗手粗脚的，哪能照顾病人！"

父亲说："现在部队休整，只训练半天，不干点儿啥心里憋得慌。"

文静说："你就别添乱了，该干吗干吗去！"

你不让我去，我自个儿去！我去看看营长连长总可以吧？父亲一有空就往病房跑。每次去了就说那么几句话，实在没什么可说的了，就帮茹雅干点儿活。实在没什么可干了，就蹲在地上抽烟。

文静进来说："这是病房，要抽出去抽！"

父亲冲文静嘿嘿一笑，把烟扔到地上，用脚蹭灭。

刘达笑着说："不抽烟那还叫男人？抽！抽！我和章连长也抽！"

说着真的就掏出从战场上缴获的香烟，扔一根给父亲，再扔一根给章明。文静走过去，一把从章明手里夺了烟。

"营长你也真是的，教我们章明学坏！"

刘达哈哈大笑，把烟点上，猛吸一口说："看来没老婆就是好啊。江三，点上点上，我们两个光棍儿抽！"

父亲不好意思点烟，看了一眼茹雅。茹雅好像没听见，低头在一边叠床单。父亲没点烟，把烟夹在耳朵上。

刘达说："你咋不抽？"

父亲说："我刚灭掉，等会儿抽。"

刘达说："我这是增援你，你倒自己先缴械投降了。你将来要是讨了老婆，肯定跟章明一样听话。"

文静说："听老婆话有什么不好？听老婆话少犯错误！"文静转身问茹雅："茹雅你说是不是？"

茹雅的脸腾地红了，垂着脑袋一句话也不说，只顾忙碌。刘达看

父亲的雪山，母亲的河

了眼茹雅，突然转移了话题，扭头问父亲："最近训练怎么样？"

父亲说："还行。"

刘达对章明说："部队休息得差不多了，应该加大训练强度。"

章明说："是呀，不加大训练强度，部队很容易涣散。马步芳的骑兵随时都可能进攻，我们不能掉以轻心。"

刘达说："好，从明天开始，部队训练从半天改为全天！"

第二天，部队开始全天训练。这样一来，父亲就没有时间去病房了。见不到茹雅，父亲心里更不踏实。他想找个机会把自己的心思告诉茹雅，又觉得难以开口。如果茹雅没那意思，自己说了，反而让茹雅为难。

一天傍晚，父亲在营区碰见了茹雅。茹雅叫了声"哥"。没人的时候，茹雅总是这样称呼父亲。父亲心里一热，想把心里话说出来，可是吭哧了半天，一句话也说不出来。

茹雅说："哥，你有事？"

父亲说："没事，你去忙你的吧，别累着。"

茹雅说："哥，有事你就说嘛。"

父亲说："没事，真的没事。"

茹雅说："哥，你最近瘦多了。"

父亲心里说还不是为了你，嘴里却说："训练累的。"

茹雅说："哥，你别太累了，要学会自己照顾自己。"

茹雅一口一个"哥"，叫得父亲怎么也开不了口。

父亲说："那啥，你忙去吧，我回呀。"

茹雅一走，父亲又后悔自己没把该说的话说出来，恨不能扇自己一个嘴巴。父亲决心下次见到茹雅，一定要把想说的话说出来。可是一连几天他都没有见到茹雅。训练结束后，父亲经常在茹雅路过的地方转悠。然而，父亲没等来茹雅，却等来了文静。他转身想走，文静叫住了他。

"哎，你见了我跑什么？我又不是老虎。"

父亲只好站住，朝文静尴尬地笑着。

文静说:"人家茹雅叫你哥呢,她的事你也不关心?"

父亲心里咯噔一下:"她有啥事?"

"女人还能有啥事,婚事呗。"

"婚事?她要结婚?"父亲听见自己的声音有些哆嗦。

"女人迟早都要结婚。"

"她……她要嫁给谁?"父亲显然有些结巴。

"哪有那么快,还没定呢,你看她跟营长怎么样?"

父亲很不高兴地说:"这是她自己的事,让她自己拿主意。我说了不算,你说了也不算。我不掺和,你最好也别掺和!"

"咦,这咋能叫掺和呢?千里姻缘一线牵嘛……"

父亲没等文静说完,黑着脸转身走了。

事情有点严重了,父亲必须主动出击。第二天他去病房找茹雅,营长见他进来,高兴地说:"你来得正好,我正找你有事呢。"

茹雅见营长要给父亲说事,就要低头朝外走。

营长说:"茹雅你别走,这事跟你有关。"

茹雅只好站在那里。营长看了看父亲和茹雅,又看了眼连长章明,两个人会心地一笑,然后对父亲和茹雅说:"正好你俩都在,我干脆把话挑明了算了,行不行你们看着办。"

父亲神情紧张,心怦怦直跳。看来营长要先下手为强了。这可咋办?咋办也已经迟了。好吧,让营长先说,我看他怎么开口。他一个营长横刀夺爱他好意思?等他说,等他说完了我说。我今天豁出去了,索性把心里的话都说出来,看他营长咋办!

茹雅不知道营长要说什么,疑惑地看着营长。

营长说:"这个想法我早就有了,今天又跟章连长商量了一下,我们不谋而合,想到一起去了。江三同志在战场上很勇敢,每次都能出色地完成任务,是个好同志。茹雅同志呢,人长得漂亮,工作也干得很不错。我早就看出来了,江三你小子对茹雅有意思。你们年龄都不小了,也该成个家了。如果你俩没什么意见,我看这事就这么定了,也算是组织的决定。你们说说,愿意不愿意?"

父亲的雪山,母亲的河

父亲不敢相信自己的耳朵,可是营长的话真真切切,不由他不信。父亲很激动,手心直冒汗,对营长说:"谢谢营长!谢谢组织!"

茹雅满脸通红,低垂着头,双手撕扯着衣角。

营长问:"茹雅同志,你呢?"

茹雅说:"我,我……"

营长笑了起来:"女同志就是害羞。好了,你们要是没意见,这事就这么定了!等我伤好了,亲自给你们主持婚礼……"

就这样,美丽的茹雅成了我的母亲。

新婚之夜,不知什么缘故,母亲哭了。父亲慌了手脚,搓着一双大手,不知如何安慰母亲。等母亲情绪稳定后,父亲满怀歉意地说:"你嫁给我,委屈你了。"

母亲说:"我不是委屈,只是觉得……觉得有点突然……"

父亲知道母亲的心思,但他没有说破。父亲一辈子也没有说破。父亲说:"我不是一个出色的男人,但我是最疼你的男人。"

跟母亲结婚后,父亲就把烟戒了。因为母亲不喜欢烟味。不吸烟的时候,父亲更能清晰地闻到母亲身上麦秸的味道。

许多年后的那个下午,我跟父亲坐在草地上,父亲对我说:"也不知咋了,这几十年,我总能闻到你妈身上的麦秸味道,即使她不在身边,我也能闻到。闻到了,心里就温暖、踏实。"

父亲和母亲结婚不久,部队开始整编,独立营被编入骑兵支队,改编成骑兵特务连。加上原来的骑兵一、二、三连,重机枪连、炮兵连,骑兵支队共有七百多人,战马八百多匹。章明仍然是连长,父亲仍然是排长。部队还在原来的山坳里训练、待命。刘达却被调到了另一个步兵团,提拔为团参谋长。

独立营原来是步兵,拼刺刀是他们的强项,现在配备了马刀,大家一开始都觉得不是很习惯。尽管都是刀,但刀跟刀不一样,拿惯了步枪的手使唤起马刀来,总觉得哪儿不带劲。这样一来,父亲就派上了用场。父亲尽管以前是马步芳的骑兵，但那也是正宗的骑兵，所以教习战士们骑马使刀自然就是他的事了。那一阵，父亲如鱼得水，成了营里炙手可热的人物。

父亲说："别人我不在乎，我在乎的是你母亲欣赏的目光。"

结婚后，父亲的许多习惯都改变了。以前单身的时候，能不洗脚就不洗脚，有时行军打仗半个月都不洗。现在可不行，再忙再累，上床前都要把自己洗干净，否则就别想上床。父亲的脾气也好多了，母亲不高兴的时候向他发火，他从不生气，总是笑眯眯的样子，弄得母亲反而觉得自己有些过分。

父亲说："也不知道咋搞的，我一辈子都怕你妈，怕她生气，怕她不高兴。唉，我算是明白了，肯定是我上辈子欠她的。"

刘达当了参谋长不久，就跟一个女兵结了婚，据说也是组织给撮合的。一年后，那女兵给刘达生了个胖儿子。孩子满月的时候，刘达捎信让父亲和章明去他们团部喝喜酒。

独立营距离刘达所在的团有三十多里。俩人一大早骑马赶去，喝完酒往回走时天已经黑了。路上夜风一吹，酒醒了一半。俩人跳下马，躺在草地上休息。天上没有月亮，星星很多很亮。

父亲说："唉，当初要是营长娶了我家茹雅……"

章明说："当初老营长确实喜欢茹雅，他私下里给我说过，我们家文静也想撮合他和茹雅。可是后来营长发现你小子也喜欢茹雅，就忍痛割爱，成全了你们。"

父亲半天没说话，最后叹息一声说："营长真是个好人！"

章明说："你小子可要对茹雅好点儿，人家一个漂亮的女学生，嫁给了你这么个大老粗，你可别让人家受委屈。"

父亲说："知道，知道。"

章明说："营长比咱俩结婚迟，可是人家已经抱上了儿子，咱们得向营长学习，借着最近没什么仗打，抓紧弄出个儿子来。"

父亲说："这还不容易，看我的！"

父亲说到做到，三个月后，母亲怀孕了。

父亲的雪山，母亲的河

父亲高兴地去找章明："我已经完成了任务，看你的了。"

两个月后，章明也神秘地对父亲说："我也完成了任务。"

章明说："如果生下是男的，他们就是亲兄弟；如果是女的，她们就是亲姐妹；如果是一男一女，我们就是亲家，你说咋样？"

父亲说："就这么定！"

几个月后，马步芳开始大反击，部队不得不转移。母亲跟随部队走走停停，一个地方最多能待三五天，就又转移到了别的地方。母亲的肚子在运动中渐渐鼓胀起来。那一年，母亲在湟源生下了大姐。当时天上正在下大雪，母亲便给大姐起名叫"江雪"。

母亲生下大姐不久，骑兵支队就接到了进军黄河源头的命令。军里举行了隆重的出征誓师大会，军政委做了动员，号召骑兵支队官兵要勇往直前，支援西藏和平解放，完成统一祖国的光荣使命。

进军黄河源头，要翻越阿尼玛卿雪山。父亲怕母亲受不了，想把母亲留在当地的老乡家。母亲不愿意留下来，坚决要求跟部队一起行军。文静还有一个月生产，跟着部队跋山涉水更危险，但是她也坚决要求跟随部队一起行军。父亲和连长章明说服不了两个女人，只好带着她们一起向雪山进发。

父亲当时怎么也不会想到，这个错误的决定，会让他悔恨终生。

四

父亲说，进军黄河源头本来可以不用翻越阿尼玛卿雪山，但是当时除了这条艰难的通道，到处都是马步芳的骑兵，上级命令骑兵支队七天之内必须翻越阿尼玛卿雪山，迂回到马匪部队后方，配合大部队解放黄河源头藏区。

但是部队出发三天后，马步芳的骑兵就追了上来。虽然当时出发时极其隐秘，但是马步芳家族毕竟在青海经营了四十多年，到处都是他们的眼线，骑兵支队的行动还是走漏了风声。

第一个遭遇战发生在部队刚进入阿尼玛卿雪山沟口。战斗相当激烈，骑兵支队损失五分之一，马匪也损失了不少兵力。好在那只是马步芳的前锋部队，人数不多，否则骑兵支队麻烦可就大了。马匪最怕解放军的游击战术，加之他们在陇东和兰州战场屡屡失利，马匪内部人心惶惶，战斗只进行了一天一夜，他们就匆忙撤退了。但据史料记载，当时马步芳并不是因为害怕，而是在雪山的另一边部署了兵力，准备以逸待劳，消灭进入雪域的解放军骑兵支队。

但是父亲他们并不知道这是一个圈套，部队继续前进。在翻越雪山的过程中，部队经受了严峻的考验。正值隆冬，路上的积雪很厚，许多地方根本就没有路，所以不能骑马，只能步行。有的战士被饿死、冻死，有的滑下了雪谷。母亲一手抱着大姐江雪，一手拽着马尾巴跟随部队前进。章明的妻子文静挺着大肚子行动不便，只好被用担架抬着走。母亲和文静都很后悔，说早知道如此拖累部队她们就不来了。爬到山顶时，四分之一的马鞍都空了。父亲他们站在山顶上朝天鸣枪，为那些永远留在阿尼玛卿雪山的战友送行。

父亲说骑兵最忌讳吃马肉，但是部队当时已经断粮，不吃马肉他们就会被饿死。他们将那些失去了主人的战马杀了，补充军粮。父亲说吃马肉的时候，许多人都流泪了。

就在部队快要翻过雪山的时候，充当前锋的父亲突然发现雪地上有马蹄印，但又看不真切，因为雪地上的痕迹好像被什么东西扫过了。那痕迹很乱，先是一股，然后分为两股，消失在前面的山谷里。父亲马上明白是怎么回事了，赶快向连长章明报告了这一情况。

章明也很震惊，说："会不会是牧民？"

父亲说："牧民不会到没有草的雪山上来。"

"那么，会不会是接应我们的兄弟部队呢？"

"不会，肯定是马匪！从雪地上留下的痕迹看，他们兵分两路，在前面设了埋伏。"

章明亲自察看了雪地上的痕迹，同意父亲的判断，马上报告了支队长。支队长命令部队各连相距三里，搜索前进。这样部署，即使前面有马匪的埋伏，部队也不会被一网打尽，可以前后增援，首尾照

父亲的雪山，母亲的河

应。父亲他们连队仍然充当前锋。

这时，文静的肚子开始疼了，看来要分娩。这可真不是时候。父亲与章明商量，让母亲和一个战士留下来照顾文静，父亲在附近找到一个山洞，让他们躲进去，叮嘱他们千万不要暴露目标，等平安无事后再回来接他们。然后，父亲他们继续前进。

父亲他们走后不久，母亲就听到了枪声。母亲既担心父亲他们遇到危险，又担心文静是否能顺利分娩。天黑的时候枪声停止了，可是父亲他们并没有回来，母亲就更加担心了。

那天半夜，文静生下了一个女孩。母亲将马刀在雪地上蹭了蹭，一刀割断了孩子的脐带。大姐江雪那天晚上表现得很不错，躺在那个战士的怀里一声不吭。山洞里很冷，母亲想生火，又怕火光引来马匪。三个大人把两个孩子放在中间，挤在一起用身体相互取暖。

后来狼来了，它们在山洞外面嚎叫、奔跑。不是一只，也不是两只，而是很多只。母亲说，那些狼一定是嗅到了文静生产时的血腥味儿跑来的。那个保护她们的战士想鸣枪吓走野狼，母亲拦住了战士，说那样会引来比野狼更可怕的马匪。战士说雪山上的野狼怕藏獒，我学藏獒叫，就会吓跑野狼。战士就学藏獒叫，一声大一声小，一声粗一声细，听上去好像山洞里有许多藏獒。野狼果然逃走了。可是一会儿它们又回来了，战士再学藏獒叫。就这样，那天后半夜，那个战士一直在学藏獒叫，嗓子都哑了。

父亲直到天亮才回来，却不见章明。文静挣扎着从母亲怀里挺起身子，伸长了脖子朝父亲背后看，着急地问："他呢？"

父亲说："连长带部队继续往前走了，让我回来接你们。"

父亲带着他们追赶部队，三天后在一处草甸子上与大部队会合。还是不见章明。文静急了，问父亲章明到哪儿去了。父亲看实在瞒不住了，这才告诉文静，章明在那天晚上的战斗中已经牺牲了，当时就掩埋在了阿尼玛卿雪山上。文静一听便晕倒在雪地里。

许多年后，父亲十分内疚地告诉我说，其实当时应该由他去堵截敌人，但是章明非要亲自带部队去完成这项谁都知道十分危险的任务。临别时，章明故作轻松地对父亲说："兄弟，如果我有个三长两短，我的老婆和孩子就托付给你了。老婆可以再嫁人，但是孩子跟了别人我不放心，你就收留了吧。如果是儿子，你就让他做你的女婿；如果是女儿，你权当多养一个女儿……"

文静醒来后，发现自己的奶水突然没有了。惊吓和悲伤让文静断了奶。母亲用自己的奶水喂养着两个孩子。可是时间不长，羸弱的母亲也没有了奶水。父亲一路上向藏族牧民讨要些酥油茶来喂养两个孩子。但是牧民不是经常能够碰到，两个孩子饥一顿饱一顿，瘦得很厉害，脖子软软的，脑袋耷拉在胸前，看上去相当可怜。

有一次，文静独自去牧民家给孩子寻找酥油茶。她刚走不久，马匪就来了。部队被打散了，文静也失踪了。战斗结束后，父亲到处寻找文静，可是一直也没有找到。

黄河源和平解放后，父母曾经到处打听寻找，但始终没有文静的一点儿消息。后来部队到达果洛，母亲给文静的女儿起名叫"江果"。从此以后，母亲对所有的人都说，江雪和江果是她的一对孪生女儿。

部队在果洛休整半年后，根据形势需要，骑兵支队被解散了。有的被重新分配到了其他部队，有的就地转业到地方政府。父亲接受了一项特殊命令：带领工作队，到偏远的黄河上游建立基层政权。

父亲带着三个战士，来到一片广袤的河谷地带。从军用地图上可以清楚地知道，这里海拔四千多米，河谷南边是巴颜喀拉山，北面是布青山，东北方向绵延的雪山就是阿尼玛卿山。宽阔的河谷里有两大湖泊，一个叫扎陵湖，一个叫鄂陵湖。两湖相距二十多里，扎陵湖在上游，鄂陵湖在下游，中间是蜿蜒穿行的黄河。

让父亲感到奇怪的是，这里的黄河很平静，很温柔，很清澈，泛着圣洁的白光，不像老家的黄河那样浑黄、湍急。

一个战士惊呼："啊呀，原来这就是黄河发源地！"

父亲将马鞭往黄河边上一戳，说："我们就在这里落脚。既然这里是黄河源头，我们就给它起名叫河源镇吧！"

父亲和三个战士在河边搭起了帐房。附近的藏族牧民纷纷赶来看

父亲的雪山，母亲的河

热闹。他们不敢走近，站在远处，注视着父亲他们的一举一动。父亲笑容可掬地走过去，向牧民们解释说："我们不是马步芳的军队，我们是共产党的军队，是来帮助穷苦牧民当家做主的。"

牧民们在父亲的引领下，疑疑惑惑、三三两两向帐房靠近。他们祖祖辈辈住的是牦牛毛编织的帐房，没有见过绿色的帐房，觉得十分新奇。他们走到跟前用手摸摸这里，摸摸那里。他们的目光跟随父亲他们转来转去，发现这些汉人并没有那么可怕，胆子便大了起来，将自己的帐房也迁移过来。后来，附近的牧民便越聚越多，帐房一个接一个，看上去还真有点镇子的模样了。

父亲接下来要做的事情，就是去拜访两个藏族头人。

五

父亲最先拜访的是嘉措头人。

临行前，父亲将中央对西藏地区的"十大政策"又温习了一遍，确信已经记牢，尤其是第四条"实行宗教自由，保护喇嘛寺庙，尊重藏族人民的宗教信仰和风俗习惯"，这才上马出发。

嘉措头人的城堡坐落在扎陵湖畔。城堡四角各建有一个小碉楼，每个碉楼上都露出七八个黑洞洞的枪眼。在这一带藏区，头人的家里都养着人数不等的看家护院的枪手。父亲拿不准那些小碉楼里是不是埋伏着枪手。他身后只带了一个战士，但他并不害怕。他早有心理准备。如果真有埋伏，即使再多带几个战士也只能是白白送死。一里之内，你不可能躲过居高临下的碉楼里射出的任何一颗子弹。既然如此，只带一个随从更能显示解放军的诚意。

嘉措头人是一个红鼻头的小老头，而且有点驼背，但是看上去很和善，黑红的脸膛绽放着真诚的笑容。他站在城堡门口，头上缠绕的发辫上红穗随风飘动，象骨和银质嵌珠的箍辫圈闪着耀眼的亮光。嘉措头人用藏人最隆重的礼节迎接了父亲。他首先向父亲献上了一条洁白的哈达，接着用他粗胖的手指在木碗里蘸了青稞酒，轻弹三下，又从五谷斗里抓了把青稞,向空中抛撒三下,然后退到一边,躬身邀请父亲走进他的城堡。

酒席上,嘉措头人将羊脊骨下部带尾巴的留有一绺白毛的最肥的肉给了父亲。羊尾上的白毛代表着吉祥,是主人对最尊贵的客人最美好的祝福。来的路上,父亲设想了他与头人相见的各种情况,但是头人如此好客让他多少有些意外。父亲很感动。

酒宴快要结束的时候,屏风后面传来一阵奇怪的声响。父亲听出那是枪与枪碰撞的声音,他心里一惊,但没露声色。跟随父亲的那个战士伸手去摸腰间的枪,父亲用眼神制止了他。

嘉措头人把双手伸到身体左侧拍了三下,仆人们从屏风后面鱼贯而出,一人手里捧着一个红布包着的东西,恭恭敬敬地一字摆放在父亲面前。

嘉措头人对父亲说:"这是今天的最后一道菜。"

父亲看着嘉措头人,意味深长地笑了。

嘉措头人对仆人们说:"打开吧!"

仆人依次打开红布包,原来是七条枪。

嘉措头人说:"你们解放军来了,这些东西对我来说也就没用了,现在全部交给解放军。还有我的这些仆人,按照解放军的政策,我很快就给他们自由。"

刚才父亲还在琢磨如何让嘉措头人交出枪来,没想到他能自觉交了枪,这让父亲感到很意外。父亲高兴地说:"你这么信任我们解放军,我们将来一定能成为很好的朋友!"

头人说:"不是将来,是现在。现在我们就已经是朋友了。"

父亲说:"对对对,我们已经是朋友了。你是一个深明大义的头人,来来来,我借花献佛,敬你一杯。"

父亲敬了嘉措头人一杯酒。嘉措头人又回敬了父亲一杯。俩人一来二往,一连喝了好几杯,言语也越来越投机,都有相见恨晚意犹未尽的意思。嘉措头人邀请父亲到扎陵湖畔再喝几杯,父亲没有拒绝。跟随的战士担心父亲喝醉了,悄悄拉了拉父亲的衣袖。父亲没有理

父亲的雪山，母亲的河

会，与嘉措头人手拉手朝湖边走去。

仆人们早已在湖畔铺上了毡毯，重新摆上了酒菜，中间是一个羊头。父亲和头人坐在牦牛毡毯上，又开始喝酒。嘉措头人叫来他的家人，一个中年女人和一个年轻女人。中年女人恭敬地坐在头人右首，低着头，面无表情。年轻女人跪坐在头人左首，一双乌黑的眼睛飘忽不定，刚一接触到父亲的目光又慌乱地闪开。年轻女人苗条的腰身上裹着一大一小两根腰带，由镂花镏金的白银板和白铜板连缀而成，上面嵌有几十颗珠宝，精雕细镂，十分考究。大带系腰，小带围臀，勾画出她腰身凹凸的曲线。大腰带上缀挂着小佩刀、针匣、奶桶钩、银链、响铃串，显示出主人的高贵与富有。但是不知为什么，她的脸上始终流露出一种忧郁的神情。

父亲猜想中年女人是头人的老婆，而看上去不到二十岁的年轻女人大概是头人的女儿。但是父亲很快就发现自己错了。在她们分头给父亲敬酒的时候，头人介绍说，那个中年女人是他的大老婆，而年轻女人是他的小老婆，叫央金。大老婆叫什么名字，父亲后来记不得了。因为过了没多久，头人的大老婆就死了。再后来，头人也死了。只有央金这个年轻而美丽的女人活了下来。

正喝着酒，从远处走来一个头戴菱形尖顶羊毛毡帽的人。嘉措头人高兴地笑了起来，牛皮腰带上的护身佛盒、腰刀、腰包、火镰一阵颤动。他对父亲说："我们的索布来了。"

父亲看着从天地间走来的那个人问："索布是谁？"

头人自豪地说："他是草原上无人不知的神！他在雪山草原上云游，专门说唱《格萨尔》。我们已经好久没有看见他了，您真有福气啊，你来了，他也来了，我们今天可以听他说唱上一段了。"

部队进军藏区前，父亲就听说过这种藏区说唱艺人，但是从来没有见过。《格萨尔》记述了"天神之子"格萨尔降临人间降妖伏魔的故事。在《格萨尔》的流传形式上，有"神授""圆光""伏藏"等多种说法，但"神授"之说最为神奇。"神授艺人"大都产生于偏远的牧区，他们都是些目不识丁的牧民，但却能说唱几十部甚至上百部

《格萨尔》故事。

　　头人很兴奋，叫人擂响了羊皮鼓。鼓声震天，飘荡在空寂的草原，人们欢呼起来。但是父亲发现，头人的小老婆央金显然有些惊慌，脸色变得煞白，她垂下脑袋，两只手慌乱地纠缠在一起。父亲清楚地看见她的手在微微颤抖。这女人怎么了？

　　人们欢呼着，将自己的目光投向天地相接的地方。天地间，说唱艺人不紧不慢地朝这边走来。他走到低凹处身子就矮下去半截，但是转眼又从草地上慢慢冒了出来。

　　嘉措头人说，在这一带雪山草原上，索布的名气比我这个头人大多了。索布十三岁那年，在黄河边放牧时做了一场梦，梦里有一位老喇嘛对他说，自己身上有三样本领：一种是学会天上飞禽的语言，一种是学会地上走兽的语言，第三种是学会说唱《格萨尔》，问他想要哪一种。索布想，我学飞禽走兽的语言干什么，还是说唱《格萨尔》比较有意思，于是就对喇嘛说，我想学唱《格萨尔》。喇嘛开心地笑了，把很多经卷交给了他，说《格萨尔》不用学唱，所有心中有神的人都会说唱。索布梦醒后，眼前浮现出高原山水的景象，他激动得哭了。从此以后，他就无师自通地开始说唱《格萨尔》了。那些故事好像早就埋藏在他的心里，只要一张嘴，就会从心里一部一部冒出来。每当牧民遇到喜庆的日子，就会请他说唱《格萨尔》；谁家生了孩子，就请他说唱《赛马称王》，预示孩子将来宏图远大，终成大业；谁家娶了新媳妇，就请他说唱《岭国七美女》，赞美新娘，预祝吉祥。

　　说话间，索布已经走到了跟前。索布毫不客气地坐在头人让出的主位上。他看上去二十多岁，但面相高古，神情超然。他头上戴着的说唱艺人特有的神帽很古怪，也很别致，是用羊毛毡、绸缎或布料缝制而成，上面有六棱四面，左右两侧有两个帽耳，帽顶插有各种鸟禽的翎子，正面镶嵌有十几种玲珑耀眼的装饰物。

　　"索布来了"的消息像风一样很快传遍了草原。不大工夫，周围的牧民就像突然从草地上长出来似的，围拢到了扎陵湖畔。

　　索布问："头人老爷，今天您想听哪一部？"

父亲的雪山，母亲的河

头人扭头看着父亲。父亲正在好奇地端详索布头上的帽子。头人对索布说："我们尊贵的客人既然对你的说唱帽这么感兴趣，你就先来段《王冠颂》和《霍岭大战》吧。"

索布说唱的时候，一会儿把帽子放在肩上，一会儿抱在怀中，一会儿又放在地上，一会儿又把帽子折叠起来，一会儿又展开帽子的双耳，一会儿又亮出正面和侧面，他不断模仿各种动物，边唱边表演，十分生动有趣。

父亲听不懂藏语，头人就在一旁解释说，《霍岭大战》说的是帽子的来历和意义，《王冠颂》说的是帽子的制作工艺，帽子上的装饰物象征的是藏地的雪山、六大山脉、四条江河和四大湖泊。

说唱完帽子，索布又说唱了《大食分财宗》和《赛马称王》。索布越说越起劲，伴随着身体的舞蹈动作，他的声音抑扬顿挫、急缓舒张，十分流畅悦耳，赢得牧民们一阵阵喝彩……

太阳西斜，说唱告一段落。嘉措头人让人带索布去城堡吃饭休息。头人借着酒兴，对父亲说："从今往后，我就没有枪啦，如果您不反对，我想最后过一次枪瘾，您有兴趣跟我一起玩玩吗？"

"这是个好主意！"父亲知道这是头人在试探他的枪法，笑着问头人："用我的枪还是您的枪？"

"还是用自己的枪比较顺手。你用你的，我用我的。"头人笑着说，"当然最后都是你的，今天你都拿走。"

仆人拿来一把长枪，双手捧过头顶递给头人。

头人说："您先请吧！"

父亲说："还是您请！"

头人不再客气，从毡毯上站起来，朝四周张望。一箭之外有一群羊正在吃草，有一只小羊落在最后。头人瞄准那只小羊，枪声一响，那小羊应声倒下，在场的人一阵欢呼。

"好枪法！"父亲由衷地赞叹。

头人对仆人说："拖回来炖了，给我们的客人下酒！"

枪声惊扰了草丛里的野兔，它们四处奔逃。有一只已经逃出很远,又惊慌失措地转身往回跑来。父亲从腰间摸出手枪,"叭"的一枪,兔子跳起老高,然后坠落在地,再也没了动静。

头人惊呼:"哎呀,佩服!佩服!还是解放军厉害!"

父亲说:"当兵打仗,手熟罢了,让您见笑了!"

头人对一个脸膛黑红的仆人说:"扎桑,你也来试试!"

那个叫扎桑的人走过来,接过头人手里的枪,仰头看见一只鹰在空中盘旋,举枪瞄准,"叭"的一声,那鹰扑啦啦掉在湖水里。

父亲说:"真是一个好枪手!"

嘉措头人说:"您要是喜欢,就让他跟您走吧。"

"好啊,镇政府刚成立,我那里正缺人呢。"父亲扭头问扎桑,"你愿意跟我走吗?"

扎桑不好意思地笑了笑,看了看头人,然后朝父亲点了点头。

"听说镇政府缺粮食和酥油?"嘉措头人说,"我的意思是说,我想捐献一百石青稞、三百坨酥油,不知您是否接受?"

父亲惊喜地说:"啊呀,嘉措头人可帮了我们大忙了,我代表政府感谢您的支持!来来来,我敬您一杯!"

俩人喝了一满杯。父亲心情很好,平时不爱说话的他,那天的话特别多。看着面前波光闪闪的扎陵湖,父亲问嘉措头人,扎陵湖和鄂陵湖相距不过二三十里,可是为啥扎陵湖水是灰白色的,而下游的鄂陵湖水是青蓝色的?嘉措头人说,扎陵,藏语的意思是"灰白色的湖",鄂陵是"青蓝色的湖"。扎陵湖在上游,雪山上的雪水经过沙土层,把泥沙带进湖里,所以湖水的颜色是灰白色的;而鄂陵湖在下游,河水经过几十里的河谷草地,泥沙减少了,湖水越来越清,就变成青蓝色的了。据说当年文成公主经过鄂陵湖舍不得离开,硬是要求藏王在湖边多逗留了一个多月。

那天,父亲和嘉措头人在湖边坐了很久,最后嘉措头人醉得脑袋都抬不起来了,才准许父亲离开。嘉措头人跟跟跄跄地将父亲送到路口,嘴里含混不清地说:

"解……解放军就……就是厉害,枪打得好,酒也喝得痛……

父亲的雪山,母亲的河

痛快!"

嘉措头人的仆人扎桑跟随父亲回到了镇政府。父亲从头人上缴的七条枪里挑出一条最好的交给扎桑,让他当解放军的藏语翻译。

第二天,父亲带着扎桑去拜访工布头人。

工布头人的庄园在黄河下游的鄂陵湖畔。父亲他们走到一半路程的时候,碰到了一个牧羊人。那人肩头上立着一只鹰,眼神冰冷,样子很怪。父亲向他打招呼,他谦卑地退到路边,取下头上的毡帽,哈了哈腰,一句话也不说。

扎桑说他是工布头人的家奴,是个哑巴,大家都叫他"鹰人",因为他的肩膀上总是站着一只鹰。工布头人和嘉措头人往来的信息,就是靠这只鹰来传递的。"鹰人"在工布庄园的主要任务是养鹰放鹰,没事的时候也帮主人牧羊。

他们继续往前走,在鄂陵湖边遇到了一支牦牛驮队。牦牛在湖边饮水,背上驮着货物,却不见驮人。正当父亲四下里寻找牦牛的主人时,草丛里突然传来一个男人的歌声:

> 最黑最黑的夜晚,
> 天亮也会有太阳。
> 最冷最冷的冬天,
> 春天也会暖洋洋……

父亲策马循声走过去,看见一个男人躺在草丛中,用毡帽盖住了脸膛。歌声就是从毡帽下面传出来的。听到马蹄声,男人警觉地翻身坐起,看见一身军装的父亲,急忙站起来朝父亲鞠了一躬:

"解放军好!"

这是一个敦敦实实的红脸膛的汉子。

父亲跳下马,笑着问男人:"从哪里来呀,要到哪里去呀?"

男人说:"我从西宁驮盐回来,我家就在前面。"

父亲的雪山，母亲的河

扎桑走过来，对男人说："看见湖边的驮队，我就知道是你回来了。"又扭头对父亲说："他叫丹增，是工布头人家的驮人，我们这里方圆几百里，没有不认识他的人。"

男人问扎桑："你们这是要到哪里去呀？"

扎桑说："我们要去拜访你们的头人！"

男人"噢"了一声，没有再说什么，朝湖边的牦牛走去。

告别丹增，父亲和扎桑继续赶路。一只鹰从头顶掠过，朝着同一个方向飞去。父亲认出是刚才见过的那只鹰。

扎桑说："驮人丹增去过很多地方，他把我们的羊毛、雪莲和虫草驮出去，再把汉地的食盐、茶叶和布匹驮回来，走一趟至少要一两个月，要是去兰州、四川，那时间就更长了，得两三个月呢。"

父亲说："难怪他的汉话说得那么好。"

"丹增懂的可多啦，比头人知道的都多。兰州和西宁解放的消息，就是他从雪山外面带回来的。丹增人缘好，我们大家都喜欢他。因为他经常帮我们从雪山外面捎东西回来。"扎桑突然叹口气说，"他也是个苦命人，三十多岁了还没有讨上老婆……"

说话间，工布庄园出现在眼前。工布头人好像早已得到了消息，恭候在庄园门口。但是他没有邀请父亲进庄园，而是将父亲请到了鄂陵湖边早已搭好的毡帐里。那里早已摆好了牛羊肉和酥油茶。工布头人说："我要用热闹的赛马会，来迎接我们尊贵的客人。"

人们早在湖边的玛尼堆上挂起了经幡。工布头人开始"煨桑"，这是赛马前的敬神祭祀仪式。身着古戎装的骑手们身背双叉长枪，手握弓箭，他们点燃桑堆后跃上马背，围绕桑堆跑了三圈，然后纵马奔驰在草原上。

骑手们边跑边举弓射箭。箭镞像鸟一样飞向湖边的草靶，一头钻了进去，只留下一截尾巴在外面。与此同时，骑手们在马背上还做出许多逗趣的动作：有的探身捞起地上的哈达；有的反身骑马，仰躺在马背上吸着鼻烟；有的倒立在马背上喝酸奶，骑术不好的弄得满脑袋满脖子都是，引得大家捧腹大笑……

33

父亲的雪山，母亲的河

最后一项比赛是捡银圆。头人让人在草地上挖了许多浅洞，每个洞里放置一枚银圆，让骑手们争相捡拾，谁捡到就归谁。工布头人突然热情地邀请父亲。父亲不好驳头人的面子，更不愿意丢解放军的脸，只好跃上他的战马，加入捡拾银圆的行列。父亲跑了一圈回来手里已经握了一大把银圆。牧民们朝父亲欢呼。父亲一扬手，闪亮的银圆落进了旁边围观的人群中，引来一阵更强烈的欢呼。

工布头人用一场没完没了的赛马会，消磨了父亲一整天的时间，使得父亲没有机会跟他谈正事。更让父亲不放心的是，工布头人并没有像嘉措头人那样交出自己的枪。但这事又不能操之过急，让工布头人自愿把枪交出来效果最好。

父亲那天无功而返。他打算过两天再来工布庄园。可是让他没有想到的是，几天后工布头人就出事了。

消息是"鹰人"跑来告诉父亲的。"鹰人"气喘吁吁地跑来，呜里哇啦地朝父亲打着手势。父亲看不懂他的手势。扎桑搞了半天才弄明白，"鹰人"是说工布庄园那边出事了。父亲带人飞马赶到那里，工布头人早已没了踪影。空荡荡的院子里，只有几天前在湖边见到的那个名叫丹增的驮人木呆呆地站在那里。

丹增告诉父亲，他住在庄园西北角的马棚那边，昨天半夜他听到外面有一阵动静，但是赶了一个多月的路程，实在太困了，就没有爬起来看个究竟，等他早上醒来一看，庄园已经人去屋空了。

父亲从庄园外面草地上留下的马蹄印判断，工布头人进了雪山。可是前几天他还好好的，为什么现在要不辞而别呢？父亲突然想起了另一个头人，他不会也不辞而别吧？父亲急忙派人去打探，嘉措头人正在自己的城堡里与小老婆央金饮酒。

工布头人的突然离去，给工布庄园刚刚获得自由的农奴带来了恐慌和不安。他们几天前才分得头人的牛羊，害怕头人将来报复，连夜拆了帐房，悄悄离开了河源镇。父亲一边派人寻找逃走的牧民，一边加强了河源镇的安全防卫，以防不可预知的事情发生。

可是一个月过去了，什么事也没有发生。

父亲的雪山，母亲的河

父亲渐渐放松了警惕，开始着手建造小镇。父亲将嘉措头人找来商议，嘉措头人答应捐献一批数量可观的木料。父亲又一次被嘉措头人的行为感动了。木料有了，修房子所需的石头可以发动大家用牦牛到附近的山上去驮，这样，小镇很快就会建起来。

可是就在那天下午，镇子外面突然传来了零乱的枪声。枪声是从嘉措头人的城堡方向传来的。父亲带着扎桑和三个战士，急忙骑马赶往城堡。

城堡里一片混乱，地上满是血迹，嘉措头人的大老婆和三个仆人被打死，唯独不见小老婆央金。嘉措头人脸色煞白，满脸血迹，他满脸惊恐地说："是工布干的，他们冲进城堡，见人就杀，劫走了央金，我躲进柴堆里才逃过一劫。工布临走时对我的仆人说，如果我再帮解放军的忙，他先杀死央金，然后再杀我个回马枪……"

父亲带着扎桑和三个战士追赶工布头人。他们在雪山沟口看见了工布头人的马队，一共七个人，其中一匹马的马背上驮着两个人，一个身着红袍的人被横放在马背上，像刚捞出来的鱼一样不停地挣扎。不用说，那是央金。工布发现父亲追来，边跑边朝后面开枪。父亲紧贴马背，拼命地追赶。距离越来越近。父亲从一个战士手里接过长枪，架在马头上，瞄准了驮着央金的那匹马的马腿。一声枪响，那马栽倒在地，马背上的两个人翻滚在草地上。父亲纵马跑过去。落马的土匪开枪击中了父亲的胳膊，跟在父亲后面的一个战士一枪结果了土匪。父亲探身用另一只手从草地上捞起央金，掉头往回撤退。工布看见央金落在了父亲手里，掉转马头反扑回来。但是工布到底心虚，追了一箭地没有敢继续追赶，转身逃往雪山……

父亲带着央金走进城堡的时候，胳膊上还在滴滴答答地滴血。嘉措头人见状，扑通一声跪倒在父亲面前："谢谢恩人哪！你们是仁义之师，可是我……我对不起你们啊！"

父亲被嘉措头人的话弄糊涂了。嘉措头人将父亲带到后院，启开一个暗室，从里面取出二十支快枪交给父亲，一脸羞愧地说："我跟工布早就商量好了，他让我先交几支枪麻痹你们，等你们放松了警惕，我们再联合消灭你们。可是经过这段时间的相处，我觉得你们解放军都有一颗菩萨心肠，所以我不忍心下手，惹怒了工布，所以他今天就来教训我……你们为了救我的家人不顾自己的性命，让我更加羞愧，这是我所有的枪，现在都交给你们……"

六

  那颗子弹只是穿过父亲胳膊上的皮肉，没有伤及骨头，所以父亲很快就痊愈了。嘉措头人经常来镇政府看望父亲，他带来虫草、雪鸡和酥油，让父亲补养。有时候，他还会带上年轻漂亮的央金。

  嘉措头人说："她总是唠叨着要来看救命恩人。"

  央金飞快地瞥父亲一眼，羞红了脸，垂下头去。央金最近一直待在城堡不敢出门，皮肤越发白皙，显得更加年轻水灵，与干瘪驼背的嘉措站在一起，看上去不像是一对夫妻，倒像是一对父女。

  后来，央金过几天就会一个人来看望父亲。父亲身边没有人的时候，央金就会用一双乌黑的眼睛直直地盯着父亲，看得父亲很不自在。父亲不敢看央金的眼睛，只让自己的目光停留在她藏袍水獭和虎豹皮的裙边上。

  为了提防工布头人再次来袭，父亲成立了河源镇骑兵队。骑兵队一共二十三个人，除了三个解放军战士，其他队员都是刚刚获得自由的农奴。父亲给他们配发了嘉措头人上缴的快枪，同时任命嘉措头人以前的仆人扎桑当了骑兵队的队长。

  父亲的信任出乎嘉措头人的意料。更让嘉措头人意想不到的是，父亲让他当了河源镇的副镇长。

  工布逃走之后不久，驮人丹增来找父亲，要求为政府做事。当时修建镇子正缺人手，父亲就安排他的驮队驮运山石和木料。丹增性格开朗，人缘也好，很快就有许多牧民加入他的驮队，这样一来，建造镇子的速度比原计划快了许多。父亲看出了驮人丹增的组织能力，认定这人将来能成为一个好帮手。

父亲的雪山，母亲的河

在建造镇子的队伍中，父亲认出了哑巴"鹰人"。他从来不跟人嬉笑打闹，大多数时候都是一个人默默地低头干活。"鹰人"干活很卖力，他肩膀上的鹰一会儿飞走了，一会儿又飞了回来，仍旧落在他的肩膀上。父亲觉得这个"鹰人"很有意思。

嘉措当了副镇长以后，工作更加积极，协助父亲，只用了三个多月的时间，就在河源镇上建起了大片土木结构的藏式房屋。父亲站在仅有的一条街道上，看着从自己手里建起来的崭新的镇子，心里有种说不出的自豪。"这可是黄河源头的第一个镇子啊！"父亲豪情满怀地说，"将来，我们还要在这里建一个县城哩。"

父亲很高兴，跟嘉措、扎桑、"鹰人"坐在一起喝青稞酒。嘉措喝多了，将头埋在两腿间，发了一句感慨："扎桑从前是我的仆人，从前他只能站着看我喝酒，现在他和我坐在一起喝酒了……"

父亲心里明白，嘉措这是在怀念当头人的日子。连嘉措这样支持政府的人心理都不平衡，就更别说逃进雪山的工布头人了。父亲知道工布头人是不会善罢甘休的，他们迟早还会来。

父亲让骑兵队加紧练习骑射，随时准备战斗。可是夏天很快过去了，工布头人一直没有露面。

秋天来临的时候，父亲接到上级命令，让骑兵队前往两百里外的邻县去参加军事比赛。父亲让嘉措和两个战士留守镇子，自己亲自带领骑兵队去参加比赛。可是等他们赶到那里时，军事比赛取消了，他们只好原路返回。在离河源镇还有十几里的地方，父亲突然听到了激烈的枪声。父亲心里一惊，知道大事不好，急忙带领骑兵队往镇子方向狂奔。快进镇子的时候，看见十几个骑手从镇子里冲了出来，发现迎面而来的父亲，转身朝雪山逃去。

父亲大喊一声："那是工布，快追！"

父亲他们追到一处草甸上，工布的马队突然不跑了，他们掉转马头，举枪对着父亲他们，但是并没有马上射击。父亲勒住马头，看见工布的马头前面站着嘉措。两边人马在草甸上举枪对峙。

父亲朝工布喊话："工布你别胡来！赶快放了嘉措！只要你们放

父亲的雪山，母亲的河

下枪跟我回去，以后不再与人民政府为敌，我保证既往不咎！"

工布哈哈大笑，挥舞着手里的驳壳枪说："算了吧，我是工布，不是嘉措，我是不会听你们汉人任意摆布的！嘉措是我们藏族人的叛徒，我要给他一点颜色看看！"

父亲说："西藏已经和平解放了，你这样对抗下去没有好处！我们都把枪放下，你有什么要求，我们可以坐下来谈。你先放了嘉措，然后我们谈判！"父亲说完，首先将自己的枪收了起来。

工布大声说："除非你用自己来换嘉措。"

父亲想了想，然后说："好，我来换嘉措。"

父亲将枪交给身边的战士，准备骑马过去。

扎桑拦住父亲的马头说："工布喜怒无常，你不能去啊！"

父亲没有理会，一抖缰绳，向工布走去。

工布说："你不准骑马，一个人走过来。"

父亲说："好吧，我走过去，你放嘉措过来。"

父亲跳下马，迎着工布的枪口走过去。工布说话算数，放了嘉措。嘉措战战兢兢朝这边走来。父亲与嘉措走到了一起。

嘉措对父亲说："跑吧，我俩都往回跑吧！"

父亲说："人跑不过子弹。你赶快往回走，我自有办法！"

父亲走到工布跟前。两个骑兵跳下马，将父亲捆绑起来。嘉措看见工布捆绑了父亲，又掉头往回走，一边走一边喊："工布我回来啦，你放了解放军，还是把我抓走吧！"

父亲被人按倒在马背上。工布掉转马头，准备离开。嘉措奔跑起来，一边跑一边喊："工布，你等等！你放了他，把我带走！"

工布回身一枪，嘉措像只鸟一样张开了翅膀，然后扑倒在草甸上。工布扬鞭跃马，带着父亲向雪山逃去。扎桑带着骑兵在后面追赶，但是他们怕伤着父亲，一直不敢开枪。他们一直追赶到雪谷深处。两边是陡峭的山崖，山顶积雪皑皑，一只秃鹫在空中盘旋。

父亲在颠簸的马背上，悄悄解开了身上的牦牛绳。他一把夺过土匪手里的马枪，将他掀下马背，然后举枪向前面的土匪射击。

父亲的雪山，母亲的河

父亲听见扎桑在后面喊："不能开枪，小心雪崩！"

可是已经晚了。扎桑话音刚落，父亲就听到一阵沉闷的轰隆声，仰头一看，只见山顶上的积雪瀑布一样飞泻下来……

那场突如其来的雪崩，在父亲还没有明白怎么回事的情况下，夺去了骑兵队三个藏族兄弟的生命，却让工布的马队逃之夭夭。

雪崩是由父亲的枪声造成的，所以他很懊悔。后来父亲才知道，那个雪谷每隔几年就会发生一次雪崩。山顶的积雪堆积到了一定的程度，别说是枪声，就是一阵马蹄声或者秃鹫翅膀的几下扇动，也可能招致雪崩。

父亲他们在雪谷里挖掘了好多天，也没有挖出那三个藏族兄弟。扎桑说，他们被掩埋在很深的积雪里，不可能被挖出来。

雪崩发生那天，父亲回到河源镇才知道，跟嘉措一起留在镇子里的那两个战士已经牺牲了。他们在与土匪的激战中献出了自己的生命。父亲将嘉措和两个战友掩埋在黄河边地势较高的草地上。

父亲怀疑镇上有奸细。因为工布的两次袭击，都是在他们没有任何防备的情况下进行的。躲在雪山上的工布，怎么会准确地掌握镇子上的情况呢？肯定有人给工布通风报信！可是这人是谁呢？

父亲怀疑两个人：一个是驮人丹增，一个是哑巴"鹰人"。因为他们两个从前都是工布的仆人，而且熟悉镇上的情况。

可是，还没有等父亲采取行动，丹增却突然主动找到父亲。丹增报告说，他看见"鹰人"在鹰腿上绑了什么东西，然后把鹰放飞了，那鹰扶摇直上，然后朝着工布藏匿的雪山飞去。丹增怀疑"鹰人"跟工布有联系，让父亲小心提防。父亲很震惊。

丹增说："赶快把'鹰人'抓起来吧！"

父亲对丹增的话将信将疑。父亲知道接下来该怎么干了。他对丹增说，工布最恨支持政府的藏族人，他已经杀害了嘉措头人，下一个目标很可能就是你，所以你现在很危险，你必须暂时离开镇子。丹增说我离开了镇子，你怎么办？父亲说我自有办法。当天下午，父亲让

父亲的雪山，母亲的河

丹增带着骑兵队大张旗鼓地离开了镇子。父亲私下里交代骑兵队里的一个战士，要他密切监视丹增。然后父亲放出话来说，邻县发生了匪乱，丹增带着骑兵队去增援了。那天夜里，骑兵队根据父亲的事先安排，又悄悄返了回来，但他们没有回到镇上，而是潜伏在嘉措头人的城堡里。嘉措头人死后，城堡里就住着央金一个人。凭直觉，父亲知道那里是最安全的地方。

骑兵队走后，父亲派扎桑暗中监视"鹰人"。第二天，扎桑发现"鹰人"将他的鹰放飞了。那鹰悄无声息地朝雪山飞去，在草地上留下移动的黑影。等那只鹰再飞回来，降落到"鹰人"的肩膀上，扎桑抓住了"鹰人"。鹰腿上绑着一块牛皮，上面用藏文写着一行字：密信收到，明早下山。

父亲笑了，知道了谁是奸细。他将那只鹰关在一只铁笼子里，然后一句话没说就放走了"鹰人"。扎桑不解地看着父亲。父亲说，没有了鹰，"鹰人"就失去了翅膀，他飞不到哪里去。

这天黎明前最黑暗的时刻，父亲悄悄把骑兵队从城堡里带出来，埋伏在工布马队下山必经之路的山坳里。天亮不久，工布的马队果然出现在父亲的伏击圈。一阵激烈的枪战之后，工布头人丢下七八具尸体，仓皇向雪山逃跑。这时，"鹰人"不知从哪儿突然冒了出来，骑着一匹黑马拼命追赶他的主人。工布扭头看见"鹰人"，回身一枪，"鹰人"从马背上滚落下来……

从此以后，工布的马队再也没有下过山。后来，听说他逃到了喜马拉雅山深处。再后来，听说他逃到印度去了。

父亲对驮人丹增更加信任，任命他当了河源镇副镇长。

第二年春天，国家决定修建青藏公路，上级让父亲在河源挑选几个熟悉进藏路线的藏民，跟随西北运输总队一起从格尔木向拉萨探索线路。河源镇只有驮人丹增去过拉萨。父亲派丹增前去支援。

这年深秋，丹增回来了，人变得又黑又瘦。丹增说，运输总队的政委慕生忠传达了周恩来总理的指示，说青藏公路如同人的手背，平坦宜行，而且斩不断、炸不烂，非常保险，说要急修，先粗通，然后再改善。丹增说，他们探路队三十多个人，五十多峰骆驼，二十多匹骡子，从香日德出发，经过格尔木，翻越了昆仑山、唐古拉山，跨过了楚玛尔河、沱沱河、通天河。路上饿了，他们就在沙地上挖个坑，用牛粪烧红了坑壁，然后把和好的面团放在坑里捂上热灰焖熟了吃；渴了，就吃地上的雪。让丹增感到无比自豪的是，他们只用了七十多天就到达了拉萨。丹增说，现在慕生忠将军正带领筑路大军和几千峰骆驼开始修筑青藏公路。

让丹增和父亲感到吃惊的是，这年的12月，慕生忠的筑路大军就将青藏公路修通了，他们仅用了七个月零四天。

有段日子，央金总喜欢在父亲面前晃悠，弄得腰带上佩挂着的小佩刀、针匣、奶桶钩、银链叮当响，在父亲周围留下青草的味道。父亲莫名地害怕那声音和味道，央金一来他就紧张。

许多年后的那个下午，父亲对我说起了央金。父亲的口气很平淡，但我能从中听到一个男人的虚荣与自豪。父亲说那时央金工作很积极，经常帮助政府做一些适合女人做的工作。一次他们俩在去工布庄园的路上，央金向他敞开了心扉。但是他拒绝了。

央金哭了。央金说她是一个苦命的女人，她是在成亲的路上被嘉措头人抢去做了他的小老婆。她的新郎用腰刀扎伤了嘉措头人，还咬掉了一个仆人的一根手指。嘉措头人杀了她的新郎，剥下新郎的皮，用它蒙了一面鼓。每次听到那鼓声，她都心惊肉跳。

父亲突然想起他第一次去嘉措头人城堡那天，为迎接说唱艺人，头人让人擂响了一面鼓，当时他看见央金脸色突变，双手哆嗦。难道央金说的就是那面鼓？原来那不是羊皮鼓，而是人皮鼓。父亲身上一阵寒冷，他没有想到慈眉善目的嘉措头人会如此残忍。

央金说她恨嘉措头人。他杀的那个男人毕竟是她的新郎，尽管她并不爱他。新郎家是用一头牦牛和三只羊把她换去做新娘的。嘉措头人经常让人把那面人皮鼓擂得咚咚响，他的用意很明显，就是为了提

父亲的雪山，母亲的河

醒她如果对他不忠，想逃跑，也会遭到同样的下场。同时也用那鼓声告诉他所有的农奴，在他的领地里他就是天神，谁违抗了他的旨意谁就会遭殃。所以央金怕那面鼓，她恨嘉措头人。在嘉措头人死去的第三天，她就将那面鼓一把火烧了，也算是给那个没来得及当她新郎的男人举行了一个特殊的葬礼。现在头人死了，她自由了。可是自由又有什么用呢？她爱上了一个男人，可那个男人并不需要她……

父亲向央金解释说："不是你不好，不是你不可爱，而是我已经有老婆了。"

央金愣住了，过了一会儿才小声说："我可以做小……"

父亲说："新中国实行一夫一妻婚姻制度，不允许有小老婆。"

央金沉默了，沉默了很久。然后她叹口气说："我的命好苦啊，好不容易喜欢上一个人……那好吧，我这一辈子不嫁人了……"

父亲急了："这怎么行？你还很年轻，应该有自己的新生活，这草原上好男人多的是，你一定能找到自己喜欢的人……"

央金说："找到了有什么用？找到了也不是自己的。"

父亲不知该怎样劝慰央金，本来就不善言谈的他，那时就更加有些语无伦次了。"现在和平解放了，我们的日子会一天比一天好，你也会一天比一天好起来的……"

从此以后，父亲每次见到央金都很拘束，好像欠了她什么。父亲想这样下去也不是个办法，既不便于开展工作，如果让别人看出了央金的心思，还可能造成不好的影响。这里是藏区，处理不好会牵扯到民族问题，况且央金是头人的女人，跟别的女人不同。最好的办法就是为央金找一个男人，让她重新组织一个家庭。

父亲首先想到了丹增。丹增为人善良，又孔武有力，也是孤身一人，如果能把他们俩撮合在一起就再好不过了。于是父亲有意撮合央金与丹增，但却遭到了央金的拒绝。央金很生气。

央金说："我的事不用你操心！"

央金说："我嫁不嫁人不用你管！"

央金说："我就是一辈子不嫁人，也不会嫁给你给我挑选的人！"

父亲的雪山，母亲的河

那个无风的下午，父亲愧疚地对我说："是我害了你央金阿姨。"我问父亲："你爱过央金阿姨吗？"父亲吃惊地看着我。我没有退缩，笑着望着父亲。父亲的目光渐渐虚幻了，扭头望着远处的雪山。

父亲说："你央金阿姨是个好女人。这样的女人谁不喜欢呢？"

父亲停顿了一下又说："我这一辈子，没有对不起你母亲。"

父亲的意思是他一生对母亲是忠诚的，但是他的心里似乎也有央金阿姨的一席之地。可是那一席之地上到底生长了怎样的花朵，父亲模棱两可，我也不好进一步探究。

父亲去世后，他们之间的秘密才被央金阿姨自己揭开。

嘉措头人死后不久，父亲在嘉措头人城堡周围建立了一个新镇子。为了纪念牺牲了的嘉措，父亲给那个镇子起名叫嘉措镇。

父亲让扎桑当了嘉措镇镇长。

几年后的冬天，河源镇改为河源县。骑兵队解散。不久，上级派来了县长和县委书记。父亲当了武装部部长，丹增当了农牧局局长。

春天来临的时候，组织安排父亲去州里学习两个月。学习结束后，父亲将母亲接到了河源，当然，还有我的两个姐姐：江雪和江果。那时的草原莺飞草长，到处是盛开的格桑花。

央金一见到母亲，就明白父亲为什么拒绝她了。

母亲与两个姐姐的到来，在巴掌大的河源县引起了不小的震动，说是刮了一场美丽的旋风一点也不夸张。

河源人都说，从前河源最漂亮的女人是央金，现在又来了一个比央金还要漂亮的女人。那个汉族女人还带来了两朵艳丽的小花：一朵是格桑花，一朵是雪莲花。

卷二　江雪

七

我们跟母亲来到河源的时候才六岁。那时我并不知道江果不是我的亲妹妹,因为母亲总是对人说我们是孪生姐妹。可是我们俩长得并不像啊。平心而论,妹妹江果长得比我漂亮。其实我也不算丑,我只是皮肤比妹妹江果黑了一点。所以我们一到河源,人们都说我们姐妹俩一个是格桑花,一个是雪莲花。

来河源路上的具体情景我已经记不清了,我只记得我们骑马翻了好几座雪山,过了很多草地和冰河,走了很长的时间很长的路,好像我们已经走到了天边边。我记忆最深刻的是我的小屁股被马鞍磨破了,疼了好多天。还有就是母亲一路上都在呕吐,我真担心她把自己给吐空了。看着母亲痛苦的样子,父亲不但不心疼,竟然没心没肺地哈哈大笑。后来我才知道,那是因为母亲怀孕了。

母亲骂父亲:"你个没良心的,我都要死了,你还笑!"

父亲笑着说:"折腾得这么厉害,一定是个小子!"

我们到河源的第一天下午,家里就来了一个年轻漂亮的女人。那女人一走进屋门就让我们的眼前一亮。女人一身藏族打扮,但是看上去却与我们见到的其他藏族女人不一样,到底哪儿不一样,我也说不上来。女人的眼睛乌黑明亮,躲藏在毛茸茸的睫毛后面,像夜空里一闪一闪的星星。女人一笑特别好看,脸上像开了一朵花。我没有想到在这么偏僻的地方还有这么好看的女人。我一下子就喜欢上了她。妹妹江果跟我一样,目光黏在了这个陌生女人的身上。她悄悄告诉我说,她喜欢女人身上的衣裳,还有那些叮当作响的坠饰。

但是女人并不在意我们,好像我们是屋里极不起眼的两件摆设。女人的目光从一进门就没有离开过母亲。

女人说:"阿姐长得真漂亮!"

父亲的雪山，母亲的河

　　女人将怀里抱着的东西放在地上说："这些你们用得着，以后缺什么找我啊。"女人上下打量着母亲说："阿姐生了两个孩子，身材还这么好，真是让人羡慕啊！"

　　女人的赞美让母亲的脸红了起来。母亲刚要说什么，突然干呕了两声，用手捂住了嘴赶忙往屋外跑。女人不知母亲怎么了，急忙跟了出去。可是母亲跑到院子里什么也没吐出来。女人说："肯定是水土不服。"说着就在院墙角捏了一撮土，又进屋找到木勺，从木桶里舀来一勺水，将那撮土丢进去，端给母亲说："你喝了就不会吐了。"母亲想解释什么，但是最终没有开口，皱着眉头闭着眼睛将水喝了下去。母亲果然不再干呕了。

　　女人临走的时候，似乎才发现了我们，走过来摸摸我们的脸蛋说："多漂亮的两个女儿呀，以后我带你们去草原上玩。"

　　女人走后，父亲说她叫央金，从前是一个头人的女人。头人死后，她就孤零零地住在一个城堡里，怪可怜的。母亲说可怜我倒没看出来，但总感觉她怪怪的。父亲说哪儿怪？母亲低头收拾着衣物说，眼神，我也说不好，一种女人的感觉。父亲看了看母亲，什么也没说。母亲用一种奇怪的眼神盯着父亲。父亲低头认真地往火塘里添加牛粪，抬头看见母亲在看自己，笑着说：

　　"你看着我干啥？"

　　"你是我丈夫，看看不行吗？"

　　"你的眼神才怪怪的呢。"

　　"她很关心咱们嘛。"

　　"谁呀？"

　　"还能有谁？"

　　"这个镇上就这么多人，大家都很熟悉，相互关心嘛。"

　　"我又没说什么，你紧张什么？"

　　"我紧张了吗？"

　　"看看，脸都红了。"

　　"你这人。"父亲用指头点着母亲，笑了。

母亲说:"她比我漂亮吧?"

父亲没说话,笑着摇了摇头。

"你不说话,就是承认她比我漂亮。"

父亲扭头问我们:"你们两个是不是把啥打碎了?"

我们奇怪地说:"没有啊。"

父亲认真地说:"你们把醋坛子打碎了。"

我和江果相互看了一眼,莫名其妙:"没有啊。"

父亲一本正经地吸了吸鼻子说:"那我怎么闻到一股醋味儿?"

母亲"扑哧"一声笑了,扑过去拧父亲的耳朵。父亲说别拧了别拧了,你把我的耳朵拧长了,我就变成兔子了。母亲说兔子可不吃窝边草!你给我记住,你要是敢有什么歪心思,我就把你的耳朵拧下来炒了吃。父亲说你炒着吃了我看你以后还拧啥。

父亲就是这样的好脾气,母亲怎么欺负他他都不生气。

后来,央金再来我们家的时候,父亲看也不看央金,更是很少跟她说话,打声招呼就忙自己的去了。我感觉母亲似乎不大喜欢央金阿姨来我们家。但是当着央金阿姨的面,母亲还是欢天喜地有说有笑的。央金阿姨一走,母亲就对父亲说,人家是专门来看你的,你怎么爱理不理的样子?父亲说我哪敢多说一句?我不想耳朵被人家炒着吃了。

但是我和江果都很喜欢央金阿姨。因为她经常带我们到黄河边的草甸上和扎陵湖畔去玩。央金的发辫上编有不同颜色的丝穗,缀着小铜铃、银圈、珊瑚、珍珠、贝类等饰物,在阳光下闪着亮光,让我们十分羡慕。她的耳环上镶有玛瑙和绿松石,下端还垂吊一颗珊瑚珠和金丝银链串成的花坠儿。她一走动,它们就欢快地晃动,把我的心儿晃悠得痒痒的。黄河里的水清冽冽的,能看见里面的蓝天和白云,还有河底的水草。扎陵湖畔有一群群飞来飞去的鸟儿。央金就用手指着说,这是棕头鸥,这是斑头雁,这是玉带海鸥,这是赤麻鸭,这是黑颈鹤,这是鹭鹤。湖水里游来游去的鱼儿,央金好像都认识,说那是大嘴鱼,那是小嘴鱼,那是湟鱼,那是花麻鱼。央金还教我们如何识

父亲的雪山，母亲的河

别草地上的花草。央金说我们如果走远一点，还会看见野牛、野驴、羚羊、盘羊、白唇鹿，雪山上还有棕熊、野狼、红狐、猞猁、雪豹、獾猪等动物。尽管我们很好奇，但却不敢冒险去看雪山上那些动物。

有一天，央金阿姨问我们："我和你们的妈妈谁漂亮？"

这个问题母亲曾经问过父亲。真是奇怪，女人怎么都喜欢问这个问题？但是这个问题还真是不好回答。

我说："你们都漂亮。"

央金阿姨说："肯定有一个更漂亮的，你们说实话。"

江果说："那你说，我跟姐姐谁漂亮？"

江果一下子把央金阿姨问住了，她看看江果，又看看我，然后自己笑了起来，用指头戳了一下江果的额头说："你最鬼！"

央金有一次带我们去了她的城堡。在城堡外面，我们遇见了一个皮肤黝黑的藏族男孩，他领着一只样子很凶的狗。我和江果吓得躲到了央金的身后。央金说那是镇长扎桑家的藏獒，那黑小子就是扎桑的儿子格桑。格桑大概从来没有见过汉族女孩，好奇地打量着我们。我们却离他远远的，生怕那狗扑上来。央金邀请格桑一起进城堡去玩，他却一转身跑走了，身后是他形影不离的藏獒。

城堡里空无一人，异常寂静。城堡里大部分屋子都上了锁，锁上落满了灰尘。但是央金住的屋子却很干净。她让我们坐在卡垫上，拿出风干牛肉招待我们，还打了酥油茶给我们喝。

央金卧房里的木板墙壁上挂着一件发白的旧军衣。江果觉得好奇，就要穿在身上。央金急忙要了过来，说这个不能乱动。见江果噘起了嘴，她忙解释说："这是我的救命恩人的东西，有它陪着我，我一个人夜里住在城堡才不会害怕。"

央金怕我们不相信她的话，撩起军衣的袖子给我们看，那上面果然有个枪眼，而且能隐约看见上面已经干枯的血迹。

当时我们并不知道那件军衣是父亲的。直到父亲去世时，央金才将珍藏了几十年的军衣拿出来，让我们一起埋进了父亲的坟墓。掩埋了父亲的那天晚上，我和央金阿姨坐在火塘边聊天。央金对我说她一生只爱过父亲一个男人。说着,她的泪水扑簌簌落了下来。

我们那天在城堡里玩得很开心,直到天黑才回家。

那天晚上,我们被母亲狠狠骂了一顿。母亲平时很少朝我们发火,不知道她那天火气为什么会那么大。父亲劝母亲说:"孩子嘛,说说就行了,别发那么大火,小心动了胎气……"父亲的话一下子将战火引到了自己身上。

母亲指着父亲说:"都是你惯的!还有你……你最好闭嘴……"

父亲将母亲搀扶到椅子上,笑着说:"你是世上最漂亮的女人,没人能跟你相比!但是你一生气,鼻子就有些歪了……"

父亲向我们招手:"来来来,女儿们,快给你妈捶捶背,把你妈肚子里的恶气给她捶出来……"

我们没有想到,央金阿姨后来真的搬到了我们隔壁。央金阿姨搬家那天,我和江果特别高兴,帮她一趟一趟往屋里搬小东西。母亲尽管也出来帮忙,但是我看得出她不太开心。等父亲晚上回来,母亲劈头就问:"是你让她搬过来的?"

父亲说:"我哪有那么大本事,是她找了丹增局长,是丹增安排她住在这里的。"父亲说的丹增是农牧局局长,来过我们家几次。

母亲问:"她为什么要搬到我们隔壁?"

"我哪知道。隔壁是农牧局的房子,一直空着没人住,丹增就让她住过来了。"父亲说,"听丹增说,她住的城堡夜里经常响起脚步声,她一个人住着很害怕。其实她一个女人挺不容易的……"

母亲说:"她不容易你可以帮助她呀,她现在搬到咱们隔壁了,你帮助起来会更方便。"

父亲扭头问我们:"你们把啥打碎了?"

我们齐声说:"醋坛子。"

父亲哈哈大笑。母亲也忍不住笑了,指着我们骂:

"两个小叛徒!"

央金阿姨搬到我们家隔壁后,几乎天天来我们家,帮助怀孕的母亲做一些日常家务,有时还让母亲教她学习汉语。可是母亲教她的时

父亲的雪山，母亲的河

候，她并不专心，眼睛时不时地打量着母亲。

央金对母亲说："阿姐，你生过两个孩子，现在又怀着身孕，可是你的身材看上去还是这么苗条。"

父亲晚上回来，母亲不高兴地说："说我生过两个孩子，不是明摆着说我老了吗？她是什么意思？"

父亲莫名其妙："这是咋啦？谁招惹你啦？"

母亲说："你招惹我啦！"

"我一回来你就说些没头没脑的话。"父亲笑着说，"是不是女人怀了孩子都这样不讲理？"

母亲说："我就不讲理怎么啦？她好，她讲理，她没生过孩子，她年轻，她漂亮，去去去，你去跟她过吧！天天来我们家，我看她就是想见你！这鬼地方我一天也不想待了，我明天就带孩子回州里去，我们走了你就跟她过吧！谁稀罕这鬼地方！"

父亲说："姑奶奶，小点儿声，小心人家听见。"

母亲压低了声音，咬着牙根说："我就是想让她听见。"

父亲让我们俩出去玩会儿，说爸爸妈妈有话要说。我们走后，不知道父亲用了什么魔法，让母亲平静了下来。母亲好像忘记了自己说的话，不再提离开河源的事。可是几天后，母亲又不高兴了。

那天央金阿姨又来我们家，母亲邀请她一起吃晚饭，问她想吃什么。央金阿姨说，大哥不是喜欢吃饺子吗，我们就包饺子吧。一句话把母亲脸上的笑容扫走了。但是母亲当时没有明显表现出来。等吃了饺子，央金阿姨走了之后，母亲对父亲说："你喜欢吃什么她都知道，她多心疼你呀。这哪里是邻居，简直就是一家人嘛。"

父亲嬉皮笑脸地说："藏汉一家亲嘛。"

母亲说："你别给我打哈哈，说，你们俩到底是怎么回事？"

父亲说："又来了。做人可得有良心啊，你怀孕了，人家过来帮你做饭，你还这样说人家。"

母亲说："说她你心疼了？"

父亲扭头看我们："女儿们，你们把啥打碎了？"

我们一左一右抱着母亲的胳膊说:"啥也没打碎,我们不当小叛徒!"我们学着母亲口吻说:"说,你们俩怎么回事?"

母亲也被我俩的举动逗笑了。

有一天,父亲骑马去牧区,回来下马的时候把脚崴了。央金阿姨拿来了用雪莲泡的青稞酒,说擦一擦就好了。说着就让父亲脱掉鞋子,蹲下来要给父亲脚上擦药酒。母亲急忙走过去拦住她,说还是我来吧。可是母亲肚子已经大了,蹲不下去。央金阿姨扶起母亲,说还是我来吧,都是自己人客气什么。蹲在那里就给父亲抹药酒,抹一遍,揉搓一会儿,再抹一遍,又揉搓一会儿。

央金阿姨仰头问父亲:"还疼吗?"

父亲红着脸说:"好了好了,不用抹了。"

父亲想缩回脚,央金阿姨牢牢抓在手里不让他乱动。

央金阿姨走后,母亲生气地对父亲说:"你听听,'都是自己人',说得多亲呀。不行,你今天晚上必须给我洗脚,我心里才好受。"

父亲说:"好好好,我给你洗,我给你洗。"

父亲真的给母亲洗了脚,母亲才消了气。我们都觉得母亲有点儿过分。在母亲面前,父亲从来都是这种百依百顺的样子,不管母亲发多大火,他给母亲的永远都是一张笑脸。但是有时候,父亲也很固执。即使是母亲,也无法让他改变主意。

那年夏天,父亲要一个人去雪谷。父亲说他要去挖掘几年前被雪崩掩埋的三个藏族兄弟。央金对母亲说,雪谷经常发生雪崩,很危险,让母亲劝父亲千万别去。母亲劝了,但父亲不听。

父亲神情很坚决地说:"他们是因为我才让雪崩掩埋在那里的,我不能让他们一直待在雪谷里挨冻。"

母亲无法阻止父亲,眼看着父亲一个人骑马向雪山走去。

几天后,父亲回来拿了些糌粑和酥油又走了。

母亲去找丹增叔叔。母亲说:"丹增局长,你赶快去劝劝我家江三吧,他一个人又去雪山了。"丹增叔叔说:"这个固执的老江,我还从来没听说过能从雪崩堆里挖出人来!我去把他找回来。"

父亲的雪山，母亲的河

丹增叔叔带人去找父亲。他没有劝回父亲，自己却留在那里跟父亲一起挖掘。然而，半个月过去了，他们一无所获。直到又一次雪崩降临，父亲他们才不得不回来……

八

那年秋天，母亲生下了弟弟江河。母亲产后身体很虚，扎桑从雪山为母亲打来一只雪鸡，央金从家里拿来当归、黄芪、党参和晒干的雪莲，为母亲做了一锅雪莲炖雪鸡。

央金做汤的时候，父亲站在一旁观看。央金就交代父亲，要放多少雪莲，多少当归、黄芪和党参，要放多少清水，要什么时候放药，要炖多长时间，要每日早晚让她喝一碗，汤煮得不要太烫，也不要太温，等等，等等。

父亲不住地点头："记下了，记下了。"

后来，父亲自己去打雪鸡，有时也会带回来几只野兔，父亲按照央金阿姨教的办法，学着炖汤给母亲补养。母亲对父亲说，你炖的汤比央金炖的好喝。母亲说自己能做的事情尽量不要麻烦别人。

那段日子父亲很忙，母亲经常坐在窗户后面等待父亲回来。父亲比院墙高出半个头，他每次走近家门的时候，半个脑袋就会在院墙外面一高一低地沉浮。母亲就对我们说：

"你爸回来了，赶快去打热水、端饭。"

有一天，我们看见父亲的脑袋在院墙外沉浮，"沉浮"到门口却不进来，往前"沉浮"了一截，停住了。父亲那样子好像在跟一个人说话。我们看不见跟父亲说话的人，说明那人比父亲个子矮。父亲跟那个我们看不见的人在院墙外面说了很长时间的话，我们都有点儿等不及了。母亲对我说："你去看看，看你爸在跟谁说话。"

我跑出院子，看见父亲在跟央金阿姨说话。我跑回来报告给母亲。母亲脸色一下子难看起来："我一猜就是她。"

父亲一进门，母亲就说："我坐月子，你坐不住了吧？"

父亲笑着说:"你坐月子,又不是我坐月子。"

母亲笑着说:"你心里长草了吧?"

父亲说:"我心胸再宽广也不是草原,长啥草?"

"野草呗,杂草呗!"母亲收住脸上的笑容,"你们站在外面说话多累呀,干吗不到家里来说?就是我们家不方便,你也可以上人家家里去说呀。外面多凉呀,你不怕自己感冒,总得关心人家呀。"

父亲终于明白了,笑着说:"我们谈的是工作,你多心了。"

我想接下来,他们免不了一场唇枪舌剑。可是不知为什么,那天母亲只在鼻子里哼了一声,扭过头去,不再理睬父亲。

可是那天半夜,我被父母的小声争吵弄醒了。

母亲说:"说实话,你跟她到底有没有?"

父亲小声说:"没有,确实没有!"

"手都没碰过?"

"握过一次手,同志间的,礼节性的。"

"我不是说这个,我的意思你心里明白。"

父亲沉默了一会儿,说:"我说了,你可别生气。"

"我不生气,你说,说实话。"

"我们的身子贴在一起过。"

"怎么贴的?"母亲的声音有点异样。

"我们骑在同一匹马上,我在前面,她在后面,我们奔跑着,她就贴在了我的后背上……"

"她的胸脯贴着你的后背?"

"对。"

"贴得紧不紧?"

"不紧她早就从马背上掉下来了。"

"你当时什么感觉?"

"能有啥感觉?当时我们在躲土匪的枪子儿,想不了那么多。"

"鬼才相信!"

"我当时真的啥也没想,只觉得后背热乎乎的……跟我第一次救

父亲的雪山，母亲的河

你一样，热乎乎的……"

"再没别的?"

"再没别的，真的，天地良心!"

"我就奇怪了，怎么你总是救女人?"

"赶上了嘛，我有啥办法。"

"后来呢?"

"后来? 没有后来了。"

"老实说!"

"后来有一次，她说她喜欢我。"

"她真这么说的?"

"真这么说的。我说我有老婆。"

"她怎么说?"

"她没说话，就哭了。"

"然后你就哄她?"

"我没有哄她。"

"鬼才相信! 再后来呢?"

"再后来你们就来了，就是现在这个样子，你都看见了。"

"我们来了，耽误了你们的好事，对吧?"

"看你说的啥话! 她不是那种人，我更不是那种人。"

"别把自己说得那么好! 要是我不来，你们不知道会弄出什么事来呢。我可告诉你，以后你给我离她远点儿!"

"隔壁住着，能远得了吗?"

"我不管! 要是再让我看见你跟她单独说话，我就带着孩子永远离开你，离开这个鬼地方!"

"你总是用离开我吓唬我。"

"我可不是吓唬你，要不，你可以试试!"

许多天后，父亲回家对母亲说，这下你可以放心了。母亲说我放心什么? 父亲说央金要去州里参加民族干部学习班，要去一年哩。母亲说你就是关心她，是不是你让她去的? 父亲说培养民族干部是党的政策，是县委决定的，我一个武装部部长哪有那么大本事。你不是讨厌她住在隔壁吗？她一走，你不就省心了？母亲说我觉悟没有那么低。你别忘了，我也是共产党员。

央金阿姨临走的时候来跟我们道别，母亲对央金阿姨说："学习班上要是有合适的男人，你也给自己找一个，一个人多孤单啊。"

央金说："我是头人的女人，谁会要我？"

母亲说："你这么年轻、这么漂亮，喜欢你的男人肯定很多，谁娶了你还不半夜笑醒？"

央金阿姨叹息了一声，没有说什么。

央金阿姨走后，我们家一下子清静了许多。没有央金阿姨的日子，我和江果感觉很无聊。有一天，母亲对我们说："这么长时间看不见你央金阿姨，我还怪想她的……"

一年后，央金阿姨学习回来了。她还住在我们家隔壁，可是我们再也找不到从前的那个央金阿姨了。央金阿姨变了，变得更漂亮了，变得不爱说话了，好像一下子长大了许多。她不像从前那样有事没事总来我们家了，她好像很忙，有许多事要做。我们很失落。

母亲问我们，你们央金阿姨怎么不爱来我们家了？我们说不知道。母亲自言自语地说，我也没有得罪她呀。江果说，你以前不喜欢她来我们家，这就是得罪。母亲说小孩子不懂，别瞎说。江果说我懂，你怕央金阿姨勾引爸爸。母亲吓得急忙去捂江果的嘴，说姑奶奶你小点儿声，这话可不能让别人听见。

有一天，母亲在门口碰见央金阿姨，请她进来坐坐。央金阿姨说我很忙，我现在在县委办公室帮忙，有许多事情要做。组织派我去学习，我可不能白学习，让组织失望。

母亲忍不住问了自己最关心的一个问题："你在学习班上就没有遇上一个心上人？"

央金阿姨说："我们在学习班上要学的东西很多，时间很紧的，我感觉自己一个脑子都不够用了，哪还有心思想个人的事情？"

父亲的雪山，母亲的河

母亲用大姐姐的口吻说："学习要学，工作要干，个人的事情也要考虑，革命家庭两不误嘛，你可不能耽误了自己。"

"耽误了就不嫁了。"央金阿姨朝母亲笑笑，急匆匆地走了。

留下母亲一个人呆呆地站在门口。

对我来说，弟弟江河实在是个麻烦。好像弟弟是妈妈专门给我生的。毫不夸张地说，弟弟江河是在我的肩膀上长大的。

江果只知道跟男孩子们在草原上疯玩，从来不看管弟弟。可是父母从来不说江果，好像她生下来就是来玩耍的，而我的任务就是看管弟弟。更让我生气的是，家里有什么好吃的先给弟弟，再给妹妹，最后才能轮到我。我感觉很委屈，冲父母说："我跟江果一样大，凭什么她可以玩，我却要看弟弟？"

父亲说："你是姐姐嘛。"

我说："可我只比她大那么一点点。"

母亲说："大一点点也是姐呀。"

我生气地说："做姐姐真倒霉！要不让江果做姐姐，我做妹妹！"

父母被我的话逗笑了："傻孩子，这能随便换吗？！"

格桑带着他的藏獒和一帮孩子，经常来找我和妹妹玩。可是我要看护弟弟，不能跟他们一起玩。很多时候，我都是坐在河边的草地上，看着他们追逐旱獭、野兔，或者玩老鹰抓兔子的游戏。看着看着，我心里就开始痒痒，就将弟弟放在草地上，跑过去加入了他们的行列。弟弟有次险些爬进了黄河。母亲狠狠骂了我一顿，后来我就不敢乱跑了。格桑比我大两岁，有时他会帮我看护弟弟，让我去跟孩子们玩一会儿。但是没有格桑，我又觉得没有意思。

一天，格桑采了一把五颜六色的野花，编成花冠戴在我的头上。格桑说我是草原上最漂亮的女孩子。妹妹江果生气了，非要格桑也给她编一个，而且要比我的花冠大。格桑编了一个更大的给她，妹妹这才开心地笑了。妹妹从小就是这样，什么都要最好的，什么都得比我强。我从来不跟她争，什么事都让着她。我已经习以为常了。有什么办法呢，谁让我是姐姐呢！

弟弟三岁的时候，有一天我们家里来了一位坐吉普车的客人。看见家门口的吉普车旁围了许多小孩，我和妹妹好奇地走进家门，看见一个高大的陌生男人坐在屋里，正在跟父母说话。他们好像都很激动，母亲一边笑一边转身抹眼泪。看见我们进来，父亲招手说：

"来来来，快叫刘伯伯。"

我们叫了声"刘伯伯"。江果盯着客人看了半天，然后好奇地问："刘伯伯，你怎么少了一只耳朵？"

我一看，"刘伯伯"果然少了一只耳朵。

母亲瞪了江果一眼："小孩子没礼貌！"

刘伯伯并不生气，笑着打量着我们俩，扭头问母亲："她们都长这么大啦？哪个是江雪，哪个是江果？"

没等母亲回答，江果就抢着说："我是江果，她是江雪，这是我弟弟江河。"

刘伯伯哈哈笑了起来，对父亲说："老江啊，你这家伙有福气，娶了茹雅这么好的老婆不说，还儿女双全啊！"

刘伯伯招手把我们叫到他身边，送给我和江果一人一个漂亮的塑料发卡，把一只黑色的塑料手枪给了弟弟江河。最后，他从挎包里掏出一条红色的纱巾送给母亲，又掏出一条香烟扔给父亲。

父亲说："你留着抽吧，我早就戒了。"

刘伯伯说："嗬，茹雅同志管得很严嘛。"

母亲说："革命靠自觉，他那倔脾气，谁管得了？"

父亲说："你可别在老营长跟前告我的状，我可从来没欺负过你。"

后来我们才知道，这个刘伯伯叫刘达，以前跟父母在一个部队，刚调到我们州里当副州长。听说我们在河源，他专门跑过来看我们。

第二天，刘伯伯走了，我们一家人送出很远，直到吉普车消失在雪山那边。母亲的红纱巾在风中飘扬。

父亲说："这纱巾还真好看！"

父亲的雪山，母亲的河

"当然啦，上海货嘛。"母亲说着叹了口气，"什么时候我们也能走出雪山，到大上海去看看？"

父亲说："到时候，我给你买更漂亮的纱巾。"

母亲瞪了父亲一眼："小心眼儿！"

父亲说："我的心除了你，装不下别人。"

母亲说："央金当上了妇联主任，是你极力推荐的吧？"

父亲认真地说："央金同志工作一直很积极，县里的领导们大家有目共睹，何况人家经受过组织培训，符合优先选拔民族干部的政策，提拔她又不是我一个人的意见。"

母亲笑了："我开个玩笑，你急什么？"

父亲一本正经地说："这种玩笑以后最好不要开，影响不好。"

九

我们刚到河源时，母亲不习惯像藏族女人那样去黄河边背水，我们家的水都是父亲晚上悄悄背回来的。在藏区，背水是女人的事情，男人去背水会让人笑话。母亲懂得了这一点，后来就自己去背水。先是半桶，慢慢增加到一桶。日子久了，母亲背水的样子，很像一个纯粹的藏族女人了。

在我的记忆里，总也抹不去母亲那时去河边背水的身影，母亲弯腰往木桶里舀水的身影，还有母亲站在河边眺望的身影。早晨或者傍晚，河面上起了水雾，看上去很像母亲的呼吸。

后来我们长大了，就替母亲去背水。但是在后来漫长的日子里，母亲的身影似乎从来就没有离开过黄河。母亲高兴的时候，悲伤的时候，跟父亲怄气的时候，她都是会端着肩、袖着手，默默地站在河边，望着缓缓流淌的河水。那种时候，我不知道母亲到底在想些什么。但是每当母亲从河边回来，她一下子就平静了许多。

父亲当上副县长后就更忙了，他经常要骑马到牧区去检查工作，一走就是好几天。父亲很爱马，马也很听他的话，他一个口哨，他的马就会嗒嗒嗒地跑到身边来。母亲说父亲跟马有缘分。父亲吹口哨的时候，调皮得像个孩子，一点都不像一个副县长。

有天夜里，我听见父母在黑暗中说话。

母亲说："是不是老营长帮了你？"

父亲说："如果是这样，我宁愿不当这个副县长！"

"说着玩的，小孩子似的说翻脸就翻脸？我知道，是你自己干出来的行了吧？要我说，你也早该提拔了！"

父亲说："忙过这段日子，我想回老家看看。"

"感受一下衣锦还乡的滋味？"

"你们文化人花花肠子就是多！我离家已经十几年了，想回去看看就是衣锦还乡？我是说，你也跟我一起回去吧。"

"好啊，我跟你一起回去。这鬼地方太偏僻了，我早想离开这里了，我回去就不想再回来了。"

"你又来了。说正经的，我们回去路途遥远，不可能把三个孩子都带上，我看就带老大一个回去算了。"

"那江果和江河呢？"

"留在河源，让央金照看着就行了。"

"你就信任她！"

"她很喜欢这几个孩子，你没看出来？"

"我看是喜欢你吧。好啦好啦，我说着玩的，看你那样子！"母亲说，"咱们回老家的时候，正好可以到州里去看看老营长。"

"去州里绕道，我们直接去西宁。"

"行了行了，不去就不去，小心眼儿！"

"我没别的意思，那样真的要绕不少道。我们骑马走出雪山，然后再换汽车到西宁，到西宁后再倒火车到兰州……"

一听说要坐火车，我忍不住说："太好了，我就想坐火车！"

母亲说："你这丫头，吓我一跳，睡觉！"

几天后，我就跟着父母骑着马上路了。

父亲的雪山，母亲的河

可是，这次旅行并不像我想象的那么好玩。除了坐上了我梦寐以求的火车，其他的一切都给我留下了痛苦的记忆。

距离老家越来越近，父亲脸上的表情就变得越来越复杂。因为一路上，我们看到的都是饥饿的人群。当时我们并不知道全国正在遭受一场罕见的自然灾害。父亲心情很沉重，他没想到老家人的日子会那样苦焦，更没想到解放这么多年了还会饿死人。

"咋会这样呢？咋会这样呢？"

父亲像是在问母亲，又像是自言自语。

母亲说："我们待在偏僻的藏区，没想到外面会是这样。"

我们后来才知道，我们之所以没有挨饿，那是因为国家对藏区一直实行优惠政策，国家把大量的粮食源源不断地运往西藏和青海藏区，确保藏区不饿死一个人。

更让父亲没有想到的是，他的父母解放后不久就去世了。父亲的哥哥，我的大伯几年前才成家，娶了一个外乡逃难的哑巴女人。那女人带来一个男孩，比我小两岁，叫满仓，父亲让我叫他弟弟。满仓光着脚丫，流着鼻涕，胸前结满饭痂，看上去明晃晃的，估计敲起来会梆梆响。满仓躲在他母亲的身后，好奇而又胆怯地看着我们。家里只有两间草房，几乎没有什么摆设，而且已经断粮。

父亲说："这日子咋还跟过去一样？"

大伯不好意思地搓着一双粗糙的大手说："这两年连续大旱，庄稼没有收成，不光咱家是这样，村里家家户户都这样。"

村里人听说父亲回来了，而且还当了县长，都跑来看我们。

人们惊奇地问父亲："你还活着？"

父亲说："活着。"

"你真是命大福大啊，还当了县长。"

"副县长，刚当没几天。"

"咱们村几百年就出了你这么一个县长。"

"你不是跟马步芳的队伍走了吗？现在咋又当了县长？"

父亲向人们说了他的经历。人们就不说话了。父亲觉得奇怪，一

父亲的雪山，母亲的河

问才知道，就因为他当初跟马步芳的队伍走了，解放后家里受到了牵连，爷爷奶奶整天长吁短叹，后来相继离开了人世。大伯也因此一直讨不到老婆，才把日子过成了现在这个样子。父亲听了很吃惊。他没想到自己会给亲人带来这么大的麻烦和伤害。

那天晚上，等村里人走后，父亲跟大伯说了很久的话。说到了小时候他们合穿一条裤子的事情，兄弟俩都伤心地落了泪。

第二天，大伯带我们去了爷爷奶奶的坟地。父亲朝着两个黄土堆"扑通"跪下来，磕了三个头，然后在那里默默地一直坐到天黑。

哑巴大妈是个善良的女人，将家里最好的东西拿出来招待我们。所谓最好的东西，无非就是用玉米皮和苜蓿做的一种麦饭。大伯说，麦饭麦饭，应该用麦面做的，可是家里早就没有麦面了，只能委屈你们了。麦饭蒸好后，哑巴大妈用筷子在油罐子里蘸了蘸，在锅里点了点，算是放了油，然后炒了炒。那麦饭很难吃，有些扎喉咙。但是父亲吃得很香。母亲也边吃边说，好吃好吃。

弟弟满仓从村里油坊弄来一些油渣，说是好吃，让我尝尝。我一尝，跟玉米皮麦饭一样难吃。难吃也得吃，总比饿肚子强。可是我没想到，这些东西吃下去会拉不下来。我急得直哭。母亲找来一根长钉子，让我撅起屁股，用钉子盖一点一点帮我抠了出来。

我很恐惧，不敢再吃任何东西，几天工夫，人就瘦了一圈。母亲看着很心疼，劝父亲早点回河源。父亲说等他办完一件事就走。

父亲带我和母亲去了一趟县城。村子距县城有十几里山路，走出那片黄土塬，沿着黄河岸边再走七八里地就是县城。这里的黄河水很浑浊，河里有光屁股孩子在玩耍，个个泥猴一样。我问母亲，为什么这里的黄河没有我们河源的黄河清？母亲说，因为黄河流经了黄土高原，所以就变得浑浊。我又饿又累，实在走不动了，父亲就背着我走。我趴在父亲的背上，嗅着他身上的汗味儿，心里就想：父亲小时候也像河边那些泥猴似的光屁股孩子一样玩耍吗？

到了县城，父亲带我们走进一个小饭馆，他一下子买了九个馒头，摆在桌上对我说："雪儿快吃吧，看看小脸都饿瘦了。"我早就饿

父亲的雪山，母亲的河

急了，抓起一个馒头就吃，一口气吃了三个。那是我一生中吃得最香的馒头，许多年后我还能想起那馒头的香甜味道。母亲看着我狼吞虎咽的样子，背过身去悄悄抹眼泪。父亲让母亲吃，母亲吃了半个就吃不下了。母亲将手里的半个馒头递给父亲，说我们俩分一个就行了，把剩下的几个馒头给满仓那孩子带回去吧。父亲没有吃那半个馒头，连同剩下的五个馒头一起装进了军用挎包。

"我对不住你们，让你们跟着我回来受苦了。"父亲叹了口气，"我真没有想到内地老百姓的日子会这么苦，在我们河源，老百姓起码还不会饿肚子。这都是因为党的民族政策好啊。"

县城不大，我们很快就找到了民政局。民政局的人看了看父亲的工作证，又上上下下打量了父亲一会儿，问："你是副县长？"

父亲说："啊，咋啦？"

"你真是副县长？"

"真是，咋啦？"

民政局的人摇摇头说："看上去不太像。"

父亲一听就火了："县长脸上刻着字？"

"这下像了，你一发火就有点像县长了。"

父亲不想跟那人闲扯，把自己因为一把马料当了马步芳的骑兵，又如何投奔的解放军，一五一十对民政局那人说了。

那人问父亲，"你是哪年投奔解放军的？"

父亲说："1948年。"

"哪个部队？"

"解放军二十二师。"

"再具体点。"

"解放军二十二师独立营。"

"当时营长是谁？"

"刘达。"父亲说，"我咋感觉你是在审讯我？"

"我不问清楚咋帮你解决问题？刘达现在人在哪里？"

"现在藏族自治州当副州长。"

父亲的雪山，母亲的河

"那好，你让他写个证明材料，盖上州政府的公章寄过来。"

从民政局一出来，父亲就去邮局给刘伯伯挂电话，挂了很长时间电话才接通，可是那边说刘伯伯不在州里，到西宁开会去了。

父亲决定提前回青海，找刘达伯伯开证明。临走的时候，除了我们三个人的路费，父亲把身上所有的钱都留给了大伯一家。其实，那总共不过十三块六毛钱。

我们好不容易在西宁找到了刘伯伯开会的地方，可是那里的工作人员说，会议已经结束了，参加会议的人都已经回去了。

我们只好绕道去州里找刘伯伯。我们见到刘伯伯的时候，是第三天傍晚。只有一只耳朵的刘伯伯正在家里洗衣服，双手沾满了肥皂沫。

母亲说："你咋自己洗衣服，嫂子呢？"

刘伯伯说："她跟孩子在西宁，就我一个人在这里。我算是半个光棍，一人吃饱，全家不饿。"

父亲说："你咋不让她到州里来工作呢？"

刘伯伯说："不是我不叫人家过来，是人家嫌这里苦不愿意过来。你以为哪个女人都像茹雅那样通情达理？"

"别表扬我了，我这人经不起表扬。家里有啥菜赶快都拿出来，我给你们炒几个菜，你们老哥儿俩喝几盅。"

刘伯伯说："你能找到啥就做啥吧。"

母亲说着就挽起了袖子，走进了厨房。

父亲把家里因为他当过马步芳的骑兵受到牵连的事对刘伯伯说了，想请刘伯伯写一份证明材料盖上公章寄回县民政局去。刘伯伯说明天上班就办。母亲干活很麻利，一会儿就炒好了菜：一盘鸡蛋，一盘土豆丝，一盘葱爆羊肉。刘伯伯打开一瓶青稞酒。好久没有嗅到肉香了，我的口水都快要流下来了。刘伯伯好像看出了我的心思，说："江雪快吃呀，还等啥？"说着给我夹了一筷子肉，我一口就吞进嘴里，好香啊。

65

父亲的雪山，母亲的河

父亲和刘伯伯喝着酒，说着话，俩人都很高兴。不一会儿，一瓶酒就见了底。刘伯伯还要去拿，母亲拦住了。

"别喝了，看你脸都喝红了。"

刘伯伯说："脸喝红了算啥？把脚后跟喝红了那才算喝好了。"

母亲说："真喝多了，舌头都短了。"

刘伯伯说："平时我一个人喝酒没意思，今天你就让我和老江喝个痛快吧！"说着，又从墙角拿了一瓶。

父亲问刘伯伯："你那小子该上学了吧？"

刘伯伯一边给父亲倒酒一边说："已经二年级了。"

母亲抱怨说："还说呢，江雪她们也早该上学了，可是河源那鬼地方连个学校都没有，让她们到哪儿去上学？"

父亲说："学校马上建，我们回去就建！"

母亲说："老师呢？那地方那么偏僻，谁去？"

父亲笑着说："你不就是现成的老师嘛。"

母亲不高兴地说："我可不想在那里待一辈子！"

刘伯伯见父母争执起来，对父亲说："老江啊，你有没有考虑过离开河源？我的意思是说，你可以调到州里来工作，这样孩子上学的问题不就解决了？还有，茹雅也可以在这边参加工作嘛，像她这样有文化的人，在州里能发挥更大的作用……"

母亲高兴地说："这个主意好！老江你说呢？"

父亲沉默了一会儿，然后对刘伯伯说："河源掩埋着跟我一同去的战友，雪山上还有三个藏族兄弟没有挖出来，我咋能走？"父亲扭头看着母亲说："我会让孩子们尽快上学，不光让我们的孩子，还要让那里的孩子们都能上学，我们回去就建学校！"

母亲生气地说："固执！"

刘伯伯端起酒杯说："老江！冲你这几句话，我敬你一杯！"

母亲说："哎，说着说着，你们俩怎么站到一起去了？"

刘伯伯笑着说："我们本来就是同一战壕的战友嘛。"

母亲说："那我就不是战友了？"

"你跟老江是同一个战壕,跟我不是。"刘伯伯说完哈哈大笑。

第二瓶酒喝到一半时,刘伯伯明显醉了。他搂着父亲的肩膀说:"老江,还是你有福啊,找了茹雅这么个好女人……"

父亲说:"嫂子不也有文化,挺漂亮的嘛。"

刘伯伯说:"她?她要是有茹雅一半就好了……"

十

我们回到河源那天晚上,江果和江河像商量好了似的不理睬我们。母亲想把江河拉进怀里,江河拼命挣脱,逃得远远地瞪着母亲,好像那不是母亲,而是一个恶魔。

母亲又朝江果招手:"江果快过来,妈妈这里有糖。"

江果瞪着母亲:"我不稀罕你的糖!"

父亲笑着说:"看样子,这两个小家伙生气了。"

母亲走到江河跟前,将一把糖果硬塞进他的衣兜。江河开始还拒绝,用手推搡母亲的手,后来的推搡就有些犹豫了,他用一种复杂的眼神去看江果。江果直冲他摆头。但是江河到底还是没有舍得将母亲塞进兜里的糖掏出来。

江果冲江河喊:"叛徒!"

母亲笑着走到江果跟前,又塞给她一把糖。江果将糖果扔在地上。江河也学着江果的样子,把糖果全部掏出来,扔在了地上。

我实在看不下去了,大声说:"你们太过分了!"

江果冲我嚷嚷:"你当然不过分,他们带你出去坐了火车,逛了花花世界,吃香的喝辣的,你当然不过分!"

我说:"这些糖果是刘伯伯给的,爸爸妈妈都没舍得吃一颗,我也只吃了一颗,你们还这样不知好歹!"

妹妹江果说:"要是带我回老家,我一颗也不吃。"

弟弟和妹妹一连几天都不理母亲,弄得母亲心里很不是滋味。

父亲回来后就向县长建议筹建河源小学。父亲对县长说,中央对

父亲的雪山，母亲的河

西藏的"十大政策"中第六条，就是要求"发展西藏民族语言文字和学校教育"，我们应该建一所学校。县长说我也正在想这事呢，我们不谋而合。县长安排丹增局长协助父亲修建学校。

那段日子，丹增叔叔经常来我们家跟父亲商量建设方案。丹增叔叔整天乐呵呵的，好像从来就没有什么发愁的事。后来我才知道他刚结了婚，娶了一个漂亮的牧区姑娘。

母亲并不关心修建学校的事，但是父亲总爱不知趣地征求她的意见。母亲就不耐烦了："我又不是县长，你问我干啥？"

父亲笑着说："你不是县长，可你是未来的校长呀，校长的意见比县长的更重要。"

母亲瞪着父亲说："谁说我要当校长？"

父亲说："不是你要当，是组织要你当。"

母亲说："你又不是组织，你说了不算！"

父亲认真地说："但是我听组织说了，茹雅同志是个好同志，又有文化，又善良，又漂亮，当校长最合适。"

母亲被父亲的话逗笑了："你就耍嘴皮子吧你，当校长跟漂亮有屁的关系？"

"茹雅校长怎么能说粗话呢？"父亲严肃地说，"组织还说了，茹雅同志脾气不好，尤其是对老江同志不够尊重，今后得改！"

母亲笑着就跑过去要拧父亲的耳朵。父亲用手护着自己的耳朵，边躲闪边说："女同志对男同志动手动脚，这成何体统！"

我发现母亲对建学校的事表面上漠不关心，实际上却很留意父亲和丹增叔叔他们每一步的进展。母亲有一次终于忍不住了，指着父亲面前的草图说："教室能这样建吗？你们见过这样的教室吗？"

父亲跟丹增叔叔相互看了一眼，会心地笑了。

父亲说："我们的茹雅校长终于说话了。"

学校很快就建好了。只有一间教室。母亲当了校长，也是唯一的老师。学生只有十六个，年龄相差七八岁，但是不论年龄大小，都在唯一的教室里上课。十六个学生里，我和江果的年龄并不算大，最大的是扎桑镇长的儿子格桑。他比我们大两岁，已经十三岁了。最小的是弟弟江河和一个名叫卓玛的女孩，他俩只有五岁。母亲先教大孩子写字，然后再教小孩子念拼音；一会儿教语文，一会儿教算术。一天下来，母亲累得口干舌燥，回到家话也不想说一句。

第一天上学，格桑就带着他的藏獒。母亲吓得脸色都变了，小卓玛也被吓哭了。母亲对格桑说："以后上学不许带狗！"格桑后来就不再带他的藏獒了。但是上课的时候，我从窗户看见他的藏獒一直远远地蹲在河边，等待着它的主人放学。格桑一离开学校，藏獒就会跑过去，跟在格桑后面一起回家。

我很羡慕格桑有一条忠诚的藏獒。江果也想自己养一只。有一天放学，江果拉着我追上格桑。江果问格桑："你家还有小藏獒吗？"

格桑说："有啊，我家的藏獒上个月刚下了三只。"

江果说："能给我一只吗？"

格桑说："女孩子养藏獒不好。"

江果说："怎么不好？"

格桑说："将来会嫁不出去的。"

江果说："你骗人！"

格桑说："不骗你，我阿妈说的。"

江果说："嫁不出去我就嫁给你！"

"你太凶了，像个男孩，我可不敢要。"格桑看着我说，"将来我要娶老婆就娶江雪这样的，江雪听话，像个女孩子。"

我的脸腾地红了："你别乱说！我才不嫁给你呢！"

江果霸道地说："我不管！你不给我藏獒，我就向我妈告状，说你上学还偷偷带着藏獒！"

格桑挠了挠头说："你养藏獒，就不怕你阿爸阿妈说你？"

江果说："我才不怕呢。"

格桑想了想说："那好吧，我明天给你带一只。"

第二天，格桑果然带来一只小藏獒。下午放学的时候，江果把小藏獒带回了家。母亲见了很生气，但也只是说了江果几句，就不再吭

父亲的雪山，母亲的河

声了。父亲不但没有说江果，而且还给小藏獒在院子里搭建了一个小窝。他们就是这样，从小溺爱江果，什么事都惯着江果。要是换了我和弟弟肯定不行。

弟弟江河也很喜欢小藏獒，他一放学就带着卓玛到家里来看小藏獒，两个人就在藏獒的小窝旁高兴得咯咯直笑。

那年夏天，父亲组织迁移进城的牧民扩建了县城。县城多了一条街道，与从前的那条正好构成十字形状。新街道上清一色的藏族碉房，所有的碉房都分上下两层，底层养牛养羊，或者作为贮藏室，第二层才住人。也有建三层的，最高的一层一般是经堂和晒台。

母亲在课堂上站一天把脚都站肿了。父亲尽管很忙，但只要母亲一回家，他就像对待女王一样将母亲扶到餐桌前，端上亲手做的饭菜说，老婆辛苦了，趁热吃吧。母亲也不客气，端起碗来就吃，好像她真是一个女王。

吃完饭，母亲动也不动，坐在那里指使父亲干这干那。母亲爱干净，要求屋里必须利利索索、整洁干净。尤其是灶台，必须跟藏族人家里一样，一尘不染。等父亲刷洗了碗筷，母亲说这儿不行你再擦擦。父亲就去擦擦。母亲又说那儿也不行，你重擦。父亲就重擦一遍。母亲真是过分。但是父亲总是笑嘻嘻的，好像被母亲指来使去是一件十分快乐的事情。

更让我觉得过分的是，父亲竟然还给母亲洗脚。他一边洗还一边安慰母亲："你看看这脚，都肿成这样了，啧啧，真是伟大。"

母亲说："你少献殷勤，我还不知道你心里咋想的！"

父亲嘿嘿一笑："只要你不离开河源，我天天给你洗脚……"

夏天来了。父亲又要去雪山挖掘那三个藏族兄弟了。母亲不让他去，但是父亲还是在母亲去上课的时候，悄悄带人去了雪谷。

半个月后，父亲回来了。他们一无所获。父亲黑了、瘦了。但母亲一点都不心疼父亲，冷着一张脸，看也不看父亲一眼。父亲嬉皮笑脸地端来热水，要给母亲洗脚。母亲看见父亲手上裂开的血口子，抓在手里看了又看，然后伤心地哭了。

母亲说:"你个傻子、倔驴,你这是何苦呢!"

父亲说:"找不到那几个兄弟,我这心里不安啊……"

"你要是有个三长两短,我们娘儿几个可怎么办啊!"

"在我没有找到那几个兄弟前,好心的阎王爷不会收留我。"父亲说,"学校就你一个人也太累了,你看这样好不好?央金没事的时候让她去帮帮你,也好让她教教孩子们学习藏语……"

母亲看着父亲,想说什么又没说。

有了央金的帮助,母亲轻松了许多。央金上藏语课的时候,父亲有时也来旁听。父亲蹑手蹑脚地走进教室,悄无声息地坐在我们后面,认真地听,细心地记。父亲的字写得很大,每个字足有鸡蛋那么大。我们和母亲经常耻笑他。但是父亲的记忆力却好得惊人,什么东西只要进了他的耳朵就别想再出来,所以父亲学习藏语比我们还快,经常得到央金阿姨的表扬。后来父亲到牧区去检查工作,不用带藏语翻译,自己就可以直接与牧民对话。

我很喜欢央金阿姨给我们上课。她不仅人长得漂亮,身上的藏袍和闪亮的服饰也很漂亮。即使是旧藏袍,穿在她的身上也是那样的熨帖好看。江果更是崇拜央金阿姨,她甚至悄悄模仿央金的手势动作和说话的口气。江果缠着母亲也要一身藏袍。母亲不会做,只好请央金阿姨帮忙。央金阿姨给江果做了一身藏袍,而且还配备了藏族女孩子应有的所有饰物。江果穿上藏袍,佩戴上那些银光闪闪的饰物,看上去活像一个小央金。那腰带由镂花镏金的白银板连缀而成,上面嵌有二十多颗珠子,挂着小佩刀、针匣、奶桶钩、银链、响铃串等饰物。还有一个银制的护身盒,上面镶嵌着好看的松耳石,里面装着佛像。

看着漂亮的江果,我羡慕极了,也想有一身那样的打扮。但是母亲说那身藏袍和服饰需要不少钱,等攒够了钱再给我置办。我还能说什么呢?父母从小就宠着江果,在他们眼里,江果永远是第一,我是第二。现在有了弟弟,我变成了第三。我已经习惯被冷落。

央金毕竟是县里的妇联主任,工作很忙,不能天天来学校上课。后来在县里的要求下,州里给我们派来了一个藏族老师。

父亲的雪山，母亲的河

丹增叔叔当上了副县长，跟父亲职务一样高，但是他还和以前一样，经常来向父亲请示工作。父亲说我们都是副县长，以后不用再向我请示了。丹增叔叔说，你是县里的元老，有事不请示你我这心里还真不踏实。父亲说像你这样的民族干部是党的财富，以后可能还要担任更重要的职务，所以你要学会独立工作。丹增叔叔笑笑，点点头，可是过后他还是照样来请示父亲。

时间过得很快，转眼我们就到了上中学的年龄。可是河源没有中学，我们只能到州里的寄宿中学去上学。

我和江果第一次离家，上学没几天就开始想念父母、想念河源。在河源的时候我们没有觉得河源怎么样，离开了才发现河源是那样让我们牵肠挂肚。我很想念母亲，尤其是在第一次来那个的时候。

那天半夜，我突然感觉小腹很痛，感觉有股热热的东西在那里悄悄爬动。用手一摸，热热的，湿湿的，黏黏的。拿到鼻子下面一闻，有点儿腥味儿。我用手电一照，呀，是血！我吓哭了，但又不敢哭出声。我咬着被角，躲在被窝里偷偷地哭，一直到天亮。

那个时候，我特别想念母亲。如果母亲在身边，我就不会害怕。如果母亲在身边，她就会教我如何应付。可是母亲不在。我得独自应对。但是我又不知道如何应对。第二天血更多，我担心这样下去会把身体里的血流干。我悄悄告诉了妹妹江果。

江果一听就笑了："你也来了？太好了！"

我很生气："我都这样了，你还笑！"

江果说："傻瓜，是女人都得这样。这叫月经你懂不懂？我半个月前就来过了。"

听江果这么一说，我如释重负："你怎么没告诉我呢？"

江果说："告诉你干啥？这种事别人又帮不了你。"

我很羞愧，感觉无地自容，为自己的胆怯与无知。我是姐姐，却不如自己的妹妹成熟。我这个当姐的真是不好意思。

刚上中学那阵，我们半个月回一次家。那时河源还没有通公路，更别说公共汽车了。我们就向当了州长的刘达伯伯借了两匹马，骑马回河源。回家的路上要走一天，回来要走一天，在家再待上一天，这样三天就没了。关键是还得耽误两天的课。尽管那时学校对学习抓得不是很紧，但父亲不愿意我们这样，说你们跑来跑去的，把时间都浪费在路上了，能学到啥东西？父亲这么说让我们感到很委屈，后来我们就一个月回一次家。

格桑也在州里上中学，许多时候我们结伴回河源。我们骑马，他步行。格桑的银质嵌珠的箍辫圈在阳光下闪着亮光，牛皮腰带上的护身佛盒、腰刀、腰包随着走路的节奏叮当作响，很是悦耳。

格桑越走越慢，看样子已经走不动了。我让他跟我同骑一匹马，他红着脸摇摇头。我说我走路，你骑马。他还是摇摇头。我就和江果合骑一匹，让格桑单独骑一匹。格桑骑在马上，力气又回到了他的身上，他就开始扯着嗓子唱歌。他用藏语唱，唱的全是情歌。好像在这一带的草原上，除了情歌再没有别的歌好唱了。格桑以为我们听不懂，其实那意思我大概听得明白。有些歌还真让我脸红心跳。现在想起来，那几年真是我一生中最快乐的时光。

但是上了高中我们就和格桑分开了。我们还在以前的学校，格桑却转到民族中学去了。后来，我们就很少一起结伴回河源了。不仅仅是因为我们不在一个学校，主要是我们渐渐长大了，懂得了一些东西，不好意思结伴而行了。

没有了格桑的陪伴，母亲担心我们路上会出什么事。我们毕竟已经是十五六岁的大姑娘了。母亲就想调到州里去工作，这样就可以照顾我们姐妹俩。可是父亲不同意。

一次我们要返回学校去，母亲一直把我们送到县城外面的岔路口，然后从衣兜里掏出一封信，让我们一定交给刘达伯伯。而且一再叮咛，这事不能让父亲知道。

母亲在信里给刘伯伯写了些什么呢？

我很好奇。

走在路上，江果问我："姐，你说妈是不是喜欢刘伯伯？"

父亲的雪山，母亲的河

我说:"你别瞎说!爸对妈那么好,妈不可能喜欢别人!"

"那她为什么要给刘达伯伯写信呢?而且还不让我们告诉爸爸知道,这信里一定有文章!不信咱俩把信拆开来看看?"

我吓了一跳:"这可不行!妈知道了会气死的!"

江果说:"你可真傻!不让妈知道不就行了。"

信在江果身上,她把信掏出来,小心翼翼地沿着封口拆开了。说实话我当时也很好奇,想知道母亲的信里到底写了些什么。所以我没有再阻拦江果,跑过去跟她一起偷看母亲的信。我的心怦怦直跳,既想偷窥母亲的秘密,又害怕那里面真的有什么秘密。

看完母亲的信,我长出了一口气。母亲的信里并没有我们猜想的内容,她只是请刘伯伯帮忙将她调到州里去教书,说这样她就可以照顾我们姐妹俩了。

到了州里,我们将信重新粘好交给了刘伯伯。其实我们也很希望母亲能调到州里来工作,这样我们就不用再这么辛苦地来回跑着上学了。我们期待着刘伯伯能尽快把母亲调到州里。

没过多久,刘伯伯就交给我们一封信,高兴地说:"下个月你妈妈就可以来州里上班了,这是调函,装好了,可别弄丢了。"

回家的路上,我们心中充满希望,一路上开心地唱歌。我们几乎把能唱的歌都唱了一遍。我感到衣兜里的信在发烫,因为那是母亲的希望,我们的希望,我们全家的希望。

唯一让我担心的是父亲。果然不出我所料,当母亲把调函递给父亲看的时候,父亲表情很复杂,但他什么也没有说。

母亲说:"你说话呀。"

父亲淡淡一笑说:"你把什么都办好了,我还说什么?"

母亲说:"这事我没提前跟你商量,是我不对。可是我要提前跟你说了你能同意吗?我跟你在这里待一辈子也无所谓,可是我们得为孩子想想,不能耽误了孩子们!江河也快上中学了……"

父亲没有说话,一个人走出了院子。

父亲那天很晚才回来。母亲一直在观察父亲的表情,可是父亲脸上没有表情。母亲炒了几个菜,把酒杯摆上,打开一瓶青稞酒。母亲那天跟以往很不一样,她像做错了事的孩子一样,一直在看父亲的脸色,满脸巴结的表情。父亲像什么事也没有发生,吃饭、喝酒,然后到院子里喂藏獒。

第二天早上,母亲开始收拾行李。父亲坐在灶台边,目光跟随母亲在屋子里晃来晃去。父亲说:"我说,你能不能过一阵再走?"

母亲停下来,看着父亲:"昨天晚上我们不是已经说好了吗?"

父亲说:"可是,明天就要收青稞了,这是县里一年最忙的季节,你这时走别人会怎么看?再说我回家连口热饭也吃不上……"

母亲叹了口气,把手里的东西扔下说:"我就知道你心里不愿意。好吧,下个月她们再回来,我跟她们一起走!"

一个月后,我们又一次回家。母亲又一次开始收拾东西。可是第二天我们要跟母亲一起走的时候,父亲却突然病倒了,高烧三十九度。母亲没有办法,只好留下来照顾父亲。

我直到现在都怀疑,父亲那次用的是苦肉计。因为我看见他半夜一个人悄悄走出屋子,在高原的寒夜里站了很久。父亲用苦肉计留住了母亲。现在想想,也许那是父亲当时留住母亲的唯一办法。

后来"文化大革命"来了。我们不用再去州里上学了。

母亲当着父亲的面撕了那张调函,生气地说:"这下你称心了!"

父亲笑了笑说:"你看咱河源的天多蓝,草多绿,水多清……"

十一

那一年,听说雪山外面的世界很热闹,红卫兵串联,文攻武斗,有的地方还打死了人。但是我们河源还和以前一样,牧民照样放牧,农民照样种地,学校照样上课。好像河源被外面的世界遗忘了,又好像河源人忘记了外面的世界。

父亲说:"咱们不跟着他们瞎折腾!"

不上课的日子很轻松,但也很无聊。父亲很忙,不是去牧区,就

父亲的雪山，母亲的河

是去农区检查工作。母亲每天大部分时间都在学校，所以家务活基本落在了我和江果身上。我们一大早从黄河里背上来三木桶河水，然后做饭，打酥油，洗衣服。有空的时候还要到草甸去拾牛粪。如果是干牛粪，捡回来就直接码起来；如果是湿牛粪，就要先用手拍成牛粪饼，一坨一坨地糊在院墙上，等晒干后再揭下来，码在院子里，供日后烧火做饭时用。

有时候，我们也会跟着格桑去放羊。说是去放羊，其实是去玩。格桑总是在我们说起他的时候，突然出现在我们的视线里。如果我们没有看见他，他的藏獒就会汪汪地叫，直到引起我们注意为止。格桑这两年个子长得很快，身体也越来越健壮。我们已经不是当年的少男少女，在一起多少有些拘束。如果江果不在身边，我真不知道该说些什么。

格桑的"乌朵"甩得特别好，一甩一个准，正好能打在羊身上，使得所有的羊都能乖乖地在他允许的范围里活动。"乌朵"是藏民放牧时专用的一种鞭子。用牦牛毛先捻成粗线，然后再编成毛辫，中间编一块巴掌大的椭圆形"乌梯"，毛辫头上打上一个套环，末端用羊毛做成鞭梢。如果要赶牛羊，便将套环套在中指上，在"乌梯"内放上石子，用手捏住"乌朵"两端使劲抡呀抡，然后突然放开鞭梢，只听"叭"的一声，石子便飞出十几丈远，打在乱跑的牛羊身上。

格桑这一手很厉害，我们很佩服他，让他教我们使"乌朵"。可是"乌朵"在格桑手里很听话，到了我和江果手里就不听话了，不是偏左，就是偏右，就是到不了我们想让它到的地方。有一次我甚至将石子甩到了自己身后，几乎打到了格桑的脑袋上。后来练习的时间长了，"乌朵"也就慢慢听话了。

一天下午，我准备去河边背水，看见有十几个人骑马从街道那边走来。由于是逆光，我看不清他们的脸，但是他们身上的绿军装和衣袖上的红袖标却很显眼。走在最前面的那匹马上捆绑着一个人。那人少了一只耳朵。那不是刘达伯伯吗？我惊讶地站在那里。等我回过神来，那群骑马的人已经拐进了另一条街道。

他们为什么要捆绑刘达伯伯,他犯了什么罪?我丢下木桶,跑回家告诉了母亲。母亲说你没看错吧?真是你刘伯伯?我说绝对没有看错,马队经过我面前的时候,刘伯伯还朝我笑了笑。母亲松了一口气,说他能朝你笑,说明他没事。我说不是平常那种笑,是苦笑。母亲又紧张起来了,说你赶快去叫你爸爸回来,我问问他。我跑到县委去找父亲,县委大门关着,两个红卫兵守在门口,谁也不让进去,说里面正在召开一个重要会议。我跑回去告诉了母亲。母亲脸色变得煞白,拿水瓢的手开始哆嗦。她索性把水瓢丢进木桶,什么也不干了,一个人毫无目的地在屋子里转圈。

那天晚上父亲回来说:"老营长出事了。"

父亲说:"他被下放到我们河源改造来了。"

母亲问:"他犯了什么错误?"

父亲说:"那些革命小将说他反党、反革命……"

母亲说:"反党?反革命?这绝对不可能!当年在战场上,我们可是亲眼看见他冲锋陷阵出生入死的,他怎么可能反党?"

"这年头人都疯了,谁说得清?"父亲叹息一声说,"唉,原以为河源是个清静之地,现在看来也消停不了了。"

母亲焦急地说:"你赶快想想办法救救他呀!"

父亲说:"你别着急,等红卫兵走了,老营长就安全了……"

第二天,红卫兵要在城外的草地上给刘达伯伯开批判会,要求县城里的居民和附近的农牧民都要参加。河源县从来就没有开过这样的批判会。农牧民以为是像赛马、跳锅庄一类的娱乐活动,都穿着节日的盛装,兴高采烈地来到了会场。等红卫兵将只有一只耳朵的刘伯伯押上临时搭建的土台子时,牧民们这才感觉气氛不对,好像不是什么赛马会。会场顿时鸦雀无声。人们莫名其妙,不知道那些胳膊上缠着红袖标的人要对那个少了一只耳朵的人干什么。

父亲和县领导们坐在主席台上,神情木然。

红卫兵们一个个走上台子,慷慨激昂地念着一些奇怪的文章。牧民们不解地看着台上的人。他们听不懂台上的那些红卫兵说些什么,

父亲的雪山，母亲的河

渐渐失去了兴趣，便盘腿坐在草地上开始聊天。有人甚至从马鞍上取下酒壶，开始喝酒。台上的人口吐白沫，情绪激烈；台下的人嘻嘻哈哈，打打闹闹。会议开到高潮时，红卫兵们振臂呼喊。人们这次腾出目光，好奇地看着台子上的那些红卫兵，不知道他们为什么大喊大叫。

红卫兵们急了："革命群众们，跟我们一起喊口号！"

会场上传来一阵嬉笑声。

红卫兵扭头质问父亲："他们为什么不跟着喊口号？"

父亲说："他们听不懂你们的话。"

红卫兵说："那你用藏语教他们喊！"

父亲说："你们那些话，我不知道藏语怎么说。"

红卫兵很生气，但又无可奈何。一场来势汹汹的批判会，就这样在牧民们的嬉笑声中草草收场了。

红卫兵将刘达伯伯交给县里监督劳动改造，然后就离开了河源。他们威风凛凛地从我家门前走过。江果盯着马背上的红卫兵，目光里充满了羡慕。江果说："他们太神气了！我要是有一身绿军装多好！我也想像红卫兵那样到雪山外面去串联。"

我说："别瞎说，哪有女孩去串联的？"

江果说："你太不了解革命形势了！听丹增副县长回来说，雪山外面有许多女孩子都去串联了，她们走南闯北的，可神气了！"

我说："爸妈绝对不会同意你一个人瞎跑的！"

江果说："怎么是瞎跑？昨天你没听人家红卫兵说吗？那是革命！你跟爸一样，思想落后！爸那天就说革命是瞎折腾。"

我推了她一下："小点声，别让人听见！"

红卫兵走后那天晚上，父亲就将刘达伯伯请到家里来，让母亲拿出家里最好吃的东西招待刘达伯伯。吃饭的时候，我才从他们的谈话中知道，刘伯伯已经离婚了，儿子跟了母亲。

母亲气愤地说："她怎么能落井下石呢！"

刘伯伯说："她早就想离了，现在正好是个借口。"

父亲说:"两个人长期不在一起,很容易出问题。"

刘伯伯说:"其实我们之间早就有了问题,很难再生活在一起。"

"这样无情无义的女人离了也罢!"父亲端起酒杯说,"来,老营长,喝酒,我这个老部下敬你一杯!"

两个人一口喝干。

母亲说:"原来以为你官越做越大,日子也越过越滋润,没想到你也会这么苦。"

刘伯伯说:"还是你们好啊,一家人在一起多幸福!"

母亲说:"你就把这儿当成你的家吧,想吃啥我给你做。"

父亲说:"就是,这里就是你的家。"

刘伯伯说:"我不能连累你们,我还是住到牧场去。"

父亲说:"去啥牧场?红卫兵走了,这里就是咱的天下,没人会让你去放羊!从前你工作很忙,现在好了,可以踏踏实实在这里好好休息休息了。"

刘伯伯说:"事情没有你们想的那么简单。你们不知道,外面现在闹得很厉害了,不是你死,就是我活。毛主席说,革命不是请客吃饭,那意思已经很明白了,我可不能连累你们啊。"

父亲已经喝多了,大着舌头说:"革命不是请客,就是吃饭。来来来,喝酒喝酒!"

刘伯伯变了脸色:"这话你可不能在外面乱说,是会掉脑袋的!州里有个老头红薯吃多了,爱放屁,别人笑话他,他说红薯吃多了屁就多嘛,毛主席吃多了红薯也会放屁。就因为这么一句话,被打成了现行反革命,后来被红卫兵活活打死了……"

父亲闷头喝了口酒,叹息一声,没有说话。

刘伯伯说:"我现在无事一身轻,放羊多好啊,想咋放就咋放,想朝哪边走就朝哪边走,没人会说你走错了还是对了,只要羊能吃饱就行,多自由啊!"

母亲说:"你一个堂堂的州长,现在让你来放羊,委屈你了……"

刘伯伯爽朗地笑了,然后认真地说:"我现在啥权力都没有了,

父亲的雪山，母亲的河

你们可别再剥夺我放羊的权力，明天我就去牧场！"

父亲说："你还是老样子，什么时候都很乐观。来，喝酒！"

第二天，刘伯伯真的去了牧场。其实牧场离县城并不远，走一会儿就到了。母亲做好了饭，就让我去牧场的小木屋叫刘伯伯吃饭。刘伯伯不来，母亲就让我将饭菜送过去。父亲有时打了野兔或者雪鸡回来，让母亲炖了，然后亲自拿到木屋去，跟刘伯伯一起喝酒。

几个月下来，刘伯伯的皮肤晒得黝黑，但看上去更加结实了。他跟牧民们坐在草地上聊天、喝酒、唱歌，甚至摔跤，几乎看不出他是从前的州长，只是走路的样子看起来不像一个纯粹的牧民。牧民们昂着头、挺着肚、晃着肩，手里抡着"乌朵"，由于常年骑马双腿稍微向外弯曲，但是样子很自信很悠闲。而刘伯伯就不同了，他走路喜欢背着手，低着头，好像在草地上寻找遗失的什么东西。但是我没有想到刘伯伯会唱那么多的酒歌。

有天傍晚，我陪父亲去给刘伯伯送饭，他跟父亲喝着青稞酒，两个人喝高兴了，刘伯伯竟然唱了起来：

> 草原一眼望不到边，
> 骏马跑到哪里都是家乡；
> 雪山绵延没有边，
> 雄鹰飞到哪里都是家乡；
> 扎陵湖广阔没有边，
> 黑颈鹤落到哪里都是家乡；
> 江河东流没有边，
> 鱼儿游到哪里都是家乡……

刘伯伯唱完，父亲拍手称赞："老营长的酒歌真是地道！"

刘伯伯说："这都是跟牧民们学的。这片草原真美，就是太静了。说实话，我刚来的时候还真有些不习惯，憋得难受，就想吼。吼上一嗓子，心里就痛快点儿。有时我在没人的地方一个人能吼上半天，直到把嗓子吼哑了，吼不出来了才停下来。这么一吼吧，心里就敞亮了，晚上睡觉也踏实了。可是我一个当过州长的人，老是这么狼一样地吼叫，让牧民听见了成何体统？为了能吼出个名堂来，我就跟着牧民学唱酒歌，这一唱就上了瘾。我管它唱得好不好，只要心里痛快就行。现在我才知道什么是真正的牧民生活。自由，痛快，无忧，无虑。对我来说，这里就是我的家，这里就是我的天堂。我从来没有像现在这样宁静过、这么舒坦过……"

父亲说："只要心里舒坦就好。老营长你再来一首！"

"再来一首？"

"再来一首！"

刘伯伯就扬起黑红的脸，眯起眼睛，扯着嗓子开始唱：

唱歌要站在雪山上，
雪山上的歌声最嘹亮；
层层的雪山啊快把头低下来吧，
让我的歌声飞到毛主席身旁……

唱到这里，刘伯伯的眼睛红了，声音哽咽，唱不下去了。他苦笑笑，摇了摇头说："喝多了，唱不出来了……"

刘伯伯喝了杯酒，然后用一双通红的眼睛看着父亲说："老江你说，我们在战场上出生入死，怕没怕过？"

"没怕过。"

"老江你说，我们打仗为什么？建设社会主义为什么？"

"解放全中国，解放全人类，让老百姓过上好日子。"

"老江你说，毛主席是不是我们最敬爱的人？"

父亲说："那还用说。"

"老江你说，我对毛主席忠不忠？"

"忠啊，当然很忠！"

"可是他们为什么说我反对毛主席？"

父亲的雪山，母亲的河

父亲说："他们那是放屁！"

刘伯伯把自己的胸脯拍得"啪啪"响，他十分痛苦地对父亲说："我这里装着什么我最清楚，我这里装着一颗赤胆忠心啊！可是他们把它当作了驴肝肺……"

第二年夏天，红卫兵又来了，其中还有一个女的。江果特别崇拜那个女红卫兵，一直跟在她的身后，形影相随。可是女红卫兵却并不喜欢江果这样，扭头对她说："你别老跟着我呀。"

江果说："我也想当红卫兵。"

女红卫兵盛气凌人地说："红卫兵不是谁想当就能当的。"

女红卫兵的心思我明白。大家都是女孩子，她心里怎么想的我还不清楚？物以稀为贵，整个队伍里只有她一个女红卫兵那多牛啊，何况江果是一个比她漂亮很多的女孩。谁喜欢让一个比自己漂亮的女孩子跟在后面，夺去自己的虚荣与自豪，与自己平分秋色？

可是一个矮胖的男红卫兵上下打量了江果几眼，然后满怀激情地说："来吧，同学，跟我们一起闹革命吧！我们正需要你这样来自牧区的女青年投身革命队伍！"

江果激动得满脸通红："我一定好好干革命！"

红卫兵是专程为刘达伯伯而来的。这一年他们几乎把他忘记了，最近才突然想起来。"我们不能对刘达这样放任自流。"于是，他们就来了河源。他们在牧场找到刘达伯伯。看见他健壮快乐的样子，红卫兵们有些吃惊，继而愤怒了。他在这里太自在了！他凭什么这样自在、这么快乐、这么健康？这怎么行？这简直让人受不了！这是对无产阶级专政的蔑视和嘲笑！

红卫兵决定将刘达伯伯转到雪卡牧场。雪卡牧场是一个比河源更加偏僻的劳改牧场，方圆百里荒无人烟，条件相当艰苦。

父亲说："那是一个兔子不拉屎的地方，把老营长弄到那里不等于让他去送死？不行，不能让他们把老营长弄走！"

母亲说："那你赶快找他们去说说呀！"

父亲去找红卫兵,看见妹妹江果也在那里。父亲把他的意思委婉地给红卫兵说了。那个矮胖的红卫兵说:"我就说呢,刘达在这里快乐得像个神仙,原来是你这个副县长在保护他!"

另一个红卫兵说:"他就是江三,以前当过马步芳的骑兵。"

矮胖红卫兵说:"没想到这偏僻的河源还隐藏着一颗定时炸弹!你既然来了就不要急着走,你把你的情况一起说清楚!"

父亲说:"我很清白,刘达同志能证明!"

矮胖红卫兵脸上露出讥讽的表情:"刘达能证明?他自己的问题都还没搞清楚呢,他能为你证明?简直是笑话!噢,我明白了,你们俩早就穿一条裤子了,难怪你对他这么照顾!你的问题不用调查,就凭你同情保护刘达这一条,我就可以免你的职,定你的罪!"

父亲说:"我无罪!"

矮胖红卫兵大声说:"你保护反革命就是反革命!"

江果走近矮胖红卫兵,小声对他说:"他是我爸……"

意思是想让他们放父亲一马。但是她哪里知道她的乞求更是火上浇油。因为昨天晚上,矮胖红卫兵——也就是红卫兵的头儿找她单独到草甸子上去谈话,想亲她的嘴,想摸她的胸,被她拒绝了。这事是许多天后江果悄悄告诉我的。

矮胖红卫兵说:"那好,你不是想跟我们去雪山外面闹革命吗?今天就考验考验你!那你说,你爸爸都有哪些反动言论?"

江果支支吾吾:"我爸他没说过什么……"

"他这么反动,怎么可能没有反动言论?"矮胖红卫兵说,"你好好想想,如果你不检举揭发,你就没有资格参加革命!"

江果知道自己昨晚得罪了矮胖红卫兵,现在再不做点什么,恐怕一辈子也不可能去雪山外闹革命了。但是她不想陷害爸爸。她很为难。她看看父亲,又看看红卫兵,欲言又止。

矮胖红卫兵说:"你说出来,就可以站到革命阵营里来了。"

她低头沉默了一会儿,咬了咬嘴唇,然后猛地抬起头说:"我爸说……革命是瞎折腾……还说革命不是请客,就是吃饭……"

父亲的雪山，母亲的河

矮胖红卫兵一听笑了，然后脸色突变，一拍桌子说："这就是典型的反革命！来人呀，把反革命江三给我抓起来……"

<h2 style="text-align:center">十二</h2>

母亲打了江果一巴掌。

我没想到母亲会打江果。母亲平时总是宠着江果，重话都没说过一句。可是那天她像疯了一样，扑向江果，重重地打了江果一耳光，在江果嫩白的脸上留下了五个清晰的手指印。

事情来得太突然，江果傻了，我也傻了。

那天江果从外面回来，她知道自己理亏，没敢抬头看母亲，悄悄溜进自己的屋子，匆忙收拾东西，准备离开家。母亲叫住了她。

母亲大喊一声："你给我站住！"

江果站在门口，背对着母亲。

母亲厉声问："你要去哪里？"

江果背对母亲说："我要去闹革命……"

母亲用颤抖的声音说："你为什么要陷害你爸爸？"

江果扭过脸来说："我没陷害爸爸，爸爸确实说过那样的话。他是党员，他不该说那样的话，他反对革命……"

母亲冲向江果，抡圆了胳膊给了江果一耳光。江果没有想到母亲会打她，用手捂住脸，惊恐地看着母亲。母亲浑身战栗。江果的泪水慢慢溢出了眼眶，母亲的泪水也涌了下来。弟弟江河正在做作业，手里的铅笔掉在了地上。我跑过去抱住母亲的胳膊，眼泪也涌了出来。母亲嘴唇哆嗦着，手指几乎戳到了江果的脸上："你这个不孝的女儿啊！你爸那么疼你，那么爱你，恨不能把心都掏出来给你吃了，你这个没良心的，却要害他……"

江果捂着脸，朝母亲喊道："我想离开这里，我想去革命……"

母亲气得脸色煞白："你不是我的女儿，你给我滚！"

江果哭着跑走了。她并没有去红卫兵那里，而是跑去找央金阿姨。她原以为央金会安慰她，却没想到央金也很伤心，说你这孩子真是不懂事，你怎么能这样！央金阿姨将江果反锁在屋里，说你听阿姨的话，哪儿也不能去。我去找丹增副县长商量，看如何营救你阿爸。江果这才意识到事情被她闹大了。她很后悔。但是事已至此，后悔也没有用了。

那天下午，红卫兵召开大会批判父亲。他们汲取了去年召开刘达伯伯批判会的经验，没有让更多的牧民参加，而是将人员限制在城镇和牧区的藏汉干部。而且会场没有设在草原，而是设在了央金家原来的城堡。那里现在是嘉措镇镇政府。

会场上只有几十个人。刘达伯伯作为陪斗站在父亲旁边。我和母亲站在城堡门口。我们身后围拢了许多藏族群众。我在人群里看见了格桑。格桑同情地看着我。他的身后是那只形影不离的藏獒。

批判会开始了。红卫兵跟上次一样念稿子、喊口号。开到一半时，红卫兵需要江果上台做证，却找不到江果。红卫兵就让父亲自己说。父亲问："我说啥？"

"说你都说了哪些反革命言论！"

"我反革命？我革命的时候还没有你们呢！"

"毛主席说，革命不分先后！"

"这么说，你们承认我是革命者了？"

"你这个顽固不化的反革命，我让你狡辩！"

一个红卫兵说着冲过去，抡起皮带抽在父亲身上。母亲惊叫一声。央金阿姨跑过去，一把抓住了红卫兵手里的腰带。

"你干吗打人？"

"革命不能心慈手软！"

红卫兵说着飞起一脚，踢在了父亲的腰上。

丹增副县长从主席台站起来，大声说："不许打人！"

红卫兵挣脱央金阿姨的手，抡起皮带抽在了父亲的脸上。一行殷红的血蚯蚓似的从父亲脸上爬了下来。

我跟母亲冲进大门，朝父亲跑去。

父亲的雪山，母亲的河

央金夺过红卫兵手里的皮带，像扔一条毒蛇一样扔出墙外。红卫兵们"哗啦"围了上来，对着父亲和央金阿姨拳打脚踢。我和母亲死死地护住父亲。丹增叔叔、央金和格桑挡在我们前面。

红卫兵们大喊："你们这是破坏革命……"

这时格桑走了过来，目光凶狠地瞪着矮胖红卫兵。矮胖红卫兵说你想干什么。格桑不说话，继续往前走。矮胖红卫兵惊恐地朝后退，退到不能再退的时候，猛然朝格桑抡起了腰带。就在这时，格桑的藏獒腾空而起，扑向矮胖红卫兵，他凄惨地号叫一声……

混乱中，父亲不见了。

矮胖红卫兵吊着一只胳膊，另一只手里提着一杆枪，他们到处寻找父亲，还有格桑以及他的藏獒。他们没有找到父亲，就开枪杀死了我家的藏獒。他们提着枪在县城里疯狂地寻找，见藏獒就杀。半天工夫，河源县城里几乎所有的藏獒都被他们杀光了。

第二天，矮胖红卫兵带着刘达伯伯和他的大队人马离开了河源，去了雪卡牧场。他们留下话说，他们还要回来。同时，他们留下两个年龄大点的红卫兵继续寻找父亲。

留下来的那两个红卫兵开始还骑马寻找了几天，可是一无所获。后来他们就不找了。他们也有怨气：凭什么你们都走了，把我们两个留在这里？我们在这么个小地方怎么革命？他们很郁闷，每天在县城招待所里吃肉喝酒，经常喝得烂醉如泥。

红卫兵将刘达伯伯带走的那天晚上，央金阿姨把江果送回了家。江果一进家门就跪倒在母亲面前，说她再也不当红卫兵了。母亲将江果揽进怀里，抚摸着她的脸颊，泪流满面。

央金阿姨悄悄告诉母亲，父亲被他们藏在一个不为人知的地方，现在很安全，但是为了不被红卫兵发现，他暂时还不能回家。母亲空悬着的一颗心这才放下来，说不回家就不回家，只要他安全就好。

许多天后，我看见了格桑的藏獒从我家门口跑过。河源县的藏獒都被红卫兵打死了，只有格桑这只闯祸的藏獒还活着。我感觉格桑一定就在附近。我跟着藏獒出了县城，果然看见格桑站在黄河边，远远地看着我笑。多日不见，格桑的皮肤比以前更加黝黑。

格桑说："我带你去个地方。"

我问："去哪里？"

格桑神秘地一笑："到了你就知道了。"

格桑打了一声口哨，河堤下面跑上来两匹马。父亲就是用口哨召唤他的马的，格桑怎么也会这一手？

格桑说："上马吧。"

我们骑马绕着扎陵湖跑了十几里地，最后来到一片丰茂的草甸。湛蓝的天空上飘荡着几朵白云，一群牦牛棋子一样散落在草地上，各种野花在午后的阳光下悄悄开放，风中弥漫着青草和鲜花的味道。远处的雪山下有一顶牧民的帐房。

格桑用马鞭一指说："那就是我们要去的地方！"

我远远地看见一个牧人坐在湖畔，那身影是那样的熟悉。我的心怦怦直跳，纵马跑过去。果真是父亲！我跳下马，一头扎进父亲的怀里，泪如泉涌："爸爸……"

父亲抚摸着我的头发："江果呢？她还好吗？"

我没想到父亲第一句话问的竟是江果，我仰望着父亲："爸爸，您别生她的气，其实她一直很后悔，夜里一个人偷偷地哭……"

父亲说："她还是个孩子，爸爸怎么会生自己孩子的气呢？你回去告诉江果，就说爸爸很想她。"

我的泪水止不住又一次涌了出来。

父亲问："你妈妈好吗？"

我使劲地点头："妈妈好，我们都好，妈妈就是担心你。"

父亲一边跟我说着话，一边用拳头捶打着后腰。我问父亲腰怎么了，他说那天被红卫兵踹了一脚。我问他还疼吗，父亲说已经好多了，再过些日子就可以骑马了。

走进父亲身后的帐房，我看见扎桑叔叔、丹增叔叔和央金阿姨都在这里，他们坐在卡垫上喝着酥油茶，又说又笑，像过节一样。

这是一顶典型的藏式帐房，尽管矮小，但里面的设施一应俱全。

父亲的雪山，母亲的河

帐房四周用牦牛绳固定在草地上，里面用木棍支撑起来，顶上留有一道窄长的天窗，阳光正好从那里洒进来，照亮了洁净的灶台。灶台后面供奉着佛像，地上铺着羊皮，周围是用草泥块、土坯垒成的矮墙，上面堆放着青稞、酥油袋和干牛粪。炉灶上的锅里冒着热气，我嗅到了羊肉味。

央金阿姨发辫上的红珊瑚和绿松石，在天窗里泄漏进来的阳光下闪着亮光。她笑着说："我们江雪就是有口福，刚炖好了羊羔肉，你就循着味儿来了。"

那天，我在父亲那里一直待到天黑，才跟着丹增叔叔和央金阿姨回了家。我将见到父亲的情景告诉了母亲，但我隐瞒了父亲腰疼的事情。母亲很高兴，说她明天就去看父亲。我劝母亲先不要去，说万一让红卫兵知道了，会给父亲带来麻烦和伤害。

母亲叹了口气说："唉，你爸躲到啥时候才是个头啊！"

我说："等红卫兵走了，我爸就可以回家了。"

可是红卫兵什么时候才会走呢？何况那些走了的红卫兵说他们还要回来的。我和母亲心里都没数，谁也不说话。

但是让我感到欣慰的是，每隔几天我都可以悄悄去看望父亲。央金阿姨说我人小目标小，不会引起别人的注意。在扎桑叔叔和格桑的照顾下，父亲的腰渐渐好起来了，腰慢慢能挺直了。但是扎桑叔叔说父亲还需要补养一段时间，他让格桑上雪山打只雪鸡回来。我从来没有上山打过雪鸡，就跟着格桑上了雪山。

雪鸡生活在雪线以上的岩石上。它们喜欢群居，少则三五只，多则三四十只。它们的窝在岩石裂缝的草丛中，很隐蔽，里面铺着干草、苔藓、兽毛和自己的羽毛。雪鸡奔跑时尾巴直直地上翘，暴露出下面白色的羽毛，它们摇摇晃晃的样子活像天鹅。雪鸡生活得很悠闲、很平静，只有在生命受到威胁时才会振翅腾飞。它们觅食时从来不设岗。但是休息的时候，会有一只老雪鸡站在高高的岩石上站岗放哨，发现情况不妙就会发出凄厉的叫声，让其他雪鸡逃离。

"所以，捕捉雪鸡最好是在它们觅食的时候。"格桑这么说。

格桑好像什么都知道。我们爬上雪山，躲在一座山崖下面寻找雪鸡的踪影。格桑说你看，在那儿！我顺着他手指的方向一看，发现面前不远的地方果然有十几只雪鸡。它们下半身是白色的，上半身是土褐色的，头和脖子是灰褐色的，翅膀上有许多白斑点。我激动得几乎喊出来。格桑说趴着，别动，别出声！

格桑趴在雪地里，慢慢举起了猎枪，然后瞄准。我听见了自己的心跳，咚咚，咚咚，咚咚。只听耳边"叭"的一声巨响，远处的雪鸡扑啦啦腾空而起。有一只飞起一尺多高又掉了下来，落在雪地上扑腾了几下就不动了。

我们跑过去捡起雪鸡，我心里又激动又难过。我将雪鸡捧在手里，它的身体还是热的，我难过极了，在心里对它说："对不起雪鸡，为了我爸爸的伤，只能委屈你了……"下山的路上，那雪鸡在格桑的枪叉上晃来晃去，我的心也跟着晃晃悠悠，一直悬在那里，有种说不出的滋味。

要给父亲炖虫草雪鸡汤，还缺一样东西，那就是虫草。虫草我认得，那年母亲生江河的时候，央金带我去挖过。每年的四五月份是挖虫草的最好季节。这时虫草的尖芽有一寸高，很好辨认。如果过了这个时节，虫草就会被其他杂草掩盖，很难找到。现在正是挖虫草的好时候。可是，为什么叫冬虫夏草？

格桑说，每年夏天冰雪融化了之后，草甸上的蝙蝠蛾就把很多虫卵留在花草的叶子上，那些虫卵慢慢就变成了小虫，钻进草地里去了，经过一个夏天和秋天，它们将自己养得白白胖胖的。冬天来了，小虫就会被冻死，这就是"冬虫"。第二年夏天来了的时候，那些虫子的头上就会长出一根紫红色的小草，那就是"夏草"。

我们在山坡上每找到一根虫草，格桑就会用藏刀挖开四周的沙土，小心翼翼地将虫草挖出来。山坡上的虫草很多，我们没用多大工夫就挖到了十几根。

格桑说："好啦，我们回去吧。"

我觉得挖虫草是一件很有趣的事情，我意犹未尽，不想走。

父亲的雪山，母亲的河

格桑很为难地说："我们藏族人挖虫草，用几根挖几根，从来都不会多挖的。"

"这是为啥？"

"因为虫草是我们的神草。如果挖多了，神会怪罪的。"

我不说话了。

"你不高兴了？"

"我没有不高兴，我在想神是什么样子。"

格桑挠了挠头，笑了："我阿爸说，挖一棵虫草，草地上就会留下拳头大的一块疤，那块疤好几年才能长出草……"

草原就是牧民的命根子，这我知道。我爸就这么说的。

夏天很快就过去了。不知什么原因，矮胖红卫兵一直没带着他的队伍再回来，好像他们已经将我们河源忘记了。忘记了我们河源没什么，我们还求之不得呢。可是他们好像将留在这里的那两个红卫兵也忘记了。那两个红卫兵等啊等啊，等不来自己的红卫兵战友，天天喝酒也喝烦了，便在一天早上灰溜溜地离开了河源。

红卫兵一走，父亲就回家了。

第二年冬天来临的时候，我们听到了刘达伯伯官复原职的消息。接着父亲也平了反，还当他的副县长。原来的县长提拔到州里当了副州长，上级任命丹增叔叔为河源县县长。

丹增叔叔对父亲说："这个县长你当最合适。"

父亲说："你是党重点培养的藏族干部，你当县长比我更合适，更有利于开展工作。咱们一要相信组织的眼光，二要服从组织的决定。你放心，我会非常支持你的工作的。"

丹增叔叔当了县长以后，还和以前一样尊重父亲，经常来家里跟他商量工作，一口一个老领导。

父亲说："你是县长，我是副县长，你才是领导。"

丹增叔叔憨厚地笑笑："没有你就没有河源的今天，也没有我丹增的今天，你永远都是我们河源的老领导、我丹增的老领导。"

"你这个丹增，一点儿原则都不讲。打牌还分个大小王呢，你这样让我今后咋工作?"父亲好像觉得自己说得有点儿严重,缓和了口气,笑着说,"再说我也不老嘛,你这么'老领导、老领导'地叫来叫去,把我都给叫老了,好像我已经退休了似的,我还年轻得很呢,我还想多干几年哩。"

丹增叔叔笑着说:"你要是不干我还不愿意呢,我不把你这头倔强的牦牛累趴下是不会放过你的。"

丹增叔叔走后,父亲对母亲说:"民族干部就是厚道。"

父亲复职后干的第一件事,就是修建了河源中学。学校尽管只有初中部,但毕竟结束了河源没有中学的历史。州里的中学也复课了。但是我和江果已经十七岁了,没有再去上学。

父亲做的另一件事情,就是在夏天来临的时候,带人去雪山挖掘那三个藏族兄弟。遗憾的是,他们跟往年一样一无所获。

卷三 江果

十三

自从揭发了父亲，我一直很内疚。但父亲好像什么事也没发生过一样，仍然乐呵呵地跟我说话，用他那宽厚温暖的大手抚摸我的头发，甚至比以前对我更亲，让我无地自容。

在父亲躲藏的那段日子里，我很想念父亲。母亲和姐姐知道父亲在哪里，但是她们一直瞒着我。她们那是为了保护父亲，我不怪她们。这一切都是我自己造成的，是我自作自受。但我多么想去看看父亲啊！我想跪倒在父亲面前，对他说声对不起。我想被父亲搂在怀里，像以前那样抚摸我的头发。可是我没有这样的机会。多少个夜晚，我用被子蒙住头一个人偷偷哭泣。

每次看着姐姐江雪拿着母亲做的饭菜，一个人悄悄出了家门，我知道她是去父亲那里了，心里就特别难过。父亲从前最爱我，可是现在我感觉不到父亲的爱了，我连见他的资格都没有了。

有一次，我悄悄跟在姐姐身后，一直跟到扎陵湖畔父亲居住的秘密帐房。但我没有勇气走过去。我趴在草丛里，远远地看着父亲和姐姐在帐房外面垛牛粪饼。他们有说有笑，是那样的快乐。而我却不敢过去。泪水忍不住涌了出来，模糊了我的眼睛。那天下午，我趴在那片草丛里，远远地看着日思夜想的父亲，直到把眼睛看疼了，把太阳看落了。

父亲回家的那天下午，我早早躲了出去。我想见父亲，又怕见父亲。我没脸见父亲。我一个人躲在河边的崖石后面等待天黑。可是天黑了我就能回家了吗？我不知道。

天黑了，我听到一个声音在呼唤："江果——江果——"

我侧耳细听，是父亲的声音！是父亲在叫我！我站起来循声望去，果真看见了父亲。

父亲的雪山，母亲的河

他弓着身子在河岸上不停地呼喊："江果——回家了——"

我的泪水哗地涌了出来。我多么想朝父亲跑去啊，可是我双腿无力，怎么也迈不动脚步。我蹲在地上，捂住脸，伤心地哭了。

"江果——江果——"

父亲朝另一个方向找去，声音渐渐远了。那一刻，黑暗一下子淹没了我，我害怕极了，担心会永远失去父亲。我从崖石后面跑出来，朝父亲的背影哭喊：

"爸爸，我在这里……"

父亲扭头看见了我，跌跌撞撞地朝我跑过来，一把将我搂进怀里："傻孩子，你怎么跑这里来了，快要急死爸爸了！"

我在父亲的怀里失声痛哭："爸爸……对不起……"

爸爸抚摸着我的头说："傻孩子……真是个傻孩子……"

清明节那天，父亲又要去祭奠牺牲了的战友。去墓地的路很远，要骑马走半天，会很累。往年我都不想去，可是父亲非要带我去。我说姐姐弟弟为什么不去？为什么非要让我去？父亲说，因为爸爸最喜欢你呀。但是今年我什么也没有说，跟着父亲骑马去了墓地。

父亲战友的墓地在雪山脚下一片开阔的草地上。父亲绕着两座坟墓转了一圈，拔去坟头上的杂草，然后打开一瓶青稞酒，在每个坟前祭洒了三杯，又朝着巴颜喀拉雪山、阿尼玛卿雪山各祭洒了三杯。最后，父亲让我朝阿尼玛卿雪山磕三个头。我不明白为什么，但是看着父亲不容置疑的严肃表情，我只好磕了头。

父亲面对阿尼玛卿雪山说："老连长，我来看你来了。你看见了吧，我们生活得很好，你该放心了吧……"

父亲每次都这样说，絮絮叨叨跟他那个"老连长"说上半天话。许多年后我才知道，父亲的"老连长"就是我的亲生父亲章明。

祭奠完毕，父亲便坐在草地上一个人默默地喝酒。喝着喝着，父亲就会情不自禁地唱起从牧民那里学来的酒歌：

父亲的雪山，母亲的河

> 白狮子住在雪山上，
> 它走后雪山多凄凉；
> 麋鹿住在草地上，
> 它走后草地要枯黄……

我说："爸爸，您唱得真难听，嗓子像破锣。"

父亲笑笑，用手摸了摸我的头发。

父亲喝酒的时候，我就把脑袋枕在他的腿上，躺在草地上看蓝天上飘浮的白云。云儿变幻不定，一会儿是一只羊羔，一会儿是一只白牦牛，一眨眼工夫，又变成了一匹奔跑的白马。白马跑啊跑啊，一会儿就跑到了雪山那边不见了。白马一定能够看见雪山外面的世界。雪山外面，那到底是一个怎样的世界呢？

我已经十六岁了，但是我还从来没有离开过雪山。我走得最远的地方就是州里。姐姐跟父母回过一次老家，见过雪山外面的世界，还坐过火车。姐姐说那火车吐着白烟，像牦牛一样吼叫，声音比一百头牦牛一起吼叫还要响亮。我很想到雪山外面去看看。

这年夏天，州里的电影队来到了河源。我们从来没有看过电影，所以整个河源都轰动了，人们像过节一样高兴。我跟着父亲一大早就去岔路口迎接电影队。我们准备了哈达和青稞酒。

我好奇地问父亲："电影是什么样子？"

父亲说："电影就是许多人在挂起来的一块白布上演戏。"

我想象不出那是一种什么景象。

我们等了很久，电影队才从雪山那边慢腾腾地走来了。说是电影队，其实只有一个人，一匹马，两头牦牛。准确地说，是一个汉族小伙，一匹白马和两头黑色的牦牛。牦牛的皮毛像黑缎子一样光亮，背上驮着几个铁皮箱子。父亲用最尊贵的藏族礼仪迎接了那个神气的汉族小伙子。小伙子很年轻，比我大不了几岁，矮个子，小眼睛，皮肤黝黑，并没有我想象中的那么神气。但是他在我眼里是那样的了不起，几乎相当于一个传奇英雄了。

父亲的雪山，母亲的河

那天下午，太阳还有老高，草地上就聚集了成群的牧民，个个穿着节日的盛装。整个下午，我和弟弟江河都跟在那个放电影的小伙身后，看他指挥牧民在草地上竖起两根木杆，将一块比墙壁还要大的白布挂在上面，然后变戏法似的从铁皮箱子里取出一个铁家伙架起来，拉上长长的电线，将一头接在另一个铁疙瘩上。然后他将一条绳子缠绕在铁疙瘩的轮盘上，用力一拉，铁疙瘩便突突地冒起了黑烟，架起来的那个铁家伙上就"哗"地亮起了一盏明灯。那灯比我们家里的酥油灯要亮一百倍，"唰"地就照亮了黄昏的天空。

但是小伙子却熄灭了那灯，然后没事人似的坐在草地上，跟人喝起了酥油茶。有人问什么时候演电影啊，小伙子说天黑了就演。人们就坐在草地上等待天黑。那天也怪，天黑得特别慢。西天上的一抹霞光总是不退，好像也想看看电影是什么样子。霞光消失后，月亮又爬了上来，蹲在雪山顶上，跟我们一样等待电影开演。

小伙子喝完最后一杯茶，从草地上站起来，拍了拍屁股上的草屑，走向架子上的铁家伙，说："好啦，可以开演啦。"

一束亮光从铁家伙的眼睛里喷射出来，白布上立刻出现了几个人影。坐在白布跟前的牧民"哗啦"一下全站了起来，潮水一样纷纷往后退却。看到那些陌生人只在白布上活动，没有走下来的意思，这才放下心来，犹犹豫豫地重新回到自己刚才坐的地方。

那天晚上的电影是《南征北战》，我一辈子都不会忘记。

电影放完后，人们还是不愿离去，要求再看一遍。小伙子又放了一遍。人们还想看，小伙子就不愿意了，说我已经多放了一遍，很够意思了。人们看小伙子有些生气，这才恋恋不舍地走了。

第二天，更多的牧民从四面八方聚集过来，太阳还在头顶的时候，就有人早早地占据了有利地形，盘腿坐在草地上开始喝酒、唱歌，等待天黑。放电影的小伙子原来准备到别的牧区去，父亲好说歹说把他挽留了下来。晚上又放映了两场，还是《南征北战》。

小伙子在河源一连待了三天，放了七场《南征北战》。电影里面的台词我们河源很多人都能背下来了。

后来，电影队又来过两次。一次放映的是《地道战》，一次放映的是《地雷战》。一来二去，那小伙子跟我就熟悉了。他看我的时候眼睛里发出异样的光亮，他说我是河源县城最漂亮的姑娘。他还告诉我说，雪山外面已经有了一种叫电视的东西，说电视比电影还要方便，坐在家里就可以看见北京天安门。我说那你下次给我买一个回来，我也要坐在家里看看天安门。小伙子笑了，说电视机州里还没有呢，他只是在西安学习放映技术的时候见过一回。

我盼望有一天也能像放电影的小伙子一样走出雪山，去看看电视到底是个什么样子。

那年的藏历新年来得特别早。刚落过第三场雪，新年就到了。

早在一个月前，人们就开始准备过年了。磨炒面，打酥油，炸果子，做新衣，办年货，准备过年的衣物和食品，印制彩色经幡和"飞马"。汉族人家入乡随俗，也要过藏历年的。父亲和弟弟江河忙碌着在屋子四周挂经幡。母亲则带着我和姐姐江雪清理屋子，打扫庭院。我们把清扫出来的灰尘撒在路口，撒成十字或者弓箭的形状，在弓箭后面倒上九个尘土堆，这样就能将一年的旧尘射出去。

除夕，藏语叫"囊公萨共"，意思是天满地满。

除夕早上，父亲第一件事就是点燃神龛前的酥油灯，供上一碗净水，在墙壁上用面粉画上吉祥的"八瑞徽"和"十"字符号，在屋柱上缠上彩色牛毛毯子，并且准备好一天要吃的牛羊肉。

吃过年夜饭，江河迫不及待地跑出家门，跟着一帮藏族男孩在街道上疯跑。他们举着浸了酥油的火把，成群结队，走街串巷，迎接"拉甲洛"神。这种迎神的活动女孩子们不能参加，我们只能站在门口，看着火把像游龙一样在街道上穿梭。

到了午夜，我们也像藏族人家一样在院子里点上篝火，然后一家人围着火堆跳起欢快的藏舞。每年这个时候，央金阿姨都会来我们家教我们跳藏舞。央金阿姨腰身很细，跳起舞来特别轻盈好看，耳环上垂挂着的珊瑚珠和金银花坠儿欢快地跳动，在红光中闪着亮光。三更

父亲的雪山,母亲的河

一过,人们便纷纷走出家门,在街头巷尾燃起一堆堆用松柏枝叶搭起的篝火,男女老少围聚在篝火旁开始唱歌跳舞,直到月明星稀才渐渐散去。

初一凌晨,天还没有亮,母亲便把我和姐姐叫起来,交给我们贴有三块酥油的木桶,让我们赶在太阳出来之前去黄河里背回一年里的头三桶水。并且让我们提上一袋干牛粪,取水前在河边燃起一堆牛粪火,这样就可以驱除一年的灾祸了。

按照藏区的风俗,这天早上女人们都会争着去背头三桶水。第一桶水,要在满天星光下去背,藏语叫"囊哇塔益处曲",意思是无量光佛的洗澡水,牧区人俗称星下取水。第二桶水,要在东方刚露鱼肚白的时候去背,藏语叫"下日桑格嘎莫处曲",意思是东方白狮的洗澡水,俗称东方白狮奶乳。第三桶水,要在太阳刚出来的时候去背,藏语叫"乌坚班玛处曲",意思是乌仗那莲花的洗澡水,俗称阳光下的水。

吃过午饭,男人们都去雪山放"飞马"了。父亲和弟弟也去了。从雪山飘落下来的"飞马",在阳光下像繁星一样闪烁,十分好看。女人们成群结队地站在草甸上,叽叽喳喳、嘻嘻哈哈地观看男人们放"飞马"。有的年轻姑娘还朝着雪山唱起了情歌,不知是给雪山正在放"飞马"的哪个小伙子唱的。

我和姐姐正在看"飞马",枯黄的草原上却走来了三匹真的骏马。等他们走近了,我们才认出来是刘达伯伯。刘达伯伯是代表州委州政府专程来河源慰问牧民的。

那天晚上,父亲将刘伯伯领回了家。刘达伯伯怪怪的,我总觉得哪儿不对劲儿。仔细一看,他那只丢失了多年的耳朵又回到了脑袋上。我说:"刘伯伯,您的耳朵又长起来了?"

"耳朵丢了哪还能长起来?"刘伯伯扭头对父母笑着说,"都是书记出的馊主意,说一个州长少一只耳朵形象不好,非要让我补上,这不,前段日子去兰州出差,我就补了一只。"

父亲说:"补上好,就是看着不像你了。"

刘伯伯说:"不像我像谁?像你?"

父亲说:"哪能像我,我哪能像州长。"

刘伯伯盯着父亲笑:"啥意思,嫌官小了?"

父亲说:"我不是那意思。我这官已经不小了,我很知足。"

"你要是愿意,我回去跟书记商量,把你调到州里去。"

"免了吧,我还是待在河源自在。"

刘伯伯用指头点着父亲说:"你这个人,还是过去那个倔脾气,几十年不变。你也别太自私了,也该为茹雅和孩子考虑考虑。"

父亲说:"以后再说,以后再说。"

母亲说:"别提这事,提起来我就生气!我这辈子算是完了,别想走出这雪山了。不说这个!说说你吧,现在还是一个人?"

刘伯伯说:"一个人无牵无挂,多自在啊!"

母亲叹息一声,没再说什么。

父亲说:"这大过年的,我还真没想到你会这时候跑来。"

刘伯伯说:"河源人民救过我,我不能没有良心啊……"

初三那天,县里组织了一场藏舞表演。其中有旋律欢快的边歌边舞的"伊",曲调庄重饱满、动作粗犷豪放的"卓",踏着鼓点而舞的"热巴",还有以牛角胡琴手领舞、动作幽默的"热伊",男女老少载歌载舞,气氛异常热烈。

一曲舞"热巴"结束,央金走到会场中央,拍了拍手示意大家安静下来,然后她将双手举成喇叭状,朝人们大声说:"州长的歌声比金翅雀的声音还要好听,大家要不要听?"

人们一起吆喝:"要——州长来一首——"

刘伯伯被央金将了军,只好站起来,高声唱了起来:

> 我不是没有家乡,
> 我的家乡在黄河开始的地方;
> 我不是没有家乡,
> 那里的扎陵湖明镜一样闪亮……

父亲的雪山，母亲的河

刘伯伯的歌声赢得了牧民们热烈的掌声……

刘伯伯在河源一直待到初五。临走的时候他对父亲说："老江你说实话，你真的就没考虑过调到州里去工作？"

父亲笑着摇了摇头。

刘伯伯说："就因为牺牲了的战友？"

父亲点了点头："我得守着他们，哪儿也不想去……"

刘伯伯拍了拍父亲的肩膀，不再说什么。

十四

格桑要当兵走了。

平时看着不起眼的格桑，穿上军装后却是那样的神气。那身军装要是让我穿上一定比他还神气。可是部队只招男兵，不招女兵。

黄昏时分，我去河边背水。我一转身看见格桑站在我的面前，吓我一跳："呀，你站在这里做什么，吓死我了！"

格桑笑着不说话，用脚尖踢着河边的沙土。他有点羞怯。小时候他可不这样，可顽皮了，长大了反而成了这个没出息的样子，尤其是在我和姐姐面前。我看见他的脚上是一双崭新的军用黄胶鞋。

"不就是一双军用胶鞋嘛，踢来踢去的，故意眼气我呀？"

格桑低头嘿嘿笑着，也不说话，不停地踢地上的沙土。

"你倒是说话呀！你再不说话我可要走了。"

我就背起木桶准备走。格桑拦住我，扭捏着说：

"求你件事行吗？"

"什么事？"

"你能不能让你姐来河边一趟？"

我警惕地问："干什么？"

格桑羞红了脸："我有话对她说……"

原来是这样！尽管我对格桑没什么感觉，但是听说他要找姐姐单独说话,心里还是有点儿不舒服。我从鼻子里"哼"了一声:"别以为你穿上军装就了不起,想找谁就找谁?我凭什么听你的?"

格桑窘迫地说不出话来。我心里生气,但觉得他好笑,就"扑哧"一声笑了:"逗你玩儿的。说吧,我帮了你的忙,你怎么报答我?"

格桑不好意思地说:"你说吧,你想要什么?"

我一把从他头上抢过军帽,戴在自己头上。

"我就要这个。"

格桑急了:"这可不行!没了军帽我就当不成兵了……"

"看把你吓的!逗你玩儿的。"

我把军帽还给了他。他不好意思地笑了,然后认真地说:"等我到了部队,我给你弄一顶女式军帽寄回来!"

"光寄军帽不行,我还要一套女式军装!"

"行!我给你寄一套!"

"这可是你说的,这可不是我敲诈你。"

"是我说的,我说话算数。"

"好,就冲着你这句话,这个忙我帮了。"

回到家,我悄悄对姐姐一说,姐姐的脸腾地就红了。她说天这么黑,我才不去呢。我说我已经答应人家了,你不去,我怎么向人家交代?姐姐说谁答应的谁去!我说,人家喜欢的人是你,又不是我。姐姐急了,说你再胡说,我更不去了!我只好来软的,说好好好,算我胡说行了吧。人家明天就要走了,今晚想见你一面,你就这么绝情?姐姐想了想说,除非你陪我去。我说我才不去给你当拴马桩呢。姐姐说,你不去,我也不去!

没办法,为了那身未来的军装,我只好陪姐姐去了。

我们三人坐在河边的草甸上,月光像河水一样静静地流淌,空气里弥漫着浓浓的青草味儿。因为我在场,格桑和姐姐都很少说话。我不喜欢这种尴尬的局面,就让格桑唱歌。格桑真的小声唱了起来:

父亲的雪山，母亲的河

>你住在扎陵湖这边，
>我住在扎陵湖那边，
>如果一月不相见，
>可以划动轻便的牛皮船；
>你住在村子那边，
>我住在村子这边，
>如果一日不相见，
>就看看我屋顶的五色经幡……

格桑走后很久，姐姐才收到他的来信。格桑在信里让姐姐转告我，他们部队在比河源还要偏远的边防哨卡，根本就没有女兵，他答应我的女式军装一时半会儿弄不到。我的军装落空了。

转眼到了农历六月，正是藏区一年一度的"欢乐节"。牧民们叫"卓卓"。这时的草原莺飞草长，羊肥奶鲜，百花盛开，气候宜人。牧民们身着盛装，带上食品，驮上帐房来到水草丰美的河畔湖边安营扎帐。喝酒，对歌，射箭，赛马，摔跤，听说唱艺人索布说唱《格萨尔》。这是我们河源人一年最快乐的时候。

往年这个时候，父亲都要带我们到扎陵湖边扎上营帐，跟牧民们一起过"卓卓"。可是今年我们没有去，因为父亲不在家。

父亲带人修路去了。

父亲听说国家派铁道兵开始修建西宁至格尔木的铁路了，就坐不住了，着急地在家里转来转去。"人家都已经修铁路了，我们河源咋能连公路都没有呢?"父亲骑马去州里找州长刘伯伯。刘伯伯很支持他的想法，带他去省里汇报。省里很快批了一笔修路经费。父亲回来后就带人开始修筑一条通往雪山外面的简易公路。

欢乐节过了很久，父亲才第一次回家。父亲说省里派了好几个工程队帮我们修路，要不了一年，公路就会修到我们河源了。父亲还带来了一个好消息：刘达伯伯调到省里当上了厅长。

第二年秋天，路修通了。

父亲的雪山，母亲的河

汽车第一次开进我们河源县城的时候，附近的牧民都骑马跑到县城来看稀奇，说这家伙比牦牛跑得还快，管汽车叫"铁牦牛"。

州里的电影队又来了。还是几年前那个小伙子。但他没有坐汽车来，仍然骑着他的白马，牵着他的两头黑牦牛。我问他为什么不坐汽车，他说还要到其他牧区去放电影，那里还没有通公路。

这次放映的是《英雄儿女》。我和姐姐被电影里那个叫王芳的漂亮女兵迷住了，晚上回家睡不着，一直在说王芳。王芳这样，王芳那样，王芳这样那样。第二天晚上还是《英雄儿女》。电影完了，人群散了。我和姐姐跑过去问那小伙子："明天晚上能不能再放一场《英雄儿女》？"

他说："不行，我还得到另一个牧区去。"

我说："我特别喜欢王芳，还想再看一遍。"

"你是不是特别喜欢女兵？"

我使劲儿点点头。

"说实话，我也喜欢。女兵我见过，可神气了！"小伙子一副见多识广的得意样儿，"女兵有话务兵、医生护士、文工团演员、电影放映员，还有女飞行员呢。"

"我妈以前就是女兵。"我有点儿炫耀的意思。

小伙子有点儿惊讶："是吗？"

姐姐说："我妈不是女兵，是个女军官。"

小伙子更是惊讶："是吗?!"

我们的自尊心得到了极大的满足。可是母亲是女军官跟我有什么关系呢？母亲是母亲，我们是我们，我现在又当不了女兵。我叹息一声说："我特别想当兵，可是我们这里不招女兵。"

小伙子说："女兵每年招得特别少，只有州里省里才有名额，你爸是副县长，你妈又当过女军官，州里省里肯定有不少老战友，让你爸爸妈妈去州里省里给你们要名额去啊。"

这话一下子提醒了我，刘伯伯不是在省里当官吗？他一定有办

父亲的雪山,母亲的河

法!那天回到家,我们就把想当女兵的想法告诉了父母,求他们去省里找找刘伯伯。可是父亲一口就给回绝了:

"我一辈子没为自己的事求过人,这种事,我不好意思去!"

母亲说:"这不是为你自己,这是为孩子!老刘现在当了厅长,你去找找他,这个忙他一定会帮的。"

"这叫走后门你懂不懂?"

"走后门怎么啦?孩子当兵是保家卫国,没什么丢脸的!你这个老牛筋,总不能让孩子们也跟我一样一辈子守在河源吧?"

"守在河源咋啦?你们就这样想离开河源?"

"你不去是吧?你不去我去!"

父亲说:"谁也不许去!"

母亲指着父亲说:"你还像个父亲吗?我要离开河源你不同意也就算了,可是孩子们还年轻,想去外面闯一闯,你也这样冷酷无情!你也太自私了!你根本就不配当她们的父亲!"

我委屈地抽泣起来。父亲就怕我哭,我一哭,他就没了脾气。父亲叹息一声,蹲在地上半天不吭声。

几天后,父亲一个人去了西宁。父亲是骑马去的。那时路是修通了,但是还没有通公共汽车。父亲走后,母亲对我们说:"其实你爸还是很爱你们的,他就是个老正统,舍不下那张脸!"

父亲走后第三天,我和姐姐去路口等候父亲。父亲如果走得快的话,现在应该快回来了。我们急切地盼望父亲回来。我们仰躺在花香四溢的草地上,看着天上飘动的云彩,幻想着我们的未来。

姐姐说:"我想当电话兵,可以天天给妈妈打电话。"

我说:"我想当电影放映员,可以天天看电影。"

姐姐说:"放电影的时候,你就提前打电话告诉我。"

我又突然改变了主意:"我觉得还是女飞行员好。你看电影上的飞机飞得多高啊,坐在上面一定能看见我们的河源……"

"你说飞机的翅膀能像鸟一样扇动吗?"

"当然能动了,要不然它怎么飞呢?"

父亲的雪山，母亲的河

　　终于，父亲骑马从草原那头走来了。我们激动地跳起来，跑向父亲。父亲脸上的表情却很平淡，既看不出高兴，也看不出不高兴。我们害怕自己的梦想过早地破灭，不敢问父亲结果。我们忐忑不安地陪伴父亲回了家。

　　我们把一切可能都想到了，但是唯独没有想到父亲只带回来一个名额。父亲说："就这一个名额，还是刘达伯伯找了关系，努力争取来的。"

　　也就是说，我和姐姐只有一个人能去当兵。

　　可是让谁去呢？

　　我们俩谁都不说话。姐姐一向让着我，可是那天下午，姐姐使劲儿揉搓着自己的衣角，死死地咬住嘴唇，一句话也不说。

　　父母也很为难。

　　晚上，我和姐姐躺在床上，谁也不说话。要是往常，我们俩总是要说好长时间的悄悄话才睡觉。可是那天晚上我们谁也没说话。夜很静，静得让人心慌。我很想跟姐姐说点儿什么，可是又不知道该说什么。我憋闷得难受，翻来覆去无法入睡。姐姐静静地躺着，悄无声息，但我知道她一定也醒着。

　　父母也没睡，我听见他们在隔壁小声说话。父母谈论的肯定跟我和姐姐想的是同一个问题。可是谁知道他们会怎么想呢？

　　第二天早上，母亲把我们叫起来。父亲坐在灶台前的木凳上，郑重其事地对我们说："来吧女儿，坐过来，爸爸有话对你们说。"

　　我知道父亲要宣布他们商量的结果了，一下子紧张地喘不过气来。可是父亲并没有看我，而是将慈爱的目光投向了姐姐。我的心一下子就凉了，心想这下完了，父母一定要让姐姐去当兵了。我紧张得手心冒汗。我的眼睛紧紧地盯着父亲的嘴巴，希望他永远也不要开口。然而，父亲到底还是开口了。

　　父亲说："你是姐姐，应该让着妹妹对不对？"

　　我的心怦怦直跳。姐姐抬起头，可怜巴巴地看着父亲。

　　父亲说："这一次你还是让着妹妹，好不好？"

107

父亲的雪山，母亲的河

我悬着的心终于落了下来。我突然感觉浑身无力。我看见姐姐的脸色越来越红，渐渐又变白了。姐姐半天不说话，然后慢慢低下了头。那一刻，我感觉时间好像凝固了。

姐姐慢慢抬起头，努力地朝父亲点了点。我看见泪水扑簌簌地从姐姐的脸上落了下来。我真想上去抱住姐姐，陪着她一起哭。但是我没有力气走过去。我感到了羞愧，好像自己偷走了姐姐最心爱的一件东西。不知道为什么，我的眼泪也涌了出来。

我在心里说："姐姐……"

父亲站起来，抚摸着姐姐的头发说："孩子，委屈你了。可是名额只有一个，爸爸也没有办法……"

姐姐的眼泪唰唰地流。我鼓起勇气，上前拉住了姐姐的手。看着姐姐失望伤心的样子，我想对父亲说"让姐姐去吧，我留下"，但那只是一闪念，我没有勇气说出这样的话。没办法，我太想当一个女兵了。姐姐，请你原谅我的自私吧！

姐姐从我的手心里抽出她的手，转身跑进屋子，关了屋门……

几天后，我从武装部领回了崭新的军装，但是我没有马上穿上它。我怕刺激到姐姐。我准备走的那天再穿。我想把第一次让姐姐穿。可是姐姐不穿。姐姐说："你穿吧，姐姐以后还有机会。"

临走的头天晚上，姐姐帮我打点行装。她突然羞怯地对我说："要不，让我穿上你的军装试试？"

我高兴地跳起来："你穿上一定好看！"

姐姐说："把门关上。"

我把屋门关上，心里有种如释重负的感觉。姐姐换上军装，真是很漂亮！我说："你穿上真的很好看！"

我举着镜子，上下左右让姐姐看。姐姐转动着身子，在屋子里走来走去，脸上露出了幸福的笑容。

姐姐说："你比我漂亮，穿上更好看！"

我说："要是咱们俩能一起当兵该有多好啊！"

"可是只有一个名额呀。"

"姐姐，对不起……"

"傻丫头，谁让我是你姐呢！"

"我的好姐姐……"我紧紧地抱住姐姐，哭了。

那天晚上，在我的极力劝说下，姐姐没有脱下军装。姐姐穿着我的崭新的军装，几乎一夜未眠。

在后来的几十年里，我经常会自然不自然地想起姐姐那天晚上穿上军装时的幸福样子。我就想：如果当时当兵走的是姐姐，那么我的人生会是一种什么样子呢？

十五

我们换乘了三次汽车，才来到了一个叫湟源的地方。在湟源，我们开始了紧张而有序的新训生活。我给家里写去了人生中的第一封信。母亲回信说，湟源是她和父亲曾经生活和战斗过的地方。

所以我感觉湟源很亲。湟源，河源，只有一字之差，难道这就是人们常说的缘分？湟源虽说离西宁不远，但我们的营地却在一个偏僻的谷地，几乎与外界隔绝。训练间隙，我经常一个人坐在营区外的草地上，看着周围的山川河流，仰望天上飘动的白云，想象着父母当年在这里战斗的情景，感到无比自豪。

我们新兵团分三个新兵连，两个男兵连，一个女兵连。到训练营地不久，我们看了入伍后的第一场电影。天还没有黑，我们就被集中在一片草地上开始拉歌，直到把太阳拉下山去，把电影拉开演。歌是刚学的，只会三首。那几天我们除了搞内务，就是学唱歌。两个男兵连好像商量好了似的，轮番拉我们女兵连。我们连长张丽的嗓子都喊哑了，但是还是压不过男兵们狼一样的吼声。

连长用一根手指指着我说："给我上，坚决把他们压下去！"

上就上，谁怕谁？一到部队，连长就说我们藏区来的兵个个能歌善舞，让我当了文艺骨干。我不能给连长丢脸，也不能给藏区人丢脸！我站起来振臂一挥，开始指挥女兵唱歌。男兵们的目光齐刷刷地

父亲的雪山，母亲的河

朝我袭来，我感觉胸前背后火辣辣地热。但是我管不了那么多，我目不斜视，涨红了脸，扯着嗓子带着女兵使劲儿"吼"。我们女兵连一连"吼"了三首，硬是把男兵连的嚣张气焰打了下去。

我们连长后来开玩笑说："不是我们的歌声把男兵连压垮了，而是我们美丽的江果让男兵们看傻眼了。"

从此以后，我在新兵团就出了名，男兵们都叫我"团花"。

新训生活给我留下最深印象的就是一个字：累。如果说是两个字，那还得加上一个"饿"。那时训练强度很大，我们一个个特别能吃，吃饭的时候一手抓三个馒头，全没了女孩子的羞涩和文静。有个女兵劝我说："你可是咱们的'团花'，不能这么海吃，要注意保持形象！"我说："啥花不花的，我都饿得两眼发花了。"

在我们狼吞虎咽的时候，炊事班的男兵们站在一旁偷看我们不雅的吃相。这些男兵都是从老连队临时抽调过来，专门为我们做饭的。男兵们对我这个"团花"自然特别照顾，每次打菜都要多给我一勺。但我从来不吃独食，端回来与姐妹们共享。不仅如此，有时晚上大家饿了，排长刘燕还让我去炊事班搞点罐头白菜什么的，回来偷着开小灶。排长说只要我出马，炊事班的那帮小子全拿下。

我们的每间营房里都有青海特有的"火墙"。有"火墙"当然就有火炉子。那时块煤稀缺，我们就把粉煤和成泥，糊在炉子上，然后用铁杵在上面杵几个眼，火苗就慢慢地像蛇信子一样从煤眼里吐了出来。煤泥要稀稠适当，稀了会把火淹灭，稠了又不耐烧。我们在火炉上架个脸盆，倒上清水，将白菜罐头一股脑儿倒进去煮一煮，就算是开小灶。有一次运气不好，让连长张丽碰见了。

她黑着脸说："好啊，你们偷着开小灶？胆子不小！"

我们吓得不敢吭声，笔直地站在那里。

排长刘燕赔着笑脸说："我这是教她们学习野炊哩。"

"有在屋里野炊的吗？"连长瞪了排长一眼，走过去低头嗅了嗅锅里，直起身子问排长："味道怎么样？"

排长趁机塞了一双筷子给连长："你尝尝不就知道了？"

连长瞪了排长一眼,什么话也没说,黑着脸坐下来,用筷子夹起一块送进嘴里,咂了咂嘴,歪了一下脑袋说:"手艺不错嘛。"见我们还站着,一扬筷子说:"傻愣着干吗呀?都过来吃。"

我们"哗啦"一下全围了上去。排长说:"连长今天真漂亮!"

"拍马屁都不会拍!我就今天漂亮吗?"

排长说:"连长每天都漂亮!"

我们齐声说:"连长每天都漂亮!"

"你们为吃个小灶,也用不着这么肉麻。我漂亮个屁!"连长用筷子一指我说:"人家江果才是我们连最漂亮的。"

我的脸腾地红了,菜也不敢吃了。

连长用筷子指着排长说:"今天就不批评你们啦,下不为例啊。"

可是下一次我们开小灶被连长逮住了,她照吃不误,最后走的时候总忘不了说一句:"下不为例啊。"我们心里特别佩服连长,她总是在我们刚要吃的时候出现。

排长说:"连长的鼻子真灵,我们每次开小灶你都能嗅到。"

连长说:"没这点本事还当什么连长,你们知道了就好,以后别在本姑娘眼皮底下搞名堂。"

为了锻炼新兵,新兵团领导要求每个新兵都必须夜里站岗,我们女兵也不例外。不过,我们女兵站岗的时候会派一个男兵陪着。听我们排长说,一轮到我站岗,男兵们都争着要陪站。我的虚荣心得到了极大的满足。陪我们站岗的时候,男兵开始都不敢说话,庄严地站在那里,像个木桩子。但是到了快要换岗的时候,他们感觉再不说话就没有机会了,就会没话找话跟我们女兵说上几句。我遇到这种情况时,印象好点的男兵我就应付几句,印象不好的我就会说:

"抬头,挺胸,两眼平视前方,注意警戒!"

三个月的新训很快就结束了。我们那批女兵很幸运,被直接送到兰州的一所军医学校去学习。兰州是一个建在一条狭窄山沟里的城市,但那毕竟是我见过的第一个大城市。城里高高的楼房、宽阔的马路、琳琅满目的商店、衣着时尚的男女都让我羡慕,与我们河源县城

父亲的雪山，母亲的河

相比，简直是两个概念。我在街上吃到好吃的、看到好穿的，都会不由自主地想起姐姐。一想起姐姐，心里就特别难过。我很想写信把城市里的一切告诉姐姐，但又怕刺激到她。当我坐在电影院看电影时，就会想起那个赶着牦牛放电影的小伙子。不知道他现在是否还赶着牦牛奔走在牧区。我真想让他知道我已经当上了一个女兵，来到了他向我描绘过的城市，而且我也看见了传说中的电视。

我喜欢大城市。这里才是我梦寐以求的地方！

在军医学校，我很快又成了"校花"。我走到哪里，男学员热切的目光都像舞台上的追光一样让我无处躲藏。起初，那些目光会让我很不自在，使我走路的脚步有些惊慌，但是不久就习惯了。那些温暖的目光，像阳光一样在我的青春里绽放。

而且，我经常会在楼道里或者操场边收到男学员的信，他们有的我认识，有的我不认识，但情景几乎相同：趁没人的时候迅速将信塞给我，然后逃之夭夭。开始我还认真看那些信，看得我脸热心跳，无比自豪。后来这样的信收得多了，看着看着就没了感觉，加之学习一紧张，我就不那么认真看了，有的信甚至拆也懒得拆了。那时年轻啊，根本就没想着要恋爱。再说，学校也不准恋爱啊。

后来，学校成立了毛泽东思想业余文艺宣传队。我被选进了舞蹈队。舞蹈队的老师是个女的，人长得一般，但身材却特别好。第一次上形体课的时候，她就说我腿长腰细屁股翘，是块跳舞的料。平时穿着肥大的军裤，我并没有发觉自己这些优点，老师这么一说，我回到宿舍对着镜子仔细一瞧，还真是不错，心里别提多美了。

我们排练的第一个节目是《黄河女儿》。有女兵，也有男兵，我是领舞。为了让我们找到真实的感觉，舞蹈老师专门把我们带到黄河岸边实地观察。这里的黄河水很浑，不像我们河源那样清冽，而且也没有歌词里说的那样"黄河在咆哮"。

我问老师："老师，黄河怎么不咆哮？"

老师说："到了下游就咆哮了。"

我说："我们家乡的黄河也从来不咆哮。"

父亲的雪山，母亲的河

老师问："你家在哪里？"

我说："在黄河源头，河源。"

老师激动地说："看来让我选对了领舞，你是地道的黄河女儿！"

我们的演出获得了巨大成功，受到了军区领导的亲切接见和高度赞扬。从此，我除了"校花"，又多了一个"黄河女儿"的美称。

我上军校的第三年秋天，父亲到西宁开会，专程跑到兰州来看我。三年不见，父亲明显老了，鬓角都有了白发。

父亲说他在西宁见到了刘达伯伯，刘伯伯已经复婚了。我感到很惊讶，说刘伯伯怎么能跟那个无情无义的女人复婚呢？父亲说，世上的事很难说清，也许你刘伯伯有他的道理。鞋子合适不合适，只有脚知道，别人是感觉不出来的，家家有本难念的经啊。

我问父亲："怎么一直没让姐姐去当兵？"

父亲说："总不能一家人都去当兵吧。我一个县领导，已经有一个女儿去当兵了，再让另一个也去，别人会说闲话的。我也没脸再去麻烦你刘达伯伯了。再说，你姐姐现在年龄也超了……"

我替姐姐惋惜，心里很难过。

父亲说："不过你姐姐现在挺好的，已经在县邮局上班啦。"

走在城市的大街上，父亲的穿着打扮，很像一个刚进城的农民。常年高原紫外线的照射，使得父亲的脸膛比当地的农民还要黝黑。那时我就想，我一定要留在大城市，将来把父母接到城里来享福。

看着兰州城的变化，父亲无比感慨地说："兰州刚解放那会儿，可不像这个样子，没有几座像样的楼房，现在你看看，满大街都是高楼大厦，变得我都认不出来了……"

我们快要毕业了。前些日子，军区文工团的领导找我谈过，想把我留在文工团。我拿不定主意，便征求父亲的意见。

父亲说："一个女孩子整天蹦蹦跳跳的也不是个正事，还是干你的专业比较好。学门技术，走到哪里都有用，就是将来转业回到咱们河源，也能派上用场……"

父亲的雪山,母亲的河

我心里说,我才不想回河源呢。但是我嘴上没有这么说。父亲大老远来看我,我不想让他生气。我说:"你不是经常说,革命战士一块砖,哪里需要哪里搬,我服从组织的安排。"

父亲无可奈何地笑笑,说:"好好,听组织的。"

最后他又说:"我觉得你还是干你的专业好。"

父亲的最后一句话,竟然变成了一句谶语。不知为什么,我最终没有被分配到文工团,而是到了昆仑山下的一个戈壁小城。

十六

我原以为会永远离开雪山,可是最终还是又回到了雪山下。站在有"兵城"之称的戈壁小城任何一个地方,都能看见不远处的雪山。那不是巴颜喀拉雪山,也不是阿尼玛卿雪山,那是昆仑山。

戈壁小城叫格尔木,蒙古语的意思是河流密集的地方。格尔木地处青藏高原腹地、柴达木盆地南沿,四周都是荒漠、盐碱地和戈壁滩。20世纪50年代初,慕生忠将军带领他的筑路大军和几千头骆驼、牦牛修建青藏公路的时候,这里还是一片荒漠。公路修通后,这个地方便悄然成长为一座城市。格尔木辖区七八万平方千米,据说是世界上辖区面积最大的城市。

格尔木多半居民是军人,有修建青藏铁路的铁道兵,修青藏公路的基建工程兵,有向西藏源源不断运送各种生活物资的汽车兵,还有听从祖国召唤来拓荒的准部队——"农建师"。部队这么多,地域又偏僻,军人们看病就成了问题。于是,总后勤部就在这里设立了一个军队医院,格尔木人习惯叫它"青藏医院",因为医院的服务对象是那些修筑青藏公路、铁路和向西藏输送各种物资的汽车兵。

我就是被分配到了这样一个戈壁医院。医院里的女兵们是这座兵城里的一道独特的风景线。当地人说格尔木有三条线:一条是青藏公路,一条是青藏铁路,再一个就是"青藏医院"的女兵风景线。

但是医院管理很严,不许我们随便上街,外出比例严格控制在百分之五。这是罗院长规定的。罗院长是个四十多岁的女人,不苟言笑,性格古怪,女兵们都怕她。谁要想上街,请假条必须罗院长亲自批。如果理由不充分,或者上街要买的东西比较简单,比如牙膏呀香皂呀之类,她就不会批你的假,而是让别人代劳。

罗院长一直没有结婚,所以她也不喜欢我们这些女兵早恋,有人说她是嫉妒我们年轻,有些变态。罗院长年轻时一定长得很漂亮,现在看上去一点也不显老,干净利落,风韵犹存,怎么会没有男人喜欢呢?她真像她们说的那样变态吗?我不大相信。

但是我到医院没多久,就领教了她的"变态"。

洗澡的时候,女兵们看见了我的身材,都很羡慕,说你的身材这么好,让肥大的军裤裹着真是太可惜了!大家都这么说,我就有些飘飘然了,觉得不把自己的好身材显露出来,确实有点浪费。于是我就把军裤偷偷改窄了,穿上一看还真显身材。同宿舍的女兵提醒我说,可别让罗院长逮着了!我说我平时不穿,上街时偷偷穿。

好不容易盼到了礼拜天,我去请假,罗院长倒很痛快,唰唰几笔就批了假条。我欣喜若狂,急忙跑回宿舍,换上那条改过的军裤,与两个女兵一起欢天喜地地往外走。我们刚走到大门口就碰上了罗院长。我赶忙往同伴身后躲,但是罗院长那犀利的目光还是落在了我的裤子上。我吓得腿直哆嗦,担心她当众给我难堪。要是那样我可太丢脸了。但是罗院长没有,她只是冷冷地对我说:

"江果,你跟我来!"

我跟她到了办公室。她二话没说,拿起办公桌笔筒里的一把剪刀,嚓嚓嚓几下,就把我的裤子从下往上剪了开来。我没想到她会这样。我惊呆了,低头看着挂在腿上的两块布片,脑子一片空白。

她把剪刀往桌子上一扔说:"去,写份检查来!要深刻!"

我的眼泪一下子就涌了出来,唰唰地流。我捂着脸跑出院长办公室。我一边哭一边拼命往宿舍奔跑。我的裤子随风飞扬。路上的行人惊讶地看着我,然后身后传来一阵阵笑声……

那时我并不知道罗院长就是我的亲生母亲文静,当然她也不知道

父亲的雪山，母亲的河

我是她的女儿。如果她知道我是她的女儿，她还会那样过分吗？

那一年的夏天，我恋爱了。

原以为恋爱是一件快乐和幸福的事情，可没想到却招来了那么多的烦恼。因为有两个人同时爱上了我。同时爱上我也没关系，我可以从中选择一个。可关键问题是，我不知道自己更喜欢哪一个。

而且，恋爱还得秘密进行。按说我们穿上了"四个兜"，已经是干部了，有恋爱的自由。可是在罗院长那极其严厉的目光注视下，我心里还是有些发怵。

"裤子"事件发生后不久，医院准备派一个医疗小分队到青藏铁路建设工地巡回医疗，罗院长亲自带队。让我没有想到的是，罗院长点名要我跟她去。她是这么说的："江果身上小资产阶级思想比较严重，让她下去接受一下锻炼，对她的成长进步会有好处。"我很反感她这种说法，心里有十万个不想去，但是组织已经决定了，我也只好硬着头皮跟着医疗队出发了。

罗院长在车上给我们介绍了青藏铁路的建设情况，让我们都要记住铁道兵的功绩，到部队后一定要尊重施工一线的官兵。从她的嘴里我才知道，青藏铁路早在 1957 年就开始勘测修筑了，三年时间就建成了西宁至海晏段。20 世纪 60 年代初，因为国民经济困难，青藏铁路下马，几年前才又开始恢复重建。

罗院长说话的时候，目光时常会落在我的身上，好像青藏铁路跟我有什么关系似的。那时她的目光是温暖的、慈祥的、疼爱的，有一点像母亲的目光，让我有种受宠若惊的感觉。我想也许她觉得裤子事件做得有点过分，有意用这种目光来安慰我。可是，我很快就发现自己想错了。

在一片野花盛开的草地上，我们停下来休息。我一个人跑去采集五颜六色的野花，不知不觉就转过了一个山包。等我发现自己走远了，赶紧跑回来时，大家已经在车上坐好，就等我一个人了。

我一上车，罗院长就劈头盖脸地训我："你是不是军人？有没有一点组织纪律性？你也太不像话了！"

当着那么多人的面这样遭人训斥，哪个女孩子受得了？我鼻子一阵发酸，眼泪在眼眶里打转，但我始终没有让它们掉下来。

这是一个不愉快的开始，但后来却有了一个浪漫的结果。

我们来到这次巡回医疗海拔最高的地方，救治了一个脸色苍白的"眼镜"。他二十七八岁的样子，瘦高个儿，戴一副眼镜，一看就是个知识分子。后来一问，果然是个技术员。他在勘探线路途中喝了雪水，拉起了肚子，一连拉了一个星期，人都快拉虚脱了。我们给他做了治疗，他才慢慢缓过劲儿来。医疗队要继续往前走，罗院长说"眼镜"还得继续观察治疗。谁留下来呢？罗院长说："江果留下。"理由是我最年轻，需要在高海拔地区锻炼锻炼。

"眼镜"话特别少，没事就闷头看书，好像我这个人根本就不存在。这让我心里很不舒服。本姑娘一朵花一样插在这里，你愣是装着没看见？你牛什么牛！自从当兵那天起，我从来就没有受过男兵的冷落。你不跟我说话，我还懒得理你呢！但是两个人待在一个帐篷里，谁都不说话，实在憋闷得慌。我越想越生气，就冲他说："哎，书呆子，你是哑巴还是喉咙长疮了？"

他吓了一跳，抬起头来吃惊地看着我："你太厉害了！我喉咙里长了疮你都看得出来？"

我"扑哧"一声笑了，这么一个蔫巴人，说出来话还挺逗。我收了笑容，瞥了他一眼说："谁信呢！"

他扶了扶眼镜，认真地说："真的，我不骗你。本来昨天我就想告诉你们，可是又没好意思说，怕你们说我这人毛病多。不过不严重，就是嗓子有点儿疼。"

看他的样子不像是说谎，何况他的声音确实有点儿沙哑。

我走过去说："把嘴张开。啊——"

他扬起头，张开嘴巴朝我"啊"。

我看了看，他的嗓子有点儿发红。

我说："上火了，吃点儿药就好了，要多喝水。"

父亲的雪山，母亲的河

他还张着嘴巴在那里"啊"。

我觉得好笑："行啦，别'啊'啦，我知道你牙齿很白。"

他赶紧闭上了嘴巴，不好意思地笑了。他的牙齿确实很白，而且细密整齐。因为他雪白的牙齿，我顿时对他有了好感。

我问他："你叫什么名字？"

他说："跟你一个姓。"

"你怎么知道我姓什么？"

"那天你们院长叫你我听见了，你叫江果。"

"你记女孩子名字干什么？你叫什么？"

"江北。"

"还江南呢！"

"你真厉害了！嘿嘿，我姐就叫江南。"

我被他逗笑了："真的呀？"

"真的。你要是姓唐就好了。"

"为什么？"

"那样就可以叫糖果了。"

"油嘴滑舌！"我问他，"你叫江北，你是北方人？"

"我是北京人，所以叫江北，北京的北。"

北京人？难怪普通话讲得那么标准，像中央人民广播电台播音员似的。我喜欢北京，我喜欢普通话，但是我嘴上却说："北京有什么了不起！不就是有个天安门吗？"

"你还别说，天安门就在我家旁边。"

"吹牛！你干脆说你小时候就住在天安门上得了。"

"那多累啊，天天被那么多人仰望。"

"你这人看着老实，其实一肚子花花肠子。"

"没办法，墨水喝多了呗。"

"脸皮真厚！那你说，你是哪个大学毕业的？"

"清华大学，只可惜我没念完，'文化大革命'就来了……"

后来的几天时间里，我们聊了很多。我发现他知道的东西很多。

父亲的雪山，母亲的河

我问他青藏铁路什么时候能通车，他说快了，再有四年就完工了。我叹口气说，我到现在还没坐过火车呢。他说等青藏铁路修通了，我邀请你坐火车到北京去玩。

罗院长他们"巡回"回来后，我跟随医疗队离开了那里。由于当时走得匆忙，我没有给江北留下通信地址。回到格尔木后，我时常会想起他那一口雪白的牙齿和流利的普通话。后来另外一个人的出现，让我渐渐淡忘了"眼镜"江北。

这个人叫康青，四川人，排长，帅气、阳光，所谓的业余诗人，会讨女孩子欢心。他是修筑青藏公路的基建工程兵，部队每年春天上昆仑山，冬天天寒地冻不能施工了才回到格尔木大本营。

我认识他的时候，正是初冬，部队刚从山上下来。他得了急性胃炎，来我们医院住院治疗。我们几个护士去病房打针，他就跟我们穷聊昆仑山上的事，什么沱沱河、通天河、唐古拉，还有慕生忠。

"你们知道慕生忠吗？他可是青藏公路之父！可以说，没有慕生忠，就没有格尔木！没有慕生忠，就没有青藏公路！中华人民共和国成立后，慕生忠将军曾经三次进藏。第一次是带领十八军独立支队和平解放西藏。第二次是带领筑路大军开辟了青藏公路。第三次是困难时期西藏吃粮紧张，他带领运输总队给西藏送粮食和药品。他们仅仅用了七个月零四天，就把公路从格尔木修到了拉萨，创造了世界筑路史上的奇迹。你们知道他最有名的一首诗吗？就是1954年12月青藏公路竣工通车的时候，他在格尔木写下的那首。"康青说着，清了清嗓子，开始慷慨激昂地朗诵：

　　　　打破人间神秘，
　　　　戳穿探险家的胡言乱语！
　　　　开辟布尔汗布，
　　　　战斗在天涯桥边！
　　　　工作在空气稀薄的高原，

父亲的雪山,母亲的河

> 劳动在冰雪交加的雪线!
> 劈开昆仑山,
> 战胜唐古拉!
> 踏破千里雪,
> 走尽长江水!
> 通过怒江上游的黑河,
> 打开冈底斯山的石峡,
> 为了祖国的建设,
> 把公路修到拉萨……

康青朗诵了一首,接着又朗诵一首:

> 昆仑之巅,
> 雪谷冰峰,
> 是谁起得这般早?
> 是英雄的筑路兵!
> 公路在虎口上延伸,
> 把北京和拉萨连通。
> 啊,千里青藏线,
> 一条洁白的哈达,
> 一道飞架的彩虹!

我们拍手称赞:"太棒了!"

他不好意思地挠挠头:"后面一首是我写的……"

我们起哄:"噢,原来你是一位诗人!"

康青不管是朗诵时还是说话时,目光总是环绕着我。这种目光我见多了,懂得其中的含意,但我视而不见。

康青病好了,医生催他出院,他说还有点儿发烧,需要再观察观察。医生用手摸摸他的头说,不烧啊。他说烧,烧得心里难受。医生让我去给他量量体温。我刚把温度计给他，门口有人叫我，我就跑了出去。等我返回来时，他高举着温度计让我看。

我一看，吓了一跳："天哪，四十二度！"

我伸手摸摸他的脑袋，并不热呀。我看见小柜子后面冒热气，歪着脑袋一看，那里藏着一杯热水，我就什么都明白了。

"好啊，你来这一手，我告诉医生去！"

他挡在门口，嬉皮笑脸地说："求你了，让我再住几天吧。"

"我最看不起没病装病的兵了！"

"我不是装……我是……"

"你是什么是？你是一个逃兵！你今天不说实话，我不光告诉医生，还要告诉你们部队！"我故意吓唬他说。

他低下头去，小声说："我不就是想多看你几眼嘛……"

我的心怦怦直跳，但我黑着脸说："你别胡说！"

"我没胡说，是你让我说实话的嘛，这就是我的实话……"

我的脸火辣辣地烧，扭头跑出了病房。那天下午，我一直不好意思再去康青的病房。晚上下班换白大褂的时候，发现兜里有一张字条，上面写着：我喜欢你！我一定要娶你！

第二天早上我去查房的时候，发现康青已经不在病房了。

我一直不明白，这家伙是什么时候将字条放进我口袋里的。

以后，康青没事就来看我，从来不提字条的事，好像那事跟他没有关系。我也不提。我一提反而被动。两个人谁也不提，一个好像从来没写过什么字条，一个好像从来就没有看见过字条。我警告自己：我并不是在跟他谈恋爱，我们只是一般的战友关系。但是后来交往多了，我们之间有了许多共同语言，他身上的那股青春活力和气息渐渐让我迷恋。后来我发现，我有点儿喜欢他了。

就在这个时候，江北突然出现在我面前。

那天，我和康青走在大街上，迎面碰上了江北。我一下子愣住了。这样的场面显然也出乎江北的意料，但是他只是稍微愣了一下，

父亲的雪山，母亲的河

　　就大大方方地走过来跟我打招呼。我把康青介绍给了江北。

　　江北匆匆离开后，我突然感觉很对不起江北。可是后来一想，又觉得没有什么对不起他的地方。他又不是我什么人，我干吗觉得对不起他？再说我也没跟康青咋样啊。话是这么说，可是心里还是有点儿那个。后来我才知道，江北那次是专门来格尔木看我的。为了那次相见，他整整等待和准备了半年。

　　春天来了，康青上山修路去了。

　　这年春天，江北调到了格尔木铁道兵师部。尽管江北也经常去铁路建设工地，但十天半月就回来了。我和江北见面的机会自然就多了起来。等康青冬天回到格尔木时，我感觉我已经喜欢上了江北。

　　我不是一个水性杨花的女人，但他们两个我真的都喜欢。我真的很不好意思。但事情就是这样，我没有办法。

卷四　江雪

十七

妹妹江果当兵走了以后,我就变成了哑巴。我不想说话。不想跟父母说话。我怕一说话不争气的泪水会忍不住涌出来。

尽管我顺从了父母的意愿,接受了那个残酷的现实,强装欢颜送走了妹妹,可我的心里却一直感到委屈。但我必须装得懂事和坚强。然而做一个懂事而坚强的女孩子多么累,多么吃亏呀!我为什么就不能像妹妹那样在父母面前撒娇呢?就因为我是姐姐吗?

我不想让父母看到我的泪水。我尽量减少与父母待在同一空间的机会,拒绝与他们的目光对视。你们不是说我懂事吗?那我就做给你们看。我起早贪黑,拼命地做家务,让自己没有一刻空闲去品尝自己的委屈。我每天在父母没有起床前,就打扫了前庭后院,从河边背回了水,烧好了父亲的酥油茶,准备好了早餐。等父母起床时,我已经背上了背篓到草甸上捡牛粪去了。我一直忙到天黑,忙到精疲力竭才回到自己的小屋。我能感觉到父母的目光追随着我忙碌的身影。许多次,我看出他们想跟我说话,我有意躲进自己的小屋。

父亲只要工作不忙,就会把我从厨房推出来,系上围裙,亲自做饭。为了不跟他说话,我只好由他去做。父亲做好了饭,乐呵呵地端上桌,有时还会亲自给我盛上一碗,讨好地说:

"女儿辛苦了,趁热吃吧,尝尝爸爸的手艺有没有长进。"

父亲的讨好,让我心里更加难过。

有一天傍晚,我从外面回来走到院子,听到父母正在屋里说话。

父亲说:"你注意到没有,雪儿最近可瘦多了。"

母亲说:"我又不是瞎子,能看不见?还不是因为你!"

父亲说:"怎么是因为我?当初我们不是商量好的嘛。"

母亲说:"现在我反悔了行不行?不是你身上掉下来的肉,你当

父亲的雪山，母亲的河

然不心疼！你看看你把孩子委屈成什么样子了！当初你要是要回来两个名额，两个孩子不都能当兵了吗？"

父亲说："名额有限嘛，我能有啥办法？"

母亲说："就是怪你！"

父亲说："好好好，怪我怪我……手心手背都是肉，你以为我不心疼雪儿？可是，我们宁愿让咱们的雪儿受点儿委屈，也不能委屈了果儿啊……人哪，总得守信用、讲良心啊……"

母亲叹息一声："唉，我可怜的雪儿……"

我的眼泪"唰"地涌了出来。那一刻，我似乎理解了父母。

夜里躺在床上，我很寂寞。妹妹走了，屋子一下子空旷了许多。妹妹在的时候，经常会在睡梦中霸道地把腿搭在我的身上，有时她夜里做梦，还使劲儿抱住我又笑又说梦话，经常把我从梦中弄醒。我轻轻把她的腿放进被窝里，重新给她掖好被子，她就又沉沉地睡去。早上起来，我告诉她夜里的事情，她不信，说我瞎说。我很羡慕妹妹没心没肺的样子，她很霸道、很快乐，很少看见她有失落的时候。我很疼爱她。疼爱她成了我的一个习惯。可是现在我怎么了？

妹妹临走的头天晚上，我穿着她的军装一夜没合眼。她幸福的呼吸伴着我的泪水一直到天亮。第二天起来，我红肿着眼睛，用笑脸送走了妹妹。那一刻，我觉得自己很了不起。可是现在我怎么变得这么小气？

妹妹在的时候，晚上我们总有说不完的话，都是些姐妹间的私房话。我们有时会因为一些事情争论不休，但那也是一种快乐和幸福。有时我正说着话，妹妹就睡着了。她就是这样没心没肺，上半句还支应着，下半句就已经睡着了。

说她没心没肺，可她像其他女孩子一样敏感。我知道格桑并不喜欢妹妹，格桑他喜欢我。江果早就看出格桑喜欢我，所以心里很不好受。她无法接受别人不喜欢她。她什么都要最好的，什么都要比我强。我知道其实她并不在乎格桑，可她就是忍受不了别人不在乎她。为了让格桑注意她、喜欢她，她不断给格桑找碴儿。这样一来，格桑更害怕她了，离她就越来越远了。

有天下午，格桑带着他的藏獒来找我，约我去草原上撵野兔。我们刚走出镇子，江果就追了上来。

"格桑，你给我站住！"

我们停下脚步，转身看着她。

格桑问："什么事？"

江果说："你过来！"

格桑笑着说："你跟我们一起去撵野兔吧。"

我说："江果快来，我们一起去！"

江果固执地站在那里说："格桑，你过来不过来？"

我发现江果的情绪不对，知道她是嫌我们走时没叫她。我和格桑相互看了一眼，会心一笑。没想到我们的笑更加激怒了江果。

"格桑，你这个王八蛋，你给我过来！"

江果脸涨得通红。格桑害怕了，赶紧走了过去。

江果说："你陪我去湖边打野鸭。"

格桑嬉笑着说："野鸭下午不好打，太阳快落山的时候它们就会飞到湖心岛去了。现在撵野兔正是时候，野兔吃了一天的草，肚子圆鼓鼓的，跑都跑不动，我们一起去撵野兔吧……"

江果蛮横地说："我不想撵野兔，我就要去打野鸭！"

格桑很为难，挠了挠头说："野鸭不好打嘛……"

我说："我们今天先去撵野兔，明天再去打野鸭。"

江果不看我，她盯着格桑说："我只问你一句：你到底去不去？"

格桑说："明天，明天我一定陪你去打野鸭！"

"好！"江果用手指着格桑说，"你可别后悔！"

江果说完，转身走了。格桑看着我，意思是怎么办。我说："没事，她就是这脾气，等我们撵了野兔回来，炖了给她吃她就高兴了。"

我们带着藏獒继续去撵野兔。

天黑的时候，我们提着三只野兔兴冲冲地回到家，却不见江果的影子。我知道坏事了，急忙拉着格桑跑出去寻找。

父亲的雪山，母亲的河

格桑说："天黑了，我们上哪儿去找？"

我说："她一定去湖边了。"

我们奔向湖边。天越来越黑。藏獒狂叫着在前面奔跑，远处不时传来野狼的嗥叫。我害怕极了，一边奔跑，一边呼喊江果。如果江果有个三长两短，我可怎么向父母交代？

我们找了很久，最后才在一处草甸上找到了江果。我跑过去抱住她说："你怎么这么傻啊，万一遇到野狼怎么办？"

江果的身子在发抖，但她没有哭，一把把我推开说："让野狼吃了才好呢，不要你们管我！"

我重新抱住她说："都是姐姐不好，原谅姐姐！"

江果指着格桑："还有你！你说，你喜欢不喜欢我？"

格桑不知如何是好。

我赶紧说："当然喜欢，我们都喜欢你！"

"我让他说！"

格桑说："我……我……"

我说："你快说呀。"

格桑说："喜欢！喜欢！"

江果这才从草地上站起来，威胁我们说："你们以后要是再欺负我，我就把自己喂狼吃！"

那时我们十二岁，现在想起来都觉得好笑。后来我们长大了，说起这事，江果很不好意思，对我说："格桑我不要了，给你了。"

好像格桑原本是她的，现在她施舍给我了一样。

她还说："我怎么能喜欢格桑呢？我终究是要离开河源的人，将来怎么可能嫁给格桑这样一个人呢？"

现在江果走了，我还真想她。格桑走了，江果走了，平时连个说心里话的人都没有。我不想跟父母说话。弟弟江河正是贪玩的时候，整天不沾家，我也无法跟他说些什么。所以我很想念格桑，想念江果。尤其是夜里，江果走了，没有人再把腿压在我的身上了，没有人说梦话影响我睡觉了，让我感觉到了夜的漫长。

父亲的雪山，母亲的河

直到清明节那天，我才跟父亲说了第一句话。早饭后，母亲和弟弟江河去了学校。父亲对我说，雪儿，等会儿跟爸爸去上坟。我没有吭声。父亲习惯了我的沉默，没说什么，独自去了马棚里。

往年清明节，父亲总喜欢带江果去祭奠他的战友，我和弟弟去也行，不去也行，父亲并不在乎。我曾经为此而失落。但是现在我不想跟他去。你不是喜欢带江果吗？现在她走了才想起我？

父亲牵来了两匹马，又从柴房取出马鞍，搭在马背上，然后开始仔细检查马鞍下是否有东西。父亲每次骑马出行前，都要认真检查一番，哪怕马鞍下有一根不起眼的草棍也要取掉。父亲说，一根草棍也会把马背磨出血。

父亲做好一切准备后，朝屋里喊："雪儿，走啊！"

我磨蹭了半天才从屋里走出来，耷拉着头，老大不高兴，跟在父亲后面走出院子。我们一人骑着一匹马，朝雪山走去。父亲并不在意我的不快，一路上跟我说东道西，我却一声不吭。

我们祭奠完掩埋在草地里的那两个战士，又祭奠了雪崩掩埋的那三个藏族同胞和阿尼玛卿雪山上父亲那个叫章明的战友。以前祭奠章明烈士时，父亲总是让江果朝着那里磕头，可是那天父亲没有让我磕头。也许父亲看见我不高兴，不想招惹我。

祭奠完毕，父亲盘腿坐在草地上。我扭头望着草原和远处的雪山。草原已经有了淡淡的绿意，低头细看却寻找不到绿的踪迹。雪山如同一个个巨大的白馒头。到了6月，积雪才会慢慢融化。那时雪线渐渐上移，退到山腰时冬天又来了，一夜之间雪又盖住了山脚。就像一个调皮的少女，轻轻掀起自己的白裙，又害羞地赶紧放下来。

父亲说："雪儿，你坐过来，跟爸爸说会儿话。"

我坐过去，却不说话，摆弄着地上枯黄的野草。

父亲说："雪儿，我知道你一直在生爸爸的气，今天这里就咱父女俩，你心里有啥委屈就说出来。"

我不说话，从地上拔起一根野草，一截一截地掐断。

"其实没让你去，爸爸也很内疚。但是让你去了，把妹妹留下来，

父亲的雪山，母亲的河

爸爸也会内疚。"父亲抬头望着阿尼玛卿雪山，深深地叹了口气说，"你知道爸爸为什么每年都要来祭奠这些战友吗？因为过去打仗的时候，他们选择了死，而把活下来的希望让给了爸爸。选择是最难的一件事情。那时选择的不是工作，而是生死。人哪，总得守信用、讲良心啊。雪儿，你能理解爸爸吗？"

父亲的话我似懂非懂。我不明白他说的"守信用""讲良心"是什么意思。直到许多年后，我知道了妹妹江果的身世，才明白了父亲那天话里的全部含义。

父亲说："爸爸知道你是一个懂事的孩子。爸爸让你受委屈了。你有什么要求就告诉爸爸，爸爸一定答应你。"

我说："我想去上班。"

父亲高兴地笑了起来："我女儿终于说话了。上班好啊，爸爸马上给你找个工作，人总是要工作的嘛。"

不久，我就到邮电局上班了。

上班以后我的心情好多了。那段日子，我最大的快乐就是等待和阅读妹妹和格桑的来信。妹妹多么幸运啊！一当兵就上了军医学校，毕业后又分配到了青海的第二大城市格尔木。看着妹妹的一封封来信，我既高兴，又伤感。我幻想着有一天，我也要像妹妹一样离开河源。我不想像父母一样，一辈子待在这个偏僻的小县城。

十八

毛主席逝世那年，格桑复员回到了河源。

听说他回来了，但我一直没有看见他的人影。他在部队的时候每个月都要给我写好几封信，可是现在回来了，却躲着不见我。

听父亲说格桑分配到了县公安局工作。父亲说铁打的营盘流水的兵，回来了好啊，我们河源正缺人手呢。

一个月后，我才见到格桑。一大早，他穿着一身上白下蓝的公安服，低头走在大街上。我正在打开邮电局的门，看见了他。

我朝他喊:"格桑!"

他抬头看见了我,愣了一下,脸腾地就红了。他不得不向我走过来,那架势,有点儿不大情愿似的。我很生气。

"我得罪你了吗?"

"没有啊。"他尴尬地朝我笑。

"你当了公安,眼里没我们这些老百姓了?"

"怎么会呢!"

"那你干吗不理我?"

他用脚蹭着门前的石阶:"这不是刚回来嘛,还没顾上……"

"算了吧你,你心里想什么我还不知道?当兵复员回来的又不是你一个,有什么不好意思的?"

我看见街上有人朝这边看,转身往邮电局里面走。格桑跟了进来。邮电局连我一共三个人,另外两个都是男的,骑马去牧区送信了,一去一回要好几天。所以邮电局大部分时间就我一个人守着。格桑跟进来也不说话,嘿嘿笑着,傻傻地站在那里。

我说:"你进来干吗?要寄信吗?"

他说:"我已经复员了,没信可寄了。"

我埋头整理昨天刚来的信件,显得很忙的样子,看也不看他说:"你还有事吗?"

他不说话,嘿嘿地笑。

我板着脸说:"要是没事你赶紧走吧,我还忙着呢。"

他站了一会儿,见我真的不理睬他,就要往外走。

我叫住了他:"让你走你就走啊?"

他又折回来,站在那里走也不是,不走也不是。

我说:"回来就回来了,别那么没出息!哪里不活人?以后有空就过来陪我说说话,我一个人待在这里挺没劲的。"

他高兴地说:"好,我有空就来。"

我没好气地说:"没空也要来!"

"好好,只要你不烦,我天天来。"他看着我,笑着说,"几年不

父亲的雪山，母亲的河

见，你变了。"

我说："变丑了，变老了。"

他赶忙解释说："我不是那个意思。我是说，你变得跟江果一样，说话可厉害了。"说完转身就走了，转眼就消失在大街上。

一个人待在邮电局，真是寂寞。寂寞的时候我就盼着格桑来。可是格桑真的来了我又心烦。他要是留在部队，能提干，能穿上四个兜多好。那样他就可以带我离开河源。可是他又复员回来了。

夜里，我经常能听到格桑的歌声。那歌声从河边传来。我的窗户正对着河岸。我知道，他是唱给我一个人听的。我也不知道自己现在怎么变成这样，喜怒无常，对格桑时好时坏，搞得他莫名其妙。我不是有意要折磨他，但是看着他怕我的样子，心里还真有一种满足感。有时又心疼他，觉着自己有点儿过分。是不是女孩子到了这种年龄都这么任性，这么不讲理啊？

窗外飘来格桑的歌声——

> 千百匹马里边，
> 唯独不见我心爱的马，
> 我心爱的马来了我不会弄错，
> 因为它的步子不一般；
> 千百个姑娘里边，
> 唯独不见我心爱的姑娘，
> 我心爱的姑娘来了我不会弄错，
> 因为她的眼神不一般……

格桑经常来我家跟父亲喝酒。说是跟父亲喝酒，他的眼睛却总是黏在我的身上。父亲的酒量很好，格桑根本不是对手，所以经常喝醉。喝醉了，就向父亲吹嘘他在部队当兵的那些事。父亲喜欢听部队的事，听着听着，就忍不住给格桑讲起从前打仗的事。格桑听过好几遍了，但他每次都好像第一次听一样，露出一副无比崇拜的神情，这

父亲的雪山，母亲的河

就更加刺激了父亲讲述的欲望。俩人越说越投机，酒也越喝越多，直到母亲夺了酒杯，他们才不得不散场。

父亲不止一次地对我说："格桑这孩子不错，忠厚老实！"

"能听你没完没了的唠叨，当然不错！"母亲说，"你心里想的什么，我很清楚。可是我告诉你，你别打我女儿的主意！我不会让我的女儿也跟我一样，在这里待一辈子！"

父亲说："看看，你又来了。这话你都说了一辈子了，累不累！"

"不累！我就是要说！"母亲说，"人往高处走，水往低处流，你咋就不想着往上走呢？"

父亲说："这里海拔四千五百米，还不够高啊？"

母亲说："你别胡搅蛮缠，我说的不是海拔！你看看人家老营长，一步一个脚印，现在都走到省里了……"

"谁不是一步一个脚印？一步两个脚印，那是牦牛。"

"你严肃点儿！别的不说，你看看你培养出来的丹增、央金他们，一个个都离开了河源，现在官都比你大……"

一个月前，县里领导班子做了调整，丹增叔叔调到州里当了副州长，央金调到州里当了妇联主任，父亲接替丹增叔叔当了县长，格桑的父亲扎桑接替父亲当了副县长，最近到省委党校学习去了。

父亲说："我一个穷孩子，能有今天已经很知足了。要不是党我不会有今天，还抱怨个啥？想想牺牲了的老连长，想想埋在草原上的那两个年轻战士，想想至今还掩埋在冰雪下面的那三个藏族同胞，我们还说啥？你也是一个老战士老党员了，就这点儿觉悟？"

母亲说："我就是不甘心，我不想让孩子们永远待在这里。"

格桑除了陪父亲喝酒，空闲的时候，还经常带弟弟江河去草原上打野兔。卓玛总要跟着他们去，弟弟说她是"跟屁虫"。

十六岁的卓玛，越长越漂亮了。一说话就笑，一笑就脸红。我很喜欢卓玛，有时开玩笑说："卓玛，将来给江河做媳妇吧。"

卓玛羞红了脸，小声说："我们还在上学，不能谈恋爱……"

父亲的雪山，母亲的河

我说："等你将来长大了，就嫁给我们家江河。"

卓玛叹息一声，说："下学期他就要到州里上高中去了，谁知道他会不会喜欢上别的女孩子……"

我说："你把他盯紧点儿就是了。"

卓玛说："我不去州里上高中了。我阿妈说，一个女孩子上了初中就行了，让我在家里帮她放羊呢……"

那年夏天，西宁来了一个下乡锻炼的小伙子。有一天上午，我正在分发报纸，屋里一暗，走进来一个小伙子。他高个儿，宽肩，白脸，一看就知道不是本地人。他夸张地看着我说：

"天哪，河源还有这么漂亮的姑娘！"

我装着生气的样子，白了他一眼，继续分发报纸。

"我们认识一下，我是县委办公室新来的，我叫杨帆。"他将一摞信件放在柜台上说，"你呢，你叫什么？"

我说："你发信好像没必要知道我的名字吧？"

他一点儿也不觉得难堪，笑着说："漂亮女孩都这样，脾气大。"

"这么说，你认识很多漂亮女孩子？"

"好吧，你不告诉我名字也没关系，我会弄清楚的。"

我瞥了他一眼，他的帅气让我赶忙低下了头。我的心怦怦直跳。等我再抬起头来，他已经不见了。我心里很失落。

晚上回到家，我装着很随意的样子问父亲，县委办公室是不是新调来一个人？父亲说刚从省里调来了一个小伙子，锻炼半年就要回去了。现在刚粉碎"四人帮"，国家百废待兴，让这些年轻人下来锻炼锻炼，将来回去好委以重任。

父亲问我："咋啦？"

我说："没咋。他今天来邮电局发信，说是刚来的。"

几天后，杨帆又出现在我们邮电局。

他一进门就说："你叫江雪，你爸是江县长。"

他这么在意我，让我心里很高兴。但我嘴上却说："你这人，打听别人的名字干什么?"

"河源巴掌大的地方,大家低头不见抬头见,认识认识有什么不好?"他看着我笑,"何况你是河源最漂亮的女孩子。"

"你是不是见了每个女孩子都这么说?"

他认真地说:"那要看她们值不值得我这么说。"

后来,杨帆几乎每天都到邮电局来。他一来就天南地北地瞎聊。他说话幽默,见多识广,我喜欢和他聊天。那一段日子,我不再寂寞,觉得时间过得很快。有一次,我们正开心地聊着,格桑来了。

格桑跟我们打过招呼后,站在一边听我们聊。他插不上嘴,站一会儿就走了。我冲着他的背影问他有事没事,他朝后摆摆手说:

"没事,瞎忙。"

格桑一走,我感觉很不自在,好像自己做了什么亏心事。可是想想,我和杨帆又没干什么呀,只不过聊聊天而已。这么想着,心里就坦然了许多。其实说心里话,我还是比较喜欢格桑,他纯朴、憨厚,让我心里感觉很踏实。杨帆有点儿油嘴滑舌,尤其是那双眼睛,忽闪忽闪的,让人不放心。可是跟他在一起我确实感觉很快乐。

杨帆告诉我说,他出生在西宁,父母都是省里的干部。这次他来河源锻炼,是他父亲特意安排的。开始他很不理解父亲,后来母亲悄悄告诉他说,在这里锻炼半年,回去就有了别人没有的资本,就可以提拔一级,还可以分到一套房子。

杨帆说,如果有了房子,将来结婚就不用发愁了。

我问他:"你有女朋友了?"

他说:"说有也有,说没有也没有。"

我说:"什么意思?"

他笑而不答。

后来,我发现经常有人给他写信,从笔迹上看肯定是女孩子。可是我又不好意思问他。问人家干吗,是不是你有那意思?可是每次看到那个女孩子的来信,我心里还是有些不舒服。我问自己:你是不是喜欢上他了?你是不是想跟他远走高飞?我不知如何回答自己。我做

父亲的雪山，母亲的河

梦都想离开河源。可是格桑怎么办？

转眼半年过去了。杨帆快要走了。离这个日子越近我的心越慌。正在这时，邮电局的一个男同事病了，无法骑马去工布镇送信。我只好自己去送信。好在工布镇不远，只有几十里，一天可以骑马走个来回。走在送信的路上，我总在想：杨帆会不会今天就离开河源？如果真是那样，我连见他一面的机会都没有了。

送完信，我马不停蹄地往回赶。走到扎陵湖畔时，太阳已经落山了。我心里很害怕，不由得想起了格桑。要是在以前，格桑这时候一定会来接我。可是今天他没有来。也许是因为他看见杨帆这半年来一直在追我，退缩了，或者生我的气了。

我绕过扎陵湖，走到一片草甸子上，远远看见一个人站在前面。我心里一热，很激动，以为是格桑来接我了。可是走到跟前，却是杨帆。怎么会是杨帆？

"天黑了，我担心你害怕，就来接你了。"杨帆说，"我明天就要走了。"他站在马下，仰望着我，向我伸开了双臂。

我的泪水"唰"地流了下来，像一只鸟儿一样从马背上飞进了他的怀抱。他紧紧地搂住我。慌乱中，我感觉他把嘴贴在了我的嘴唇上，我想拒绝，可是已经来不及了，他的舌头游蛇一样钻进我的嘴里，在里面寻找着什么。我从来没有这样过。我紧张得喘不过气来，浑身发抖，一阵眩晕。他趁势将我压倒在草地上。我嗅到了青草和鲜花的味道。他的手在我的胸脯上游走。

他一边吻着我一边语无伦次地说："我喜欢你……从第一天见你我就喜欢你……你是河源最漂亮的女孩……"

他的手不断往下移，马上就要触摸到我最隐秘的地方了。我很害怕，用手去推："不，不行……"

"我明天就要走了……求你给我吧……"

我死死地抓住他的双手："不行！真的不行！我会去西宁找你的……你真的想要……到那时我给你……"

这时，远处传来一个男人的歌声：

> 心上人看了我一眼，
> 如同利箭穿透心间；
> 虽说是炎热的夏季，
> 我还是打了个寒噤……

是格桑。我彻底清醒了，推开杨帆，翻身爬了起来……

十九

我决定去西宁找杨帆。

说好要给我写信的，可是他已经走了三个多月了，至今音信全无。班车每次将报纸信件送来，我都急不可待地将所有信件翻一遍，想找到一封写有"江雪收"的信，可是每次都令我失望。等不到他的来信，我就给他写信，可是我写了一封又一封都石沉大海。那段日子我经常失眠。

在我那段暗无天日的日子里，格桑一直默默地陪伴我。他来我们邮电局跟以前一样，很少说话，默默地陪我坐一会儿就走了。我们心照不宣，谁也不提那天晚上的事。面对格桑，我感到愧疚，好像欠了他什么，仔细想想，又好像什么也不欠。

弟弟放暑假了，格桑经常带他去打野兔。兔子打回来了，格桑就在公安局的单身宿舍炖好，然后让弟弟跑来叫我。我感觉自己已经不是从前那个我了，不好意思去。格桑就让弟弟端来给我。有时他也提着兔子上我们家，让母亲炖了陪父亲喝酒。格桑跟以前一样，大大咧咧地陪父亲喝酒聊天。当我们的目光不经意碰到了一起，他就憨厚地朝我笑笑。但是我从他的眼睛深处看到了痛苦与忧伤。

我无法回到从前，无法面对格桑。杨帆亲了我，摸了我，他说他喜欢我，他说要娶我。既然他这样说了，就应该对自己的言行负责，可是他却一去不复返。一个人怎么可以这样言而无信呢？我忍受不了

父亲的雪山，母亲的河

杨帆的欺骗，也忍受不了格桑痛苦的笑容。

我要崩溃了。

我要去找杨帆！

我背着父母，一个人悄悄上路了。

我头一回独自进城，分不清东南西北。我见人就问："市委怎么走？"杨帆当初说他在市委上班，我找到了市委，就找到了杨帆。城里人用一种奇怪的眼光看着我，好像我是来城里告状的，没有人告诉我怎么走。他们不告诉我，我就自己找。我好不容易找到了市委，可是门卫不让我进去。

我说："我找杨帆。"

门卫用警惕的目光打量着我："他是哪个部门的？"

我说："市委办公室的。"

门卫说："市委办公室好多处室呢，具体是哪个处？"

我说不上来。

门卫说："你说不上来就不能进去，这是制度。市委不是谁想进就能随便进的。"

我只好站在门口等。

门卫说："你站远点儿，站在门口影响不好。"

我就站远一点儿。我站在一片树荫下等杨帆。我从早上等到晚上，整整等了一天也没有等到杨帆。

第二天，我又去等。还是没有见到杨帆。

第三天，我还去等。等到中午，终于看见杨帆从大门里走了出来。我急忙跑过去。可是我还没有跑到他跟前，一个姑娘已经挽起了他的胳膊，俩人亲热地说着什么往街上走。我呆在了那里，眼看着他们从我面前走过。杨帆只顾和那姑娘说话，目光朝我这边瞥都不瞥一下。我心如刀绞。我在这里等了三天，最后等来的却是这个结果。我不能白来。我就朝着他的背影喊了一声：

"杨帆。"

杨帆一扭头，看见是我，一下子愣住了。那姑娘看看我，又看看杨帆，不高兴地问："她是谁呀？"

　　杨帆脸上的表情很不自然："我下乡时那个小县城的邮递员。"

　　姑娘"哦"了一声，大度地说："你们聊吧，我在前面等你。"

　　等姑娘走远了，杨帆问我："你怎么来了？"

　　我说："我来找你。"

　　"你找我干什么？"

　　我没想到他会这么说，很惊讶，也很生气："你说干什么？"

　　杨帆偷瞟一眼站在远处的姑娘，极不耐烦，他小声对我说："你有什么事你赶快说吧，我还有事哩。"

　　我跑了那么远的路，在这里苦苦等了三天，就等来他这么一句话。他怎么能这样？他怎么可以这样！我伤心极了，泪水"哗"地流了下来。

　　杨帆急了："你哭什么呀？让人看见还以为我怎么着你了。"

　　我抹了把泪说："你为什么不给我写信？"

　　"我刚回来，事情多，忙嘛。"

　　"你临走的那天晚上，你是对我怎么说的？"

　　"我说什么了？"

　　我的心碎了："我没想到你是这样的一个人……"

　　那姑娘不耐烦地朝这边看。

　　杨帆说："对不起，我还有事先走了。下午下班的时候你在这里等我，我们好好谈谈。"

　　下午下班的时候我站在门口等杨帆。我知道我们完了，但我还是想听听他如何解释。我心里一片冰凉。不知怎么的，这时我突然想起了格桑。如果是格桑，他肯定不会这样欺负我。可是一直等到下班的人都走光了，大门那里只剩下了门卫，还是不见杨帆的影子。他既然说了要来，就肯定会来。即使我们完了，他也不该食言。也许他临时有事耽搁了。我决定继续等。

　　我站在那里等啊等啊，一直等到天黑。我突然听到一个熟悉的声音叫我，我转过身来，看见父亲朝我走来。父亲怎么来了？我惊讶得

父亲的雪山，母亲的河

说不出话来，不知怎么的，不争气的泪水顿时涌出了眼眶。

父亲说："我就知道你在这里。"

我伤心地哭了。父亲没有责怪我，像小时候那样抚摸着我的头发说："走吧，跟爸回河源。"

我哽咽着说："我要再见他一面，要当面让他说清楚。"

父亲说："傻孩子，这种事能说清楚吗？"

就在这时，一辆小车停在我们身边。司机从前面绕过来，打开车门，车里走出来一个中年女人。女人白净微胖，有点儿派头，一看就像个城里的干部。女人走过来问我："你是江雪吧？"

我疑惑地看着女人："您是谁？"

女人微笑着说："我是杨帆的母亲，杨梅。"

司机跟过来介绍说："这是我们杨局长。"

女人打量着父亲："这位是……"

父亲没好气地说："我是她爸。"

女人对父亲说："你来了更好。我在饭店订好了包间，我请你们吃饭。我们走吧。"

我说："我不去，我要在这里等杨帆。"

女人说："杨帆不会来了。"

我说："他说他要来的。"

女人说："是他让我来接你的。走吧，我们上车再说。"

我和父亲上了女人的车，来到一家饭店的豪华包间。我们一落座，饭菜就上了桌，极其丰盛。偌大的包间只摆了四个座位，很空旷，很冷清，很有距离感。其中一个座位空着，我想那应该是留给杨帆的。菜上齐了，还不见杨帆露面。

女人说："我们边吃边聊吧。"

我问："怎么不见杨帆？"

女人说："杨帆今晚有事，不能来了。不过，他父亲一开完会就会赶过来。你们一定饿了吧，我们不用等了，先吃吧。"

我怎能吃得下饭？父亲也没有动筷子。

女人说:"杨帆在你们那里锻炼了半年,多亏你们照顾,谢谢你们!现在组织正在考察他,准备培养他当副处长。还有,他马上就要结婚了,女朋友是副市长的女儿……"

尽管我早就预感到杨帆已经有女朋友了,但是听她这么一说,我还是感到有些意外。但是我没有表现出来。我平静地说:"我就是想见他最后一面,跟他说几句话。"

女人说:"他现在是关键时期,我不希望别人打扰他,特别是女孩子,这对他影响不好。姑娘,你的心情我能理解,如果你想进城来工作,我可以帮忙……"

我生气地说:"我不想进城,我只想跟杨帆说几句话。"

"这恐怕不行。这种时候他不方便。但是不管怎么说,你来一趟城里也不容易,我这里有点儿小心意,拿去给你买几身衣裳……"女人说着,拿出一个信封,走过来放在我的面前。

父亲腾地站了起来,拿起信封甩给女人:"你这是在侮辱我们!别以为你们是城里人就有啥了不起!"

女人惊愕地看着父亲:"你怎么能这么说话……"

父亲愤怒地说:"我们藏区人就这么说话!"

女人气得直发抖:"简直不可理喻!"

父亲抓起我的胳膊说:"走,跟我回去!"

我们刚走到门口,迎面碰到一个正往里走的人,我和父亲都傻眼了。站在我们面前的是刘达,刘伯伯。

刘伯伯也很吃惊:"老江,你怎么会在这里?"

父亲看着刘伯伯:"你怎么也来了?"

刘伯伯看看父亲,又看看我,突然明白了:"噢,弄了半天,他妈妈说的那个女孩子原来是江雪啊?"

父亲问:"杨帆是你儿子?"

刘伯伯点点头说:"他跟他妈姓……"

父亲从鼻子里"哼"了一声,拉着我就往外走。刘伯伯追上我们,想把我们拉回去。父亲头也不回,说看见那个盛气凌人的女人就

父亲的雪山，母亲的河

来气。刘伯伯只好将我们领进街道旁的另一家饭馆。

刘伯伯赔着笑脸说："老江你消消气，怪我没有教育好儿子。"

毕竟是老战友，父亲渐渐平静下来。他们喝着酒，说着话。

刘伯伯说："那小子从小跟他母亲生活在一起，跟我没有多少感情，现在已经长大了，我的话他已经听不进去了……"

父亲说："老营长，咱不说孩子的事，先说说你老婆。我就不明白了，那样一个女人你怎么就愿意复婚？"

刘伯伯叹息一声说："我已经这把年纪了，只有这么一个儿子，她要求复婚，我能怎样？还不是为了孩子。当初离婚时她是太绝情，但是后来她向我道歉了，而且在我平反的事情上也帮过我……"

二十

> 没有马就骑一头没角的牦牛吧，
> 骑惯了比马儿还要稳当；
> 没有肉就烧一锅新鲜的蘑菇吧，
> 吃惯了比牛肉还要香……

从西宁回来，傍晚的时候，我经常能听到格桑的歌唱。格桑在用歌声向我表达他的爱情，但我无颜面对他。固执的格桑一天接着一天唱下去，一直唱了三个月。

我跑到河边对他说："别唱了！你到底想怎么样？"

格桑憨厚地笑着："我想让你嫁给我！"

"好吧，我答应你。"我赌气似的说，"但是，我要你按照藏族的风俗来娶我。"

格桑朝我伸出了他的臂膀，我一头扎了进去，泪如泉涌。

在我们藏区，青年男女不管以哪种形式相爱，但结婚前都必须请"藏尼"（也就是媒人）到女方家求亲，否则就会被别人耻笑。"藏尼"由男方亲友中一个德高望重、深晓礼仪、善于言辞的男人来担当。丹增叔叔和央金阿姨这时正好回河源来了,格桑的阿爸扎桑就把这事拜托给了丹增州长。丹增叔叔很高兴当我和格桑的"藏尼",一手提着茶叶,一手捧着"哈达"走进了我们家。

父亲急忙迎上去说:"啊呀呀,州长怎么也学会送礼了?"

丹增叔叔说:"我是受扎桑兄弟委托,向你提亲来了。"

父亲把目光转向我,我不好意思地低下了头。父亲说:"好啊好啊,有你这个大州长提亲,我们家雪儿可有面子了。"

丹增叔叔说:"格桑可是一个百里挑一的好小伙子,我们从小看着他长大,你们就答应了吧。"

父亲笑着说:"想不答应也不行啊。"

正说着,央金阿姨也来了。她笑嘻嘻地埋怨母亲说:"大姐呀,你家有好事也不告诉我,怕我喝喜酒吗?"

母亲说:"喜酒少不了你的,你不来我还要去州里请你哩。"

央金阿姨走到我面前,端详着我说:"我们江雪可是河源最漂亮的姑娘,便宜了格桑那小子!听说你要按藏族风俗办婚事,这太好了!你的嫁衣阿姨全包了……"

丹增叔叔说:"既然我和央金正好都回来了,我看过几天就把喜事办了吧,我俩也正好能喝上喜酒。"

央金阿姨说:"就是啊,嫁衣我三天就能做好。"

父亲说:"就按你们说的办吧。孩子执意要按藏族风俗操办,我们不是很懂,就劳驾二位多操心了。"

丹增叔叔说:"明天我就安排人搭送亲的帐房。"

父亲说:"帐房就不必搭了,太麻烦。"

丹增叔叔说:"按照我们藏族风俗,新娘必须从正东方向走进男方家。可是你家在扎桑家西边,所以就得在他家东边搭一个帐房。如果不搭帐房,结婚那天新娘就得绕一个大圈,做出从东面走到新郎家去的样子。"

父亲说:"绕就绕吧,搭帐房太麻烦啦。"

丹增叔叔说:"那好吧,三天后就是个好日子,就这么定了。"

父亲的雪山，母亲的河

父亲说："听你的，就这么定了。"

卓玛是我的伴娘。结婚那天，卓玛跟着央金阿姨早早来到我家，开始精心打扮我这个新娘。央金阿姨给我准备的嫁衣是一件漂亮的藏袍。袍面是獐子皮的，袖口、襟领是红蓝绿三色呢子，下摆是水獭皮镶边儿，衣领是用金钱豹皮贴的边儿。看着镜子里穿着藏袍的那个漂亮姑娘，我真不敢相信那就是自己。

卓玛说："太漂亮了！"

央金阿姨说："江雪是我们河源最漂亮的新娘！"

屋里的藏式木柜上放着母亲准备好的"尕拉"，也就是我的嫁妆：一尊小铜菩萨，一册经书，一座小佛塔。这是母亲在央金阿姨的指导下精心准备的。据说当年文成公主嫁给藏王松赞干布时，就带着这三件物品，所以这个风俗就一直流传了下来。但是嫁妆今天不能带走，要等到我半个月后第一次回娘家时才能带走。

按照央金阿姨的指点，母亲送给我一条"哈达"。央金阿姨代替母亲用歌声叮嘱我：

哈达不需要长，
只要洁白就行了；
姑娘不需要美，
只要善良就行了；
百灵鸟要靠声音，
媳妇要靠勤劳……

歌声里，母亲落泪了。

这时，迎亲的马队到了。我从二楼的窗口看见丹增叔叔一身盛装，走在马队的最前面，手里牵着一匹给我准备的怀了孕的母马。马鞍上插着彩箭，箭上有明镜、璁玉和珠饰。

央金阿姨说："州长亲自来迎接，我们江雪可有面子了！"

卓玛扶我走下楼梯，女人们簇拥着我来到院子里。迎亲的队伍走进大门。丹增叔叔将彩箭插在我的背上,表示我已经是格桑家的人了。他又把璁玉放在我头顶,表示格桑的灵魂已经托付给我了。

迎亲的队伍走出家门的时候,弟弟江河站在楼上,按照当地风俗,一手拿着彩箭,一手拿着羊腿,高声喊叫:

"不要把我家的福气带走了呀!"

弟弟一直这么喊着,直到迎亲的队伍走出老远。

迎亲的队伍绕了一个大圈,从东面走向格桑家。丹增骑着一匹白马,手里举着九宫八卦图走在前面,我和央金阿姨、卓玛骑马跟在后面。一路上,马队三次停下来,接受格桑家亲友的敬酒。路上遇到五次背水的路人,央金阿姨说这是最吉利的事,让卓玛下马,向路人敬献上了吉祥的哈达。

远远地,看见格桑家刷过新漆的大门,我心里既兴奋又恐慌。跨过那道门槛,我就成为一个地地道道的藏家媳妇了,不知道迎接我的将是怎样一种崭新的生活。

格桑家的亲朋好友早已等候在门口,他们手里捧着"切玛"和青稞酒。"切玛"是藏族人的吉祥盒。一个精制的斗形木盒里分别盛有炒麦粒和糌粑,再插上青稞穗、红穗花和酥油花,象征着人寿年丰、吉祥如意。格桑家门外特意垒上了三个石头堆,白石头代表神的宝座,红石头代表地祇的宝座,黑石头代表魔鬼的宝座。

马队来到门口,但是大门紧闭。这时马队里走出一个男人来,他是我的"香钦"。藏语"香钦"的意思是新娘尊贵的舅舅。但我没有舅舅,就由母亲学校里的一位藏族老师来装扮。"香钦"先给天神宝座献上一点酥油,然后在地祇宝座上用腰刀绕了三个圈,最后飞起一脚,把魔鬼宝座踢翻,表示赶走了一切不洁之物。

接下来,"香钦"朝着紧闭的大门大声唱"果谐",意思是夸大门是金门、银门、海螺门,并在门环上挂上哈达。但是大门还是不开。"香钦"就高声喊叫:"有耳朵的给我听着:门后边有人快开门!门后头有狗要躲开!香钦老爷我,三脚要把门踢开!"

大门像是受了惊吓,"哗啦"一声打开了。

父亲的雪山，母亲的河

卓玛扶我下马，让我踩在云朵一样的下马垫上，走进我的新家。下马垫里装着青稞、小麦、豌豆、油菜、蚕豆五种东西，意思是我将会给这个家带来五谷丰登的好兆头。

女人们簇拥着我走进院子，从下马、进门、上楼，每次我都得唱一首歌，献一条哈达。这些歌卓玛教过我，我就羞涩地唱：

> 太阳是漂亮的新郎，
> 月亮是可爱的新娘；
> 新郎新娘的伴当，
> 由我启明星来担当……

婚礼最后，请说唱艺人索布说唱《格萨尔》中的《岭国七美女》，赞美新娘，预祝一对新人吉祥如意。这样的说唱一直到深夜。

然后，我被送入洞房。格桑憨厚地笑着，在那里等着我……

卷五　江河

二十一

  我在州里上高中的时候，河源已经通了班车，开始是一星期一班，后来改为三天一班。从河源到州里，坐车只需要半天时间。可是我宁愿礼拜天在州里的大街小巷游逛，也不愿回河源。

  我不想回家主要是不想见父亲。父亲对两个姐姐，尤其是对二姐有求必应，从来都很有耐心，永远是一副笑模样儿。可是他对我却总是板着一张脸，动不动就训斥，好像我是他的出气筒。我曾经对母亲抱怨说，父亲有严重的"重女轻男"思想。母亲笑了，说老话讲，女要富养、儿要穷养，女要娇惯、儿要严管，你爸那是爱你。

  有一次，我把吃剩的半个馍扔掉了，正好被父亲撞见，他拉住我的耳朵，非要我捡起来吃掉。我不吃。我说："以前二姐在家的时候也扔过馍，你为啥不让二姐吃？你偏心！我怀疑你是不是我亲爸！"父亲扇了我一耳光。我跑到院子里，拉起一根棍子冲向父亲。母亲从后面抱住我的腰说："你这个浑小子，今天敢动他一指头，我就没有你这个儿子！"父亲蹲在了地上，叹息一声说："唉，你们咋就不知道爱惜粮食呢？我小的时候，为了讨要半个馍馍，要跑很远的路，还要看人家的脸色，有时还会被狗咬……"我扔掉了手里的棍子。

  那时刚粉碎"四人帮"，还没有恢复高考，初中毕业后我不想继续上高中了。母亲说你不上学，将来能有什么出息？我说待在河源这个鬼地方，永远也不会有出息。我这话是冲着父亲说的。如果当初父亲能听母亲劝告，我们一家早就搬到州里去了，说不定现在也像刘伯伯一家那样生活在西宁，我还用跑那么远的路去上学？

  母亲说："你要是不去上高中，你一辈子只能待在河源。"

  我可不想待在河源这个鬼地方。我决定去州里上学。

  但是礼拜天我不想回家，一个人在州城闲逛，梦想着将来像二姐

父亲的雪山，母亲的河

那样到雪山外面的世界去生活。二姐当了兵，穿上了神气的"四个兜"。大姐却嫁给了格桑，永远留在了河源。这就是差别。尽管我很喜欢格桑，但我还是为大姐感到惋惜。大姐和二姐从小一起长大，一个是另一个的影子，走路手拉手，睡觉脸对脸。同是姐妹，就因为父母的一句话，她们的生活有了天壤之别。

我大约一个月回一次家，一是因为零花钱没了，二是因为想念卓玛。我每次回家，卓玛都在扎陵湖畔等着我。她远远地看见，但并不朝我跑过来，而是亮起嗓子唱起了歌——

> 只要骏马有飞奔的四蹄，
> 有没有金鞍子我都不在意；
> 只要牦牛有翻山的力气，
> 有没有银铃铛我都不在意；
> 只要心上人你真心待我，
> 有没有玉头饰我都不在意……

卓玛的歌声是我们约会的暗号。

我回家放下东西，随便吃几口饭，便急匆匆奔向扎陵湖畔。卓玛站在那里等我。这时天色已经暗淡，草原安静了下来，远处偶尔会传来牧人的吆喝声，近处有旱獭跑动的声音。我们并排坐在草地上，说着年轻人恋爱时都会说的傻话。卓玛告诉我，她家的母羊又下了羊羔，牦牛剪了毛，镇上谁谁又结婚了。我告诉卓玛雪山外面的一些事情。我们说着话，不知不觉夜就深了。月色朦胧。卓玛站起身，拍拍藏袍上的草屑说：

"你转过身去！"

"干吗？"

"让你转身就转身嘛，问那么多干吗？"

我转过身去，背对着卓玛。我听见卓玛的脚轻踩着草地的声音由近而远，然后是一阵小雨洒落的声音。我明白了她在干什么，呼吸一下子急促起来。等她悄无声息地重新坐到我身边，我说：

"天这么黑，你干吗跑那么远？"

"因为有月亮。"

"月亮又没长眼睛。"

"可你长了眼睛。"

"也不怕狼叼了你。"

"你比狼更可怕。"

"可怕你还来？"

她笑了起来："我才不怕你呢。你要是狼，我就是藏獒，你欺负我我就咬死你！"

卓玛的眼睛毛茸茸的，唇齿间含着月光。我嗅到她藏袍里散发出来的青草和酥油的香味儿，有种拥抱她的冲动。但我不敢。她是一只可爱的麋鹿，我怕自己鲁莽的举动把她吓跑。后来寒气上来了，月亮下去了，秋虫躲进了草丛深处，也懒得鸣叫了。卓玛缩起脖子，用双手捂着自己的肚子。

我问她："你怎么啦？"

她说："我肚子不舒服。"

我说："是不是受凉啦？要不，我们早点儿回去吧。"

她说："我不想回去……"

我说："那怎么办呀？"

她生气了："你这个傻瓜……"

我莫名其妙，但是我很快就明白了。我的心一阵狂跳。

我试探着问："要不，我帮你揉揉？"

卓玛什么也没说，趁势倒在我怀里……

远处传来了父亲的呼唤："江河——江河——"

父亲真是讨厌！

高中毕业以后，我突然感到很迷茫，不知道自己接下来该干些什么。父亲说："你当兵去吧。"这倒是个不错的主意，说不定我也能像

父亲的雪山，母亲的河

二姐一样，混个"四个兜"穿穿，那可就牛了。可是离征兵的日子还有好几个月呢，这段日子我怎么打发呢？

心里正想着二姐呢，二姐真的就回来了。二姐一身军装，看上去比以前更漂亮、更神气了。二姐向我伸出了胳膊。我很不好意思。二姐说："害什么羞啊，我是你姐！过来，让姐抱抱。"

跟二姐比起来，大姐就显得土气多了，她俩是孪生姐妹，但是大姐看上去好像要比二姐大好几岁。尤其是二姐身上的军装，比得大姐更加灰不塌塌。我心里很不是滋味。好在二姐第二天就脱下了她的军装，换上了便装。我知道她是怕刺激到大姐。二姐跟以前那种霸道样判若两人，变得很善解人意、很会体贴人了。这让我挺感动。看来军营真的就像父亲说的那样，是一所大学校，把我美丽的二姐变得更加可爱了。

这些年来，二姐先后给大姐带回来几套女式军装，但是大姐一次也没有穿过。不知为什么，大姐现在不喜欢军装了，她喜欢穿藏袍。大姐穿上藏袍，戴上镶珠嵌宝的项饰、耳饰、腕饰和腰饰，看上去是那样的自然顺眼，好像她原本就是一个纯粹的藏族姑娘。

二姐走后，我又回到了从前百无聊赖的日子。除了与卓玛相会，我对什么都提不起精神。但是卓玛要放羊，不可能天天跟我约会。我就缠着姐夫格桑教我玩枪。姐夫有些为难，但又不好拒绝我这个小舅子。白天，我们朝着河边的石头瞄准；夜里，我们朝着酥油灯瞄准。可是姐夫只教我瞄准，从来不让我实弹射击。

姐夫说："枪可不是好玩的，万一走火伤了人，我就完蛋啦。"

姐夫说这话的时候绝对没有想到，许多天后枪真的走火了。

姐夫还有一杆长枪，他去牧区或者金矿执行任务时才会使用。

他说，距离远的时候长枪比手枪好使。

这几年，草原上的偷猎者越来越多，射杀藏野驴和藏羚羊的事件经常发生。非法采金的外地人也从四面八方汇聚而来。据说马步芳统治青海的时候，就在布青山一带挖过大量砂金。"文化大革命"前，国家也曾在河源一带勘探出大量的硼砂矿床，但是一直没有开采。现在这些人都是冲着砂金来的。最近已经出现了好几起淘金者为争抢地盘打死人的案件。

为了维护河源地区的治安,父亲挑选了二十个民兵,组建了骑警队,让姐夫当了队长。骑警队成立一个多月,治安状况就明显好转,非法淘金者和偷猎者渐渐少了。现在,姐夫不用经常带骑警队外出巡逻了,有的是时间教我玩枪。

我瞄来瞄去心里就开始痒痒,想一试身手,缠着姐夫非要打几枪检验一下学习成果。姐夫拗不过我,就偷偷带我去河边低洼处实弹射击。我冲着河边的鹅卵石打了几枪,子弹跳起老高,然后落进水里。姐夫说我枪法不赖,基本没有脱靶。姐夫说,你小子悟性高,天生就是玩枪的料!

我嘻嘻笑着说:"那是,你没看是谁教出来的徒弟!你再给我压几发子弹,这一回我保证打得更准!"

姐夫说:"好啦,不敢玩了,让爸知道了就麻烦了……"

姐夫话音未落,我们身后就响起了父亲的声音:"谁开的枪?"

父亲从河堤上走下来。姐夫吓坏了,紧张地站在那里,不知如何是好。我赶紧把手枪揣进裤兜里。

父亲说:"是你小子在玩枪?"

我摊开两手说:"没人玩枪呀,您听错了吧?"

父亲严厉地看着姐夫。姐夫低下了头。姐夫真是个傻瓜,这一低头不就等于承认了吗?父亲向我伸出了一只手。

我故意装傻:"什么?"

父亲黑着脸说:"枪!给我!"

父亲的目光落在我的裤兜上。我只好去掏枪。谁知道枪被裤兜里的钥匙链缠住了,我掏了半天没掏出来。

父亲不耐烦了:"快点!"

我一紧张,用力一掏,"叭"的一声,枪响了。

父亲"啊呀"一声,蹲在了地上。我一下子傻了眼。子弹击穿了我的裤兜,正好打在父亲的小腿上……

父亲的雪山,母亲的河

那一枪从父亲小腿肌肉上穿过,没有伤着骨头,父亲在家里躺了半个月就上班了。可是姐夫却惨了,挨了处分不说,还调离了公安局,被安排到农牧区去上班。

就这样,父亲身上就有了第三个枪眼。

二十二

那年冬天,我当兵了。

我终于逃离了河源。但遗憾的是,我并没有逃离高原。我当兵到了格尔木。新兵训练一结束,我们就被拉到一个比我们河源县城海拔还要高的地方——沱沱河。这里是长江源头。我从黄河源头跑到了长江源头,这是不是我的宿命?

我感觉自己是世界上最倒霉的人。

当兵没有离开高原不说,当的还是个基建工程兵,连枪也摸不到,能摸到的只有铁锹。我们部队的任务就是改建青藏公路。改建青藏公路不说,我又被分到了最艰苦的沱沱河。分到沱沱河不说,我们连队担负的还是全团最苦最累的筛砂石料的任务。也许这是老天对我的惩罚。我玩枪误伤了父亲,老天就让我当了一个不拿枪的兵。

我们新兵刚到沱沱河,就出事了。

解放大篷车那天把我们拉到沱沱河,从内地来的新兵们听说是长江源头,一个个都显得很激动,站在车上狂呼乱叫。我从小生长在高原,知道刚上高原不能这样,劝他们不要激动,小心高原反应。他们不听,不但喊叫,还跳下车在河边奔跑。三月的沱沱河,寒风凛冽,却抵挡不住新兵们对长江源头的热情。

一只野兔受了惊吓,从一丛骆驼刺里钻出来,缓慢地向远处逃去。新兵王斯激动地说:"看哪,看那兔子跑得多慢啊!你们等着,我去把它抓回来给大家改善伙食。"

王斯说着追了上去。

排长朝王斯喊:"别跑!危险!"

王斯没有听见排长的话,拼命往前跑。因为是逆风。排长扔下手里的东西,去追赶王斯,边跑边喊:"不敢跑,快回来!"

王斯离兔子越来越近。那兔子慢慢悠悠地跑着,好像在故意等待王斯。王斯跑着跑着,速度渐渐慢了下来。

排长在后面喊:"别跑了……危险……"

王斯眼看就要追上兔子了,突然身子一歪,摔倒在地上。那兔子听见后面有动静,停下来,转过身看着地上的王斯……

王斯得了急性脑水肿,被立即送下山去抢救。王斯的小命是保住了,但落下了后遗症,再也不能上山了,只能在山下看守营房。排长为这事挨了处分。从此新兵都知道了高原反应的厉害,变老实了。

最初那段日子,我情绪很低沉。说严重点儿,有点儿万念俱灰。我心里很郁闷:我就这样拿着铁锹修一辈子公路?就这么日复一日地在高原的烈日下一直筛砂石料?

高原上天亮得早,黑得晚,我们每天五六点就得起床上工地,晚上十一二点才能回营房,午饭和晚饭都在工地上吃。有时一吹风,碗里落了一层沙子,那也得吃,不吃就得饿肚子。那么大的劳动强度,没等到开饭就已经饥肠辘辘了。落进沙子的米饭咬在嘴里咯嘣嘣响,硌得牙根发软。馒头冻得硬邦邦的,咬一口能崩掉牙,只好揣在怀里暖热了再吃。那段当兵的日子可真苦,比劳改犯还要苦。现在想起来都特佩服自己,不知道那几年是怎么熬过来的。

但是奇怪的是,战士们的施工热情都很高,工地上到处插满了红旗,团与团、连与连、兵与兵之间都憋着一股劲,都想超过对方,都想超额完成生产任务。几个月下来,我的脸晒得黝黑,先后脱了好几层皮,洗脸时用手一搓一层。这还算好的,毕竟是在高原上长大的嘛。内地来的新兵可就惨了,刚来时嫩白的脸颊转眼就变成了紫黑的茄子色,惨不忍睹。在工地待久了,我被战友们的激情感染了,每天也能超额完成任务。

那时候,几个团摆在一条战线上,你一段,我一段,相互竞争比赛,看谁施工进度更快。我们有时干着干着就干到人家团的地段上

父亲的雪山，母亲的河

去了。

有一天，我们正在施工，二团的团长走过来，满怀激情地鼓动我们说："同志们，加油干哪！我们一定要超过三团，把这一月的红旗给老子夺回来！"

二团长是四川人，"老子"是他的口头禅。

我们都停下手里的活计，看着他笑。

他莫名其妙地说："你们给老子笑啥子嘛？"

我们班长说："报告首长，我们就是三团的。"

二团长一听，很不好意思地挠了挠头，说："你们三团的咋个干到老子地盘上来了？"

我们班长也是四川人，但是长得却不像四川人那么秀气，矮胖矮胖的，小眼睛，厚嘴唇，而且还有点儿地包天。但是他对我特别器重，夸我有文化，字写得好，是个"人才"。轮到我们班办黑板报，班长就会把我留下来。

班长说："你给老子好生整，黑板报一定要超过别的班！"

我就自写自画，把黑板报搞得图文并茂，连里评比时我们班稳拿第一。班长咧开厚嘴唇笑了，说："你龟儿子真是个人才哩！"

不管白天施工多累，班长晚上熄灯后都要拿着手电筒看一会儿书。班长这么爱学习，让我很佩服。我不知道他看的是什么书，十分好奇。有天晚上班长出去上厕所，我从他枕头底下拿出书一看，顿时傻了眼。他看的是一本《新婚必读》。我赶紧将书塞到他枕头底下，刚一转身，发现班长站在我的面前。我们俩人都很尴尬。

第二天施工间隙，班长主动找我谈心。班长说他年底回家准备结婚，啥子都不懂怎么行呢？我心里好笑，却一本正经地对班长说，这是知识，学习知识是应该的。班长严肃地点点头说，就是，就是。不过你龟儿子年龄太小，可不能看这样的书！我说等我当了班长，快结婚的时候再看。班长笑了，拿出一张照片给我看。我以为是他女朋友的照片，一看却是他自己。他推个小推车，身后是高天白云、热火朝天的施工工地，他很土的样子，还冲着镜头傻笑呢。班长说他准备将这张照片寄给女朋友。

我劝他说："这张不好看，别寄了。"

班长说："她非得要，不寄不行嘛。"

"那也得换一张。"

"我就这么一张。就这还是上次团里的胡干事来照的呢。"

"这个胡干事真是胡干事！怎么能让你推着小车照相呢？"

"怎么啦？"

"太土了！看上去像个农民。"

"我本来就是农民的儿子嘛。"

"可是你现在是军人，你得注意咱军人的形象。等咱们下山了，我带你去照相馆照一张标准的，手里拿枪的那种。"

"我们部队没有枪呀。"

"照相馆里有的是假枪，照在照片上，她又看不出来。"

"这不是骗人吗？"班长从地上站起来，拍了拍屁股上的沙土，"这种事我不干，是啥子样子就是啥子样子嘛，我不想骗她！"

班长他没听我劝，还是把那张照片给对象寄了回去。

我们在山上很少看见女人，更别说年轻姑娘了。所以沱沱河气象站有个叫格央的藏族姑娘，自然成了大家最喜欢议论的对象。只要一提起格央，不管见过没见过的都会很兴奋，满脸激动的表情。谁要是去沱沱河办事，远远地看上格央一眼，回来就会兴奋地说："我看见格央了！"大家就能高兴地聊上好一阵子。格央到底长得有多漂亮，竟然把战友们迷成了这个样子？我很想一睹格央的芳容。

后来，我终于看见了格央。她并不像传说中那么漂亮，但是她脸上的笑容很纯真、很灿烂。这一点跟我的卓玛很相像。但是说实话，她没有我的卓玛漂亮。见了格央，我更想念卓玛。有时想得心里很痛，恨不能当了逃兵，跑回河源去看我心爱的卓玛。

在那些单调艰苦的日子里，除了想念卓玛，我唯一盼望的就是能早点儿下山。因为二姐江果就在我们的大本营格尔木。

等到下山的时候，格尔木的树叶早就落了。春天树叶还没有长上

父亲的雪山，母亲的河

来的时候，我们就又上山了。在我们部队里，有许多战友当了几年兵，一直到退伍，也没有看见过格尔木的一片树叶，没有看见过格尔木的大街上姑娘们穿裙子的样子……

部队下山后，班长兴高采烈地回家结婚去了。结果没过多久他就回来了。他没有带回来新媳妇，也没有带回来喜糖。他一个人灰头土脸地回来了。他的对象吹了。

团里的参谋康大为来看班长。康大为跟班长是同一年入伍的老乡。听说班长的对象吹了，他是专门来安慰老班长的。可是看见康大为身上的"四个兜"，老班长就更加自卑了。

他们一起入伍，一起训练，后来分到了同一个连队，又一起上了昆仑山，搬石头，抢铁镐。可是后来康大为提了干，当了班长的排长。当了排长不说，康大为还凭着能写几句诗，没多久又调到了团部，当了军务参谋。康大为在短短的四年里已经完成了三级跳，可是我们班长还是一个兵。军务参谋是干什么的？就是专门管兵的。当新兵的时候班长是副班长，管着康大为。后来康大为当了排长、当了参谋，反过来又管着他。你说他能不自卑吗？

康大为替班长打抱不平："她看不上咱，咱还看不上她呢！别灰心，赶明儿咱找个比她更好的！"

班长说："你站着说话不腰疼！你是干部我是个兵，我要是有你那'四个兜'，我也不用发愁！"

"话也不能这么说，我也不是想找谁就能找谁。"康大为叹息一声说，"家家有本难念的经啊，我那位都谈了三年了，到现在还不冷不热的，从来不提结婚的事。"

班长说："你找的是人尖儿，当然不会那么容易。不过你得抓紧点儿，漂亮姑娘惦记的人多，可别让别人抢了先。"

康大为笑了："我来安慰你，你倒安慰起我来了。"

班长说："你要是能把她娶回来，可就给咱'土八路'争气了。"

康大为说："先不说我，说你。心里好受点儿没有？要是还不好受,我给你出口气?"

班长问:"咋出气?"

康大为说:"这你就别管了。你把她的地址告诉我,我写信教育教育她。这种势利女孩,就该教训教训!"

班长说:"你可别胡来!强扭的瓜不甜,随她去吧。她就是现在回头追我,我也不稀罕了。"

康大为说:"少废话,把地址给我!"

班长只好把地址抄给康大为。其实班长嘴上那么说,可他心里还是抱有一线破镜重圆的希望。

康大为临走的时候,在院子里看见了我办的黑板报,停住了脚步,对班长说:"这黑板报办得有点儿水平,你们连有人才啊!"

班长把我往康大为面前一推,自豪地说:"人才在这里!"

康大为上下打量着我,拉起我的手看看,又看看我的脖子。

班长说:"你干吗呢,相对象呢?"

康大为笑着拍拍我的肩膀说:"不错不错,是个人才。"

班长说:"我就纳闷了,这人才能从手指和脖子上看出来?"

康大为说:"这你就不懂了。我们军务股正缺打字员呢,我看他手指细长,一定很灵巧,又讲卫生。我最烦窝皮窝囊的兵了。这个兵我要了,我回去就向股长汇报。"

班长高兴地说:"太好了!你要能把我的兵调进团部,我请客!"

康大为还真不吹牛。几天后我就被调进了团部,当了打字员。到了团部我才知道,康大为以前不叫康大为,叫康青。粉碎"四人帮"后,好多人跟他开玩笑,说你这名字有问题,占了两个人的名字,一个是康生,一个是江青,合起来就是康青。虽说是玩笑,但他心里还是不舒服,于是他就把名字改了,改成了"康大为"。康有为的"康",大有作为的"大为",康大为,听听,多牛!

康大为除了会写诗,还会拉小提琴,尽管不是那么专业,但是听上去还蛮像那么回事。而且他爱干净,屋里收拾得井井有条,一尘不染。我几乎每天都能看见他卷着袖子,不是在拖地就是在洗衣服。还

父亲的雪山，母亲的河

有就是会关心人，热心肠，没架子。难怪人家提干呢，素质就是比我们班长强。用一个老兵的话说："老头尿尿，不服不行。"

晚上没事的时候，我和康大为一起聊天，基本上都是他说，我听。要不就是他给我念他刚写的诗。听说当初政治处要调他，他都没去。我问他当初政治处想调他去当文化干事，他为什么不去。

他说："当时政治处和司令部都想调我，让我选择，我就选择了当参谋。文化干事就那几样事：吹拉弹唱，打球照相，没什么劲。军务参谋就不一样了，全团集合的时候，往几千号人面前一站，你一喊稍息，团长都得立马稍息；你不喊稍息，几千人都得直直地杵在那里，谁也不敢动，那多牛啊！"

我说："那当然牛！不过你会写诗，当文化干事挺合适的。"

康大为说："这你就不懂了，你会什么就不能干什么，你干着这样，又会那一样，这不就多了一种本事了吗？将来选择的余地就会更大。这就叫'有两把刷子'。"

康大为才真是个人才！将来说不定能混个团长当当。谁知道，就是这个令我佩服的人才，后来惹了一个大麻烦。

原来，康大为拿到班长前女友的地址后，真给人家姑娘去了一封信。他信里一没有教训人家姑娘，二没有劝说姑娘跟班长和好，而是跟人家姑娘谈起了恋爱。康大为跟班长是一个村的，那姑娘的家就在邻村，早就听说康大为在部队很能干，穿上了"四个兜"。哪个姑娘不想嫁个"四个兜"？姑娘的信越来越多，几乎三天一封，热情似火。几个月后，姑娘说要来部队看他，那意思是想在部队顺便把婚事给办了。康大为这时才露出狰狞面目，写信教训了姑娘一通，说她不懂爱情，说她不配嫁给军人。

康大为终于替老班长出了一口气。可没想到那姑娘也不是省油的灯，一封信把康大为告到了团里。政委得知原委后，哭笑不得，训斥康大为："康大为啊康大为，你真是大有作为啊！有你这样替战友报仇的吗？简直是胡闹！"结果，康大为挨了一个警告处分。

但是康大为并不后悔，他私下里对我说，只要他女朋友不知道就行了。但是事情并没有结束。我们老班长找到团里来了。

班长见了康大为就骂:"你狗日的龟儿子干的好事!"

康大为说:"我这不是为了帮你出气嘛。"

班长拉着脸说:"哪个要你帮忙?你真卑鄙!"

康大为还笑,说了一句当时正流行的北岛的诗:"卑鄙是卑鄙者的通行证,高尚是高尚者的墓志铭。"

班长听不懂,黑着脸说:"你没有权力侮辱我的女朋友!"

康大为见班长脸色不对,知道班长真生气了,赔着笑脸说:"你还真生气啦?还'女朋友'呢,人家不是早就把你踹了吗?"

"她踹我关你屁事!她踹我我愿意!康大为我告诉你,你别以为你是干部就有什么了不起,你穿着'四个兜'就可以拿别人的伤心事取乐,我们人格是平等的!"班长气鼓鼓地转身要走,想起了什么又扭过身来说:"我告诉你,她踹了我我也喜欢她!"

康大为尴尬地站在那里,半天反应不过来。最后,他朝我很时髦地摊开双手,苦笑着说:"你看这人。"

没想到事情还没有完,后来竟然有了离奇的变化:那姑娘经康大为这么一折腾,在村里名声也不好了,没有人愿意给她介绍对象了。她痛定思痛,越来越觉得我们班长人厚道,觉得当初自己做得有些过分,就给我们班长写了道歉信,字里行间流露出想重修旧好的意思。战友们都反对班长给她回信,可是班长不听,回信说,如果你愿意,等我下山后,你带上大队的介绍信来部队结婚。

班长当时只是想激那姑娘,可是没想到等部队冬天下了山,那姑娘还真的带着介绍信来了格尔木。我和康大为也去参加了班长的婚礼。康大为到底是诗人,为一对新人献上了一首感人至深的爱情诗。他们谁也没有提以前的事情,好像从来就没有发生过一样。

那年冬天,格尔木开始放映电影《天山行》。我们部队以前在天山修路,那电影就是根据我们部队的战斗生活创作改编的。我心里感到很自豪,想请二姐江果一起去看电影。

我来到二姐的医院,看见康大为正站在门口跟我二姐说话,手里

父亲的雪山，母亲的河

好像还晃着两张电影票。他怎么认识我二姐？难道他说的那个漂亮女朋友就是我二姐？

我正纳闷，二姐看见了我，朝我招手说："江河，快过来！"

我跑过去叫了声"姐"。

康大为愣住了："江果是你姐？"

我说："对呀，是我二姐。"

康大为"嗨"了一声，说："你怎么不早告诉我呢？"

我说："我哪知道你认识我姐。"

康大为显然有些激动："真是的，我们竟然是一家人。"

二姐瞪了康大为一眼："谁跟你是一家人？"

康大为赔着笑脸说："我是说将来，我是说将来。"

二姐说："将来的事还很难说呢。"

我赶快帮康大为说话："姐，康参谋一直对我不错，就是他把我调到机关里的。"

二姐说："你是别有用心吧？"

康大为说："天地良心，我可不知道江河是你弟弟。"

"好啦不说啦，我们三个去看电影。"

我看康大为，康大为却故意不看我，我就知道他的意思了，我赶忙说："姐，我就不去了，你们两个去吧。"

二姐说："干吗不去？去！你不去，我也不去。"

康大为只好说："一起去吧，我再买张票就是了。"

看完电影出来，二姐的眼睛红红的。"太感人了！你们部队真是那样？在天山上修路咋就那么苦呢？"

康大为说："我以前就在天山上修路，现在又在青藏线上修路，青藏线比天山还苦，不光苦，还得忍受高原反应呢。别人是身在福中不知福，我们是身在苦中不知苦啊。"

二姐说："你天天待在机关里，苦什么苦？"

康大为急了："我调到团部以前一直在山上施工。"

二姐说："你看电影上的那些兵多苦啊，一个个脸乌黑乌黑的，哪像你,小白脸一个!"

康大说:"赶明儿我也上山,把自己的脸晒黑了回来给你看!"

二十三

康大为问我:"我怎么做,你姐才会高兴?"

我说:"她是个顺毛驴,从小就任性、霸道,你顺着她就行了。你别看她厉害,其实心地很善良,也很容易受伤害,你可千万别惹她。你要是惹她一回,她一辈子都不会理你。"

"真的?"康大为半信半疑。

"什么蒸的煮的?信不信由你!"

康大为对我言听计从,果然大有收获。他跟我姐约会回来,掩饰不住内心的激动,兴奋地对我说:"知己知彼,百战不殆。有内线还是不一样啊,我跟你姐的关系突飞猛进。"

听他这么一说,我心里很不舒服。突飞猛进?什么意思?我很不高兴地对他说:"我可告诉你,我姐那人很正,你要是有什么让她反感的举动,她肯定跟你翻脸!"

康大为笑着说:"看你想哪儿去了,心急吃不了热豆腐,这个道理我还是懂的。我是说,你姐现在跟我约会的时候,不再老讽刺我了,脸上也有了笑的模样,约会时间也比以前长了……"

自从康大为知道了我们这层关系,我们的关系就有些微妙起来。工作上他是参谋,我是兵,我得听他的,他还是那副诗人气质加牛皮哄哄的军务参谋样儿。但是私下里有点儿巴结我这个未来小舅子的意思。我感觉怪怪的,又感觉挺有意思的。

康大为不止一次地对我说:"我俩的关系是我俩的关系,跟你二姐没关系。我跟你二姐是爱情,跟你是友情,这是两码事,你要搞清楚,要摆正位置,不要搞混了!如果我将来跟你二姐成了革命伴侣,那我们两个的友情上头还得加上个亲情。"

说实话,我挺喜欢康大为的,但是对他与我二姐的事我心里没

父亲的雪山，母亲的河

底。因为我好几次在我二姐那里碰到一个戴眼镜的"四个兜"。二姐说他是铁道兵师部的工程师，叫江北。江北看上去人挺和蔼的，不大爱说话，但怎么看也不像我姐夫，倒像是我哥。你瞧：江北，江河，连名字都像亲兄弟。

我提醒二姐："你可不要脚踩两只船！"

二姐说："我是你姐，你敢这么说我？"

我说："脚踩两只船很不好。说严重点儿，叫不道德。"

二姐生气了："你把你二姐看成什么人了！我又没答应他们谁，怎么就不道德了？我们现在都是战友，一般朋友，跟谁正式谈我还没拿定主意呢。我得观察观察。你总不能让你二姐随便嫁一个吧？是不是康大为拉拢腐蚀你了，你想替他说话？"

"康参谋人很不错，不像你想的那样。"

"那江北呢？"

我挠了挠头："好像也不错。"

二姐笑着说："这不结了嘛。你都分辨不出来哪个更好，我当然也很难分得出来，所以嘛，得再观察观察。"

但是，我心里还是向着康大为。回去后，我拐弯抹角地提醒康大为，让他对我二姐再好一点儿，再抓紧点儿，可别节外生枝。

没想到康大为一听就笑了："不就是铁道兵那个'四眼'吗？我们早认识了。我们是情敌，但是我们和平共处，公平竞争。江河你放心好了，我铁定能当上你姐夫，我有这个自信！"

康大为经常在《基建工程兵报》上发表一些诗作。他的诗一刊登出来，就让我拿去给我二姐看。二姐不屑一顾地说，你回去告诉他，他要是能在《解放军报》上发表首诗，那才叫牛呢。

几个月后，康大为还真的在《解放军报》发表了一首诗。康大为屁颠屁颠地拿给二姐看。二姐看过之后把嘴一撇说："你这诗缺乏真情实感。你看人家《天山行》多感人，你应该到施工一线去体验体验、锻炼锻炼，然后才能写出好诗。"

康大为说："我就知道你看我待在机关里不顺眼，江北不是也在铁道兵机关吗？你怎么不说他？"

二姐说："人家说是在机关，但是人家经常下工地，一蹲点就是两三个月。哪像你，脸越来越白……"

康大为想争辩，又怕惹恼了二姐，只好不吭声。

康大为能经常在报纸上发表诗歌，让我很佩服。我想跟他学写诗，他气不打一处来："写诗有个屁用！"

我说："怎么没用？你不就是靠写诗提干的吗？"

他更火了："谁说的？老子是在工地上抡铁锹干出来的！"

我笑着说："姐夫还没当上，又想当老子了？"

他不好意思地笑了，说："你姐老说我脸白，我天生就皮肤好，我有啥子办法？总不能每次去见她之前往脸上抹把锅灰吧。"

我安慰他说："她不是嫌你脸白，她那是故意考验你哩。"

"你姐真是搞不懂，深不得浅不得，冷不得热不得。"他突然把话题扯到我身上来了，"你告诉我，你将来是怎么打算的？想继续留在部队呢，还是想复员回你们河源？"

我说："当然不想回河源。"

"不想回河源只有一个办法，你就得提干！"康大为说，"你必须报考军校。你有空复习复习，明年准备考军校。"

康大为说得有道理，我必须报考军校，只有这样我才能提干，才能永远不用回偏僻的河源。我的老班长已经复员回家了。班长在青藏高原干了五年，除了几张立功受奖的喜报，还有娶了那个先踹了他后来又嫁给他的媳妇，看不出还得到了别的什么收获。如果我不报考军校，明年这个时候我也会像他一样脱下军装走人。

于是，我去书店买复习资料。我先到河东书店去找，没有找到。又到河西书店去找，还是没有找到。一个女店员说，早就卖完了。我问什么时候会有货，她说不会再进货了，你来晚了。我有点儿垂头丧气，准备往外走，那个女店员叫住了我。

"哎，你等等……"

我转过身，那个女店员看着我，脸颊绯红。刚才我只顾急着找

父亲的雪山，母亲的河

书，没留意她，现在我傻眼了。天哪，她实在太美了，美得让我心慌。她看上去二十岁的样子，水灵灵的，一看就不是本地人。

我发现自己有点儿失态，慌忙问："什么事？"

她说："我家里有一套去年的复习资料，你要是急着用，我明天给你拿过来，你先用着。"

我感激地说："太好了，谢谢你了！"

说完我就逃离了书店。好像美丽是一口井，会把我吞掉。那天夜里我一闭上眼睛，脑子里浮现的全是她美丽的影子。那个美丽的影子渐渐覆盖了卓玛的面容，这让我感到了害怕。

第二天，我如约来到书店，她果然带来了全套的复习资料。由于是星期一，书店里人很少，我们就站在那里聊了起来。

这时我才知道她叫白玉，老家在四川成都，父母是农建师的老战士，现在的家就在我们团机关隔壁。白玉说她连续复习了两年都没有考上大学，主要是数学过不了关，每年都差那么几分，后来就心灰意冷了，不想再考了，就参加了工作。

她的声音很好听，十分悦耳。她说话时并不看我，却看着别处，好像是在跟另一个人说话。她红着脸，眼神飘忽。她有一双很大、很黑、很亮的眼睛，睫毛很长，而且很翘。她的嘴唇红润而饱满，看得我心慌。我觉察她的目光就要扫视过来，便赶忙扭过头去，装着若无其事地看着书架。

那一天，我们就这样看似漫不经心地其实却是惊心动魄地聊了一个多小时。等我走出书店，手心里全是汗，好像后背都湿了。那种说不出来的奇妙的感觉，我还是第一次体验到，那种感觉跟与卓玛在一起的感觉很不一样。

夜里，我复习功课的时候，眼前时常会浮现出白玉羞红的脸，心里就会涌动着一种莫名的激情和渴望。

那段日子，我很少想起卓玛。

青藏铁路终于通车了。

父亲的雪山，母亲的河

铁道兵经过七八年的艰苦奋战，终于让铁轨从西宁穿越海北、海西两个民族自治州，延伸到了昆仑山下的格尔木。但是遗憾的是，就在这一年铁道兵们集体脱下了军装，改成了铁路建筑工人。江北也不例外。他与许多工程技术人员留在了格尔木，开始为继续把铁路修到拉萨做科研准备。他们在昆仑山上的风火山垭口北坡建立了实验基地。在那个海拔四千七百多米的地方，他们开始研究如何在高原冻土层上将铁路修到拉萨去。

铁路通车的那一天，江北兑现了他对二姐的承诺。唯一遗憾的是，他们没有一起去北京。因为在没有确定嫁给江北的时候，二姐不愿意跟他跑那么远的路。二姐害怕遥远的路上发生那些不该发生的故事。江北带着二姐坐上火车，从格尔木坐到了德令哈，又从德令哈坐回格尔木。江北一路上很激动，好几次流下了热泪。

江北对二姐说："我的许多战友就死在了这条铁路线上，其中还有跟我一起当兵的关系最好的同学。我感觉他们就躺在铁轨下面，火车咣当咣当地跑在上面，把我的心都轧碎了……"

二姐眼圈红了，紧紧地拥抱了江北。

据二姐说，那是她的第一次拥抱。

我为康大为感到悲哀。

"拥抱"事件发生不久，我们的父母来到了格尔木。说是来看火车的，其实他们是专程为二姐的婚事而来的。二姐已经二十七八了，婚姻大事成了父母的一块心病。大姐的孩子已经三岁了，可二姐这边还没有动静，父母能不着急吗？尤其是母亲，天天在家里唠叨。

听说我的父母来到了格尔木，而且是专程为审定未来女婿而来，康大为如临大敌，问我怎么办。我说母亲是文化人，喜欢文雅有风度的人；父亲是军人出身，喜欢直来直去，不喜欢夸夸其谈，你就投其所好吧。又要显得有文化，又要直来直去，这分寸不好把握。康大为有些为难。我说你少说话比较好，言多必失嘛。

结果，康大为在我父母跟前装得很老实，问一句答一句，不问不说话，嘿嘿一笑，样子很憨厚，给父亲留下了一个良好的印象。江北

父亲的雪山，母亲的河

本来话就少，见了父母话就更少，给父亲留下的印象也不错。

几天后，我们一家人坐在姐姐宿舍里郑重其事地展开了讨论。

父亲说："那个叫康大为的，人挺老实的。"

二姐问："江北呢？"

父亲说："江北看上去也挺老实的。"

"您这不等于白说？"二姐又好气又好笑，"我是找对象，又不是找劳模，要那么老实干什么？"

父亲说："人还是老实点儿好，过日子踏实。让你妈说。"

母亲说："两个人各有各的特点，如果能综合一下就好了。"

姐姐说："有您这样说话的吗？又不是捏面人，把两个人捏成一个人算了。你们急着让我找对象，我给你们找来了，你们又是这种模棱两可的态度，让我怎么办？"

母亲笑着说："我跟你爸思想跟不上时代了，主意还是要你自己拿。我们只有一个要求：不管你选中谁，都早点儿结婚！"

母亲正说着话，突然站起来朝窗外看。窗外走过去一个上了年纪的女军人。那人走远了，母亲还伸长脖子看。母亲向父亲招手，声音有些激动："老江，你快过来看，那人像不像文静？"

父亲站起来顺着母亲手指的方向看了半天，什么也没有看见。那个女军人早已经拐过墙角不见了。父亲说："没有啊，在哪里？"

母亲说："叫你快点儿你不快点儿，已经走过去了。"

二姐说："什么文静，那是我们罗院长。"

母亲"哦"了一声："我还以为是以前的一个老战友呢……"母亲扭头对父亲说，"她们俩长得真像，跟姐妹俩一样。"

父亲说："你是想文静想疯了吧？"

母亲说："这么多年了，怎么能不想？昨天晚上我还梦见她了呢。梦里的她还是以前那个样子，干净利索，年轻漂亮。"

父亲叹息一声说："人老了就是这样，躺下睡不着，起来打瞌睡；现在的事记不住，以前的事忘不了……"

二姐问："你们说的是谁呀？"

母亲说:"从前的一个战友,进军藏区的途中失踪了……"

二十四

青藏公路改建工程进入了攻坚阶段。部队在唐古拉展开了大会战,机关准备抽调一部分官兵组成突击队,去一线增援。康大为第一个报了名。我知道他这是做给二姐看的。二姐不是说他是机关的小白脸吗?他要让二姐看看他也是一个铁骨铮铮的好军人。康大为当了突击队的队长。我也被抽调到机关的突击队。

出发前我去给白玉还书。书对我来说已经没有用了,工地上那么忙,不可能有时间复习。到时候硬着头皮考吧,能不能考上就看自己的造化了。

白玉说:"还没考试呢,怎么就还书了?"

我说:"我们机关成立了突击队,过几天我就要上昆仑山了,我要在那里参加施工大会战,可能得几个月才能回来。"

白玉替我着急:"那考试怎么办?"

我说:"考试的时候可能就撤下来了。"

白玉问我:"你们什么时候走?"

我说:"三天以后。"

白玉说:"走之前你来一趟。"

临上山的头天傍晚,我去书店找白玉。她快要下班了,说你在外面等着我。我等了一会儿,她就出来了。她推着自行车走过来,把自行车往我跟前一推说:"走吧,你带着我。"

那时格尔木还是个小城市,骑车带人很随便。我骑车带着白玉往河东她家的方向走。白玉端端正正地坐在后座上,跟我保持一定的距离,但我仍然有种温暖的感觉。走到格尔木河边,白玉建议说:

"我们到河滩说说话吧。"

我们来到河滩,找了一块草甸坐下。白玉从挎包里掏出一件毛衣给我。我很惊讶:"给我的?"

父亲的雪山，母亲的河

　　白玉说："山上冷，多穿点衣裳，可别感冒了。听说在山上感冒了很容易得肺水肿，你可千万要小心！"

　　我很感动，看着白玉。白玉不好意思地低下头，满脸羞红地说："看我做什么？我脸上又没有长着花。"

　　"你就是一朵花！"

　　"不喜欢你贫嘴！"

　　"是你自己织的？"

　　白玉点点头。

　　"这么快就织好了？"

　　白玉又点点头，下意识地搓着自己的手。我看见她的手指上缠着白胶布，问她："你手怎么啦？是不是打毛衣打的？"

　　白玉说："人家三个晚上都没有合眼……"

　　我感动得不行，抓起她的手握在我的手心里。她想挣脱，我握得更紧了。我想把她的手贴在我的脸上，她趁机抽走了。她情绪一下子低落下来，小声对我说："别人给我介绍了个对象，跟我爸是一个单位的，是个干部。我爸说，他将来一定有出息，你说我见不见？"

　　一听这话，我的心一下子凉了。白玉低着头继续说："我爸还说，你家在河源，太偏僻了……还有，我爸说你还是个兵……"

　　我有种心痛的感觉。

　　白玉说："不过，我说你马上就要考军校了……"

　　我赌气地对白玉说："你回去告诉你爸，就说我这个修路的大兵明天就要上山了，能不能考军校还不一定呢！"

　　白玉看着我说："你一定能考上的！我等你……"

　　第二天，我穿着白玉织的毛衣，怀揣着一颗受伤的心，跟随机关突击队上了唐古拉。"上了唐古拉，伸手把天抓。"这是流传在青藏线上的一句老话。唐古拉海拔五千多米，是青藏线海拔最高的地方。唐古拉气候多变，一会儿雪，一会儿雨，一会儿冰雹。别说施工，就是走路也气喘。但我们不是来走路的，我们是来修路的。

父亲的雪山，母亲的河

半个月下来，我们一个个精疲力竭，脸上脱皮，嘴巴开裂，一个个像非洲难民。作为队长的康大为就更辛苦了，别人早上没有起来他就得起来，别人夜里休息了，他还要到各个帐篷巡查，看看火炉子是否封好了，帐篷门是否关严了。大家劳累了一天，夜里睡得沉，不能煤气中毒，也不能冻感冒了。感冒可不是闹着玩的，弄不好会出人命。可是谁会想到他自己后来却感冒了，而且非常严重，呼吸越来越困难。医生说，他得了肺水肿，必须赶快送下山去治疗。

我跟着救护车一起护送康大为下山。我抱着他的头，看着他因呼吸困难憋得通红的脸。他的鼻孔里插着氧气管子，双目紧闭，胸腔像藏民煮饭用的羊皮气囊一样一鼓一鼓的。我明显感觉到他的气息越来越微弱。我很恐惧，害怕他就这样走了。

我流着泪，一遍一遍地呼唤他："康参谋，你一定要坚持住啊，格尔木马上就要到了……"

我对司机哭喊："老兵老兵，求你开快点儿……"

可是半路上康大为还是停止了呼吸。康大为是在我的怀里一点一点停止呼吸的。我感觉到他的身体一点点变凉、变硬。

眼看着朝夕相处的战友在自己怀里慢慢死去，而你却无能为力，那是一种什么感觉？是恐惧！是绝望！是撕心裂肺的痛！那种感觉，铭心刻骨，让我终生难忘！

但我还是不愿相信他就这么死了，尽管我知道他已经没有了气息。可是我还是无法相信。他昨天还好好的，他刚才还活着，怎么可能说死就死了呢？我一路上抱着他，不断呼唤着他："康参谋，你不能死，你一定要挺住！到了医院我二姐会救你的……"

我们赶到格尔木时已经是深夜，青藏医院对康大为立即进行了紧急抢救。我跑去找二姐，她没有在值班室。我又跑到她的宿舍，拼命地拍打着她的屋门。

"姐！姐！快去救救康大为吧，他快要死了……"

二姐跟着我跑到急救室，康大为的身上已经蒙上了白布单。二姐一下子昏厥在我的怀里……

父亲的雪山，母亲的河

那天夜里，我、二姐，还有闻讯赶来的江北，我们三个人在太平间守着康大为，一直到天亮。二姐一直在流泪。她哭着说："我真后悔啊，我不该用那样的话刺激他……如果我不刺激他，他就不会上山；如果他不上山，就不会发生这样的事……我对不起他，是我害了他啊……"

我安慰二姐说："这跟你没有关系，你不说那样的话他也得上山。我们都是军人，关键时候谁都得上……"

掩埋了康大为，我们在格尔木烈士陵园站了很久，望着眼前几百座坟茔，我们谁也没有说话。这里有老坟，也有新坟。有的是跟随慕生忠将军第一次开辟青藏公路的烈士，也有近几年刚刚牺牲了的基建工程兵、铁道兵和往西藏运输物资的汽车兵……

我如愿以偿，考上了军校。拿到通知书的那天，我去了一趟烈士陵园。站在康大为的墓前，我对他说："康参谋，我的好战友，我的好大哥，我没有辜负你的期望，终于考上了军校。"

我对他说："等三年后我从军校回来，我再来看你。但是我不知道三年后部队是不是还在这里。青藏公路改建工程马上就要完工了，听说我们部队明年就要搬到西藏去了，要修建黑昌公路、中尼公路和川藏公路……"

我对他说："听说我们部队要改编成武警交通部队。但是不管部队将来到了哪里，我军校毕业后一定先来看你……"

那天，我傻子一样站在那里，对康大为说了很久的话。

回去路过河西，我去了书店。听说白玉听从了家里的意见，已经跟那个"干部"开始谈了。但不管怎样，我都应该去与白玉告别。那天我专门穿上了那件毛衣。

我走进书店。我吃惊地看见三个身穿喇叭裤、嘴里叼着烟卷的地方青年，正在动手动脚调戏白玉。我跑过去大喊一声：

"你们干吗？"

一个留着小胡子的青年转过身来，用一双小眼睛斜睨着我说：

"解放军叔叔看不惯哪？看不惯能怎么着？"

我说："你们不许胡来！"

"小胡子"说："你不就是一个修路的兵吗，牛皮个啥？"

我从墓地刚回来，心情本来就很沉重，听他这么一说，一股气血"噌"地涌上脑袋。我极力控制住自己。

"当兵的想英雄救美，好啊，哥们今天成全你！""小胡子"一摆头："哥儿几个，跟这个当兵的练练！"

几个人朝我扑过来，我抑制不住自己的愤怒，挥拳冲了上去。混战中，我一拳打掉了"小胡子"的一颗门牙……

我因此被取消了上军校的资格。

我那一拳，打碎的不仅仅是我的军校梦。

那年冬天，我复员了。临走的那天早上，我听见隔壁农建师的大院里响起了经久不息的鞭炮声。

我知道，那是白玉在举行婚礼。

二十五

父亲说："打得好！欺负女人就该挨打！"

原以为会挨父亲一顿臭骂，没想到他会这么说。

父亲说："这种东西，打掉他三颗门牙也不解恨！"

母亲很不高兴，拉下脸冲父亲说："哪有你这样的父亲？把自个儿的前程都打没了，你还说打得好？！"

父亲说："当兵的更应该这样！这叫打抱不平你懂不懂？前程打没了有啥关系？当年我为了救你，几乎把命都丢了。复员回来了也好，以后就安心在河源工作，哪里黄土不埋人？"

"埋什么埋，净说不吉利的话！"母亲气不打一处来，"你们父子俩一个德行，做事不计后果！"

父亲笑着说："你说孩子咋把我也捎带上了？"

母亲说："上梁不正下梁歪，跟着你还能学什么好？"

父亲的雪山，母亲的河

父亲不想跟母亲纠缠，转身安慰我说："复员也没什么丢人的，铁打的营盘流水的兵，你看你姐夫现在不也干得挺好？你先歇两天，然后到民政局去报到，等待组织分配工作。"

"可是，我不想参加工作，我想考大学。"我说。

父亲一愣，不认识似的看着我。

我说："我没上成军校，我非得上个好大学！"

母亲一听高兴了："这话像我儿子说的！妈支持你！"

父亲用指头点着我说："你小子，就是不想待在河源。"

我说："我想换一种活法，到外面世界去闯一闯。"

母亲说："我儿子有志气！你军校都能考上，考大学肯定没问题，再说了，国家对我们藏区的考生有照顾政策。"

母亲现在是县教育局局长，懂政策，她这么一说我就更有信心了。河源现在已经有了民族中学和普通中学，各乡都有了民族寄宿小学，基本形成了初具规模的民族教育体系，河源的孩子们再也不用到州里去上高中了。

父亲说："考大学我不反对，但是你得先有个工作，一边上班一边复习。万一考不上，也不至于耽误了安排工作。"

我说："我不想工作，我要背水一战！"

父亲说："你万一考不上呢？"

母亲说："哪有那么多万一？孩子还没考你就说泄气话！"

我说："考不上我就去放羊！"

父亲说："还是先上班再说！"

母亲冲着父亲说："孩子上班哪还有时间复习？再说即使考不上，不是还有你这个当县长的父亲吗？怎么就能把工作耽误了？"

父亲说："我这个县长是人民的县长，又不是给你们娘儿俩当的！"

母亲说："我们娘儿俩也是人民，你为人民服务也包括我们娘儿俩！"

我说："我一定能考上大学！我一定要离开河源！我不能像你们

父亲的雪山，母亲的河

一样一辈子待在河源！"

父亲生气了，"呼"地从凳子上站起来说："河源咋啦？你生在河源，长在河源，河源养育了你，你咋就这么看不起河源？！"

见父亲发火了，我不敢吭声了。我要是再多说一句，肯定又是一场争吵。我刚回来，不想跟父亲争吵。几年不见，父亲明显老了，背比以前更驼了，鬓角全白了，脸上刻满了皱纹。

一见父亲发火，母亲马上软了，赔着笑脸说："你看你这火爆脾气，一点就炸！孩子不是看不起河源，只是想出去闯一闯，干一番事业。等他将来有了出息，你脸上不也有光？"

母亲说着，把父亲拉回到凳子上坐下。他们两个就是这样，一个硬了，一个就软了。平时父亲总是让着母亲，母亲说什么他都听，但是父亲一旦火气上来了，母亲马上就软言软语安慰父亲。小时候，我们跟父亲发生了争吵，母亲总是站在我们一边。我们长大后，母亲就渐渐变了，只准她朝父亲发火，不准我们惹父亲生气。要是我们谁惹了父亲，她就会马上跟父亲形成统一战线。看着他们相濡以沫的样子，我很感动。要是将来我真的离开了河源，也会放心。

在青藏线上经历过了生与死的考验，我开始有些理解父亲了。尽管现在还不能完全接受他的固执和生活方式，但是我不想再顶撞他了。父母已经老了，他们把一生都毫无保留地献给了这个偏僻的藏区，与这里结下了深厚的感情。这里的一切，都深植于他们的生命之中。我怎么忍心伤害他们的感情呢？

于是，我对父亲说："爸，对不起！我知道河源是在您的手里一点一点建起来的，您对河源有感情。我没有看不起河源，没有想伤害您，我只是有点儿不甘心，想出去闯荡闯荡。"

母亲说："你看看，儿子当了几年兵已经成熟了，你就让他按照自己的想法去努力吧，相信儿子将来一定会比我们更有作为。"

父亲没有说话，脸上的皱纹慢慢绽开了。

春天的时候，二姐回来了。

父亲的雪山，母亲的河

二姐双喜临门，她跟江北结婚了，而且还当上了护士长。

他们是专程回来看父母的。春节前，父母听说二姐要结婚，准备去格尔木给他们操办。二姐说他们准备旅行结婚，坐火车到北京去看江北的父母，在北京过了年再回河源来。

看见二姐和姐夫江北幸福的样子，我又不由想起了康大为，心里不免有些难过。但是在二姐和姐夫江北面前，我从来不提康大为。

母亲和两个姐姐包饺子，我陪父亲在炉灶边熬茶，两个姐夫在外屋下棋。母亲一边和面一边问二姐："你不是说你们那个罗院长一直对你不好吗？怎么还让你当护士长？"

二姐说："也不是对我不好，就是要求太严格了，她对谁都那样。不过那老太太心眼特别好，我们背后都叫她冷面菩萨。就是脾气有点儿怪，可能是因为她一辈子没结婚。"

父亲正在倒茶，听了这话插嘴说："没结婚就脾气怪啊？你央金阿姨一直单身，脾气怎么就不怪？"

母亲斜睨了父亲一眼："哦，撞到你最敏感的神经啦？"

父亲把脸一沉说："当着孩子的面，别瞎说！"

父亲起身走了，我们和母亲忍不住笑了起来。

大姐说："还别说，央金阿姨心态就是好，每次见她回来都是一副乐呵呵的样子，从来就没见她有烦心的时候。可是她在州里工作，认识的人那么多，怎么就不给自己找个伴呢？"

母亲笑着说："看上你爸了呗，除了你爸，她谁也不嫁。"

二姐说："您这么大岁数了还吃醋啊，脸红不红？您就知道欺负我爸，您欺负了一辈子还嫌不够啊？"

母亲说："谁欺负谁呀？我跟他算是倒了霉了。"

二姐说："我爸是你的救命恩人嘛，这叫以身相许，知恩图报。"

母亲说："别没大没小的！"

二姐搂着母亲的脖子说："就是嘛，我爸对您忠心耿耿，一辈子都看您的脸色，您就知足吧。您要是这样诬陷我爸，我可不答应！"

"小心我手上的面！都结了婚的人了还这么腻着你妈。"母亲用胳胳肘推开二姐，笑着说："就你爸那样，除了我，谁看得上？"

大姐说："您刚才还说人家看上我爸了呢，现在又这么说。"

母亲说："我逗他玩呢，你们看，我一逗他他就急，说明他心里有鬼。"

二姐说："我爸可是老实人，您这么说可就不对啦。"

"你这丫头，总是向着你爸！"母亲叹口气说，"当年你爸想把你央金阿姨介绍给你丹增叔叔，你央金阿姨还不愿意。现在怎么样？人家丹增当了州长。说起这话我就来气，丹增是你爸一手提拔起来的，现在倒比你爸高两级，你爸倒好，人家根本不在乎。"

二姐说："国家重视提拔民族干部嘛。"

大姐说："我爸心态好嘛，这样长寿。"

母亲说："那你刘达伯伯呢，我们枪林弹雨中一起打仗打出来的，人家现在都当了省里的领导，可你爸现在还是个县长……"

母亲突然想起了什么，不说话了，偷眼看了看大姐。我知道母亲的意思，担心刚才提起刘达伯伯，惹得大姐想起他儿子杨帆，心里不高兴。可是大姐埋头剁饺子馅，好像根本就没有听见。

二姐说："我爸绝对是党的好干部！是扎根边疆的好典型！"

"典型顶个屁用？我这一辈子算是交待在他手里了。你们两口子在格尔木好好干，将来江河考上了大学，也可以到外面去发展，就让我这老太婆陪着他在这里耗着吧。"

大姐说："我陪您和爸爸。"

母亲叹息一声，没有再说什么。

两个姐夫平时都是不爱说话的人，但是现在一见如故，聊得很投机。二姐夫江北聊他的青藏铁路，大姐夫格桑聊他的牧区，两个看似不搭界的行当，他们俩硬是能聊到一起，让我十分佩服。

吃饭的时候，江北喝多了，大着舌头对父亲说："爸，您绝对……绝对是个老革命！我们铁道兵修青藏铁路苦……江河他们基建工程兵也苦，但都没有您跟我妈当年骑马打仗苦……您能在这个地方待几十年，不容易，太不容易了，我服了……来，爸，让我再敬您老革命一

父亲的雪山，母亲的河

杯……"

二姐夺过酒杯："别喝了！这里比格尔木海拔高两千多米呢，别让爸喝多了！"

父亲从二姐手里要过酒杯，交给江北，对母亲讨好地笑了笑，说："我们再来一杯，就一杯，最后一杯。今天我高兴。孩子们都长大了，成家了，看着他们一个个有出息了，我心里高兴。这辈子我活得不窝囊，知足了。孩子们，来，我们再喝一杯！还有你江河，你也是个爷们儿了，来，我们一起干！"

我们一家共同喝了一杯。父亲又拿起了酒瓶。母亲说："你不是说最后一杯吗？怎么说话不算数！你带着孩子们喝酒，还像个父亲的样儿吗？"母亲要夺酒瓶，父亲将酒瓶藏在身后说：

"再喝一杯。这回真的是最后一杯了。"

母亲生气地说："你就喝吧，把身体喝坏了我才不管呢！"

父亲倒上酒，然后低下了头，半天没有说话。等父亲再抬起头来，眼睛里蓄满了泪。我们从来没有见过父亲流泪，一个个都慌了神，呆呆地看着父亲。

母亲也很惊讶："老头子，你这演的是哪一出啊？"

父亲的眼泪慢慢涌了出来，蚯蚓一样顺着他沟壑纵横的脸膛爬动。父亲说："我这辈子知足了，与我那些牺牲了的战友相比，我已经幸福得没法说了，我等于多活了一世……"

父亲将酒缓缓地洒在地上，说："章明兄弟，你就放心吧……"

母亲的眼圈也红了："你这个老糊涂，孩子好不容易聚在一起，大家都高高兴兴的，你说这些伤心事干啥？"

二姐小声埋怨姐夫江北："都是你刚才提起过去骑马打仗的事，惹得爸爸伤心！"

父亲用手掌抹去泪水，说："人哪，要知道感恩，不能忘本。好啦，不说了不说了，今天我们应该高兴，来吧孩子们，喝酒！"

母亲说："还喝？"

父亲说："我给孩子们倒一杯。"

父亲的雪山，母亲的河

父亲不听母亲的劝阻，亲手给我们每人倒了一杯。

"孩子们，老爸对不起你们，尤其是江雪。"父亲看了大姐一眼，停顿了一下接着说，"但是你们再苦，也没有你妈妈吃的苦多。江雪，江果，你们刚出生部队就出发了，一路急行军哪，爬雪山，过冰河，骑马打仗，你妈妈在最困难的时候都没有让你们冻着饿着。你们根本无法想象，在当时那样艰苦的情况下，一个女人带着两个刚出生不久的孩子有多难啊。还有你，江河，你出生的时候，河源什么都没有，连个鸡蛋都找不到，你妈营养跟不上，人瘦了几十斤，后来多亏你扎桑叔叔和你央金阿姨弄来了雪鸡，给你妈补养……你们都别觉得自己委屈，其实最委屈的是你妈。她一个文化人，跟着我这个大老粗行军打仗，然后在这里一待就是几十年。你妈是我们这个家最大的功臣啊！来，孩子们，我们一起敬你妈一杯！"

我们端起酒杯站了起来，一个个眼圈都红了。

母亲用衣袖擦了擦泪水，笑着对父亲说："我知道你在给我灌迷魂汤！算你这个老顽固有良心。能有这几句话，我知足了。"

父亲嘿嘿一笑说："来，为了你妈，我们都干了！"

天气渐渐暖和了，草原泛青了，风变软了，河水上涨了。父亲又开始张罗要去雪山挖掘那三个藏族兄弟。母亲一如既往地表示反对，说父亲那是徒劳。

我知道父亲是徒劳，但是我支持父亲。我平生第一次要求跟父亲一起去雪山。我的举动让父亲始料不及，他很惊讶地看着我：

"你真想去？"

我认真地点点头。

父亲说："你不复习了？"

我说："回来复习也不迟。"

父亲很感动，走过来拍拍我的肩膀，什么话也没说，转身给我准备上山所需要的工具。

母亲说："都疯了，一对疯子！"

父亲的雪山，母亲的河

第二天，我跟父亲、姐夫格桑，还有七八个藏族青年，一起上了雪山。我们在雪谷挖了七天，毫无结果。但是我理解父亲。在我当了几年兵之后，在我经历了战友的生死劫难之后，我理解了父亲。

天阴了。好像要下雪。这里的春雪可没有内地人想象的那么浪漫，在漫天飞舞的轻柔里往往暗藏着杀机。堆积了一冬的冰雪，在春日阳光的照射下，底下渐渐有了消融后的缝隙，危如累卵，一点点重量也会招致雪崩。没办法，我们只好撤离。

骑马走在回家的路上，我对父亲说："爸，我理解您，但是您这样一年又一年地挖掘下去，找到他们的希望并不大。今年清除掉的冰雪，明年又填满了，还得从头再来。"

父亲眯缝着眼，看着远处的阿尼玛卿雪山说："我也知道找到他们很难。但是我相信一定能找到他们。找到找不到是一回事，找不找是另一回事。让他们就这么一直睡在冰雪下面，我心里不安哪！明年我再来，我要一直找下去，直到找到他们为止……"

我无话可说。

守候牺牲的战友，寻找失去的战友，是父亲一直留在河源的唯一理由，也是他生命的一个重要内容。

我在家复习的那段日子，父亲正忙着保护索布那些游走在草原上的《格萨尔》说唱艺人。索布已经快六十岁了，如果不将他脑袋里上百部《格萨尔》的故事耳传口授给年轻人，很有可能会失传。

国家把《格萨尔》的抢救与整理列为非物质文化遗产重点保护项目，要求藏区各地政府要积极保护说唱艺人。省里已经将唐古拉乡七十多岁的说唱艺人旺堆请到了格萨尔研究所，专门说唱《格萨尔》，进行录音整理。听说还要给他评高级职称，让他享受政府特殊津贴，还要申报"非物质文化遗产传承人"。

父亲把索布请到河源来居住，专门为他修建了一幢漂亮的独门独院的藏式房子。索布在县文化馆上班，每天的工作就是对着录音机说唱《格萨尔》，然后由专人根据录音整理成藏汉两种文字。

复习备考的日子里，卓玛知道我忙，很少来打扰我。但是每隔十天半月，傍晚的时候，她的歌声都会在黄河边响起——

> 我好比草原上的格桑花，
> 你好比雪山上的雪莲花，
> 我和你共同生长，
> 草原和雪山永远相连……

听到卓玛的歌声，我就坐不住了，悄悄跑到河边与她相会。她站在月光里等着我。她不好意思地说："我知道你准备考大学，复习时间紧，但是我想看见你，怎么办呢？"每次见面，卓玛都会给我带来刚挖的虫草，说是给我补脑。纯洁善良的卓玛，在我最困难的时候给了我心灵的安慰。

尽管如此，我还是经常会不由自主地想起白玉。想起白玉，我心里就隐隐作痛。我身上至今还穿着白玉给我织的毛衣。毛衣还没有穿旧，但是她早已成了别人的妻子。就因为我是一个兵。所以我暗自发誓：我一定要考上大学！我一定要离开河源！

我没有告诉过卓玛世界上还有一个叫白玉的女孩。

我和卓玛坐在草地上，看着越来越模糊的草原，听着河水平静地流淌，还有草丛里不知名的虫子的轻声鸣叫。

卓玛说："你好好学吧，考上了大学，就给咱河源争光了！"

我说："你就不怕我走了，不再回来？"

卓玛说："腿是你自己的，回不回来是你自己的事情。是自己的跑不了，不是自己的想留也留不住。"

我知道她心里很矛盾，既想让我实现自己的梦想，又担心我一去不复返。我安慰她说："放心吧，我永远都记着你对我的好！"

那一年，我考上了北京一所大学的国际传媒专业。

父亲的雪山，母亲的河

二十六

  大学三年级暑假，我回了一趟河源。跟我一起回去的，还有我的同班同学马静。一路上我都在想两个问题，其实也是一个问题。我怎么向父母交代？我如何面对善良的卓玛？

  大一的时候，我还经常给卓玛写信，大二信就明显少了。到了大三，我就基本不给卓玛写信了。因为我身边有了一个马静。

  马静是南方姑娘，长得不算漂亮，但是腿长、胸高，看上去很妩媚，在一堆有才无貌的女同学中间很惹眼，基本可以算是个美女。

  我跟马静的关系有点儿奇怪。头两年，马静骄傲得像个公主，很少正眼看我。可是后来不知什么原因，她突然有意接近我，主动跟我说话，甚至还约我一起出去吃饭、出去玩。我想大概是因为我连续发表的几篇论文，在学校引起了反响，也引起了她的注意。我的虚荣心得到了极大满足。尽管如此，我还是一时转不过这个弯来。我没有让艳福冲昏头脑，仍然与她保持一定的距离。但是在一次郊游之后，我们之间的距离急剧缩小了，或者说基本没有了距离。

  那是一个礼拜天，马静约我去坝上草原玩。马静性格开朗，浪漫贪玩，身上蕴藏着无限的激情，我很快就被她感染了。我们玩得很疯，忘记了时间，等意识到该回去的时候，天已经黑了。

  马静说："我们租顶帐篷，晚上就住在这里吧。"

  她这样主动，让我心里一热。

  但是我犹豫了："这样不好吧？"

  马静瞪我一眼说："我一个女生都不怕，你怕什么？真不像个男人！还说自己是雪山草原来的呢。"

  她这么一说，我就不好意思再说什么了。我跑去租来两顶帐篷，马静坚持要我退掉一顶。她说有这个必要吗？一点也不知道节约！你是不信任我，还是不信任你自己？我只好退掉一顶。我不知道晚上将如何度过，如何收场，心里充满了激情、新奇、刺激与恐惧。

父亲的雪山，母亲的河

开始，我们坐在帐篷外面聊天。马静的头很自然地靠在我的肩膀上，让我感觉很幸福。看着朦胧的草原和天边的星斗，我想起了河源，想起了卓玛。我感觉对不起卓玛。可是仔细想想，也没有对不起她的地方。我只是将肩膀借给马静浪漫一下，又没有做什么。

马静说："草原的夜色真美啊！"

我说："这哪叫草原？青草稀稀拉拉的连地皮也盖不住，跟我们河源的草原没法比。如果有机会我带你去我们河源，让你看看什么叫真正的草原！"

马静高兴地一搂我脖子："好啊好啊，就等着你说这句话呢。我喜欢雪山、草原、蓝蓝的天空和藏区风情，这个暑假我们就去！"

我只是随口说说，没想到她当了真。我有点儿后悔刚才说过的话。我要是带她回去，怎么见卓玛？于是我说："我说着玩的，你还当真了？我们河源很远很偏僻的，你吃不了那个苦。"

"好啊，你敢玩我？我今天玩死你！"马静掐住我的脖子，在我的脸上狠狠地亲了一口，然后一下子将我扑倒在草地上。

马静真是疯狂。她像一匹野蛮的小烈马，让我这个从小生长在草原上的骑手也难以驾驭。她引领着我在无边的草原上左冲右突，让我身不由己、精疲力竭……

暑假来临，马静要求跟我回河源，我已经没有理由拒绝她了。

河源县城这几年变化很大，楼房多了，商店多了，人们身上的衣裳也鲜亮了，原来的土路也变成了柏油路，通往雪山外的班车天天都有。我和马静没有在县城逗留，直接去了嘉措镇。我不知道怎样向父母解释，所以不敢回家。我想与姐姐商量后再说。

卓玛跟我姐在一个镇子，我心里祈祷着可千万别碰见卓玛。谁知道我们刚走进嘉措镇，迎面就碰上了卓玛。卓玛看见我，眼睛一亮，刚想跑过来，又愣在了那里，吃惊地看着我身边的马静。

我尴尬极了，不知如何是好。"卓玛……"

卓玛很聪明，一下子就明白了，脸腾地红了，神情慌乱地说："你回来了。"便低头匆匆从我身边走了过去。

父亲的雪山，母亲的河

我心里难受极了。

马静扭头看着卓玛远去的背影，问我："她是谁呀？"

我说："中学的一个同学。"

马静看着我的眼睛："不是一般的同学吧？"

我说："你别那么无聊！"

马静说："一般同学你紧张什么？我才懒得管你以前的事。你同学长得蛮漂亮的嘛，就是皮肤黑了点儿。"

我说："把你放在高原，你的脸也会被晒黑！"

马静意味深长地看着我："看来你们还真有事。"

"无聊！这样的玩笑以后最好别开。"我感觉到了自己的失态，为了缓和气氛，我冲马静僵硬地笑了笑，"这里的人都很纯朴，你的玩笑话让人家听见了，别人会信以为真的。"

我不知道自己为什么也在马静面前说谎。我就是承认卓玛是我以前的女朋友又能怎么样呢？我很反感自己。我低头一直往前走。

马静跟在后面说："干吗走那么快，心虚了吧？不过我不生气，谁都有初恋，你也不是我的第一个。"

我们很快就来到了大姐的家。尽管大姐见到马静有些吃惊，但她还是很给我面子，热情地接待了我们。但等马静出去方便的时候，大姐突然拉下脸来问我："你到底跟人家卓玛怎么回事？怎么冷不丁带回来这么个娇小姐？"

我说："我跟卓玛没怎么样呀。"

"你这个没良心的！河源人谁不知道你们俩相好？人家卓玛等了你这么多年，你倒好，带个女同学回来，这算怎么回事？"大姐越说越生气，"我们河源人最看不起说话不算数的人！你这么做，让咱爸咱妈的脸往哪儿搁？让人家卓玛以后怎么嫁人？"

"可是，我从来没说过要娶卓玛呀！"

我有点儿耍无赖。大姐一听我这话更气，说："你没想娶人家，上大学前干吗天天跟人家腻在一起？这些年好多人给卓玛介绍对象她都没答应，一心一意就等你回来。我拉扯两个孩子，还要照顾这边的老人，根本顾不上爸妈那边，全靠人家卓玛经常过去照顾。你倒好，最后来这么一手！看你怎么向爸妈交代！"

这正是我最担心的。我说："我这不是来求大姐你来了吗？现在已经这样了，你是大姐，你不能不管吧？求你回家先给爸妈吹吹风，等他们有了思想准备，能接受我们了，我们再回去……"

"爸那脾气你不是不知道，要说你自己去说，我可不敢去。"

"求你了，大姐！"

"求我也没有用！我说你呀，做事怎么没脑子！"大姐小声说，"即使你在学校谈了对象那也别带回来呀，这不是明摆着让爸妈生气，让人家卓玛难堪吗？"

"我也是没办法嘛，她非要跟我来，拦都拦不住。"

"你不招惹人家，人家怎会这样？肯定是你没干好事！"

"现在说这些还有什么用，你赶快替我想想办法吧。"

"我能有什么好办法？"大姐叹了口气说，"唉，爸妈那里倒还好说，主要是卓玛这边，她太可怜了……"

"先把爸妈那边摆平再说，卓玛这边我会找她当面解释。"

大姐不知怎么又突然来气了："我最恨你们这些进了城就蹬了乡下女朋友的男人了！要说你自己去跟爸妈说！"

我想大姐可能突然想起了以前来河源锻炼的那个杨帆，气不打一处来，突然就变了脸。那是大姐永远的伤痛。所以我没敢再吭声。

大姐不帮我，我只好去找姐夫格桑。父亲喜欢姐夫，他的话父亲能听进去。但是姐夫不在家，现在他大部分时间在草场。天快黑了，我打算明天去找姐夫。今天晚上先在大姐家将就一夜再说。

大姐给我和马静各准备了一个房间，她的意思很明白，不想让我们住在一起。但是半夜时分马静悄悄溜进了我的房间。马静兴奋地咬着我的耳朵说，这是真正的草原，这第一夜我们不浪漫一下真是愧对这美丽的草原。我心里正在为如何向父母解释发愁，大姐又在隔壁，没有一点兴趣。马静不由分说，硬是爬了上来。她是个疯狂的小马

父亲的雪山，母亲的河

驹。我怕大姐听到她的声音，我一直用手捂着她的嘴……

整个过程中，我心里想的全是卓玛。

卓玛、卓玛、卓玛、卓玛、卓玛、卓玛……

我觉得对不起卓玛。我觉得自己很无耻。

第二天一早，我一个人去草场找姐夫格桑。他现在是草原站站长，正带人在草场筛选草籽。从前这里的牧草有膝盖那么高，姐夫带我打野兔时奔跑在草场上，如同穿越在密林里，我们经常能看见狐狸、黄羊和野牦牛。可是现在牧草连人的脚面都盖不住了，老鼠挖洞后留下的沙土一小堆一小堆的，使得整个草场千疮百孔。

我们坐在草场上，看着星星点点的野花和草地上黑白棋子似的牛羊，我不知该如何开口。粗心的姐夫没有看出我的郁闷与无助，兴致勃勃地跟我聊他的草场。

姐夫说："草场上的老鼠有两种：一种是高原鼠兔，专门啃食草尖；另一种是根田鼠，专门啃食草根。根田鼠的危害性更大。所以我们从前年开始，就展开了大规模的灭鼠运动。

"现在草场上老鼠少多了。要不了多久，这片草场就看不见老鼠的影子了。去年我从内蒙古引进了不少优良草种，但那些外来草种在我们这种高寒地区发不出芽来，我们只好搞培育。现在我们培育出的披碱草、中华羊茅等牧草已经生根发芽……"

我心里着急，不想再扯草场的事情，向姐夫说了我的来意。

姐夫沉默了一会儿说："江河啊，婚姻可是一辈子的大事，我劝你还是要慎重考虑。卓玛哪儿不好？不就是文化少了点儿吗？女人要那么多文化干什么？能生孩子、能持家不就行了？"

我不同意他的观点，但我没有说话。

姐夫继续说："我知道你心气高，不想回咱河源来。不回来没有关系，你将来可以把卓玛带走呀。男人是雄鹰，女人是草原，男人飞得再高，总有一天还是要落到草原上来。卓玛是一个善良的姑娘，如果你放弃了她，你将来会后悔的……"

我说:"姐夫,我知道你是为我好,可是我现在已经……我跟卓玛已经不可能了。现在的问题是,怎么能让爸妈接受我们。姐夫,你帮我跟爸妈说说。"

"我开不了这个口。我亲眼看见卓玛是怎样照顾爸妈的,说实话,这几年卓玛比我和你姐还孝顺。我看得出来,爸妈早就把卓玛当儿媳妇了,我怎么能开口替你说话呢?"姐夫见我有些失望,又说,"你可以找找我爸,让他去说说,他们两个老人感情很深,现在又在县班子里当搭档,也许会给个面子。"

父亲现在是县委书记,扎桑叔叔是县长。事到如今,也只能这样了。我去找扎桑叔叔,扎桑叔叔教训了我一通,然后带着我去见父母。父亲臭骂了我一顿。我认定了一条:父亲怎么骂我,我都一声不吭,只要他能让我们回家。

可是,父亲骂过之后对我说:"你带着你的城里女人远走高飞吧,卓玛这个女儿我认定了,我要帮她在河源找一个最好的小伙子!我江三没你这样的儿子,从今往后你别再回河源了!"

母亲在一旁劝慰父亲,意思是让我们先回家再说。父亲的火气更大了:"你要让他们回来,我就搬到办公室去住!"

母亲不敢吭声了。这样的结果让我很失望,等于没有结果。

从县城回大姐家的路上,我又一次碰见了卓玛。我以为卓玛会很生气,会不理我,没想到她却笑着对我说:"你的女朋友很漂亮啊,恭喜你啊,结婚的时候别忘了请我做她的伴娘啊!"

从她脸上我看不出半点怨恨。我想跟她说声对不起,但她已经匆匆走了过去。看着她的背影,我无地自容。

我决定提前离开河源。

回北京的路上,马静说:"我没想到你们河源那么偏僻,那么落后,还没有我们南方的一个镇子大。你爸那个县委书记,充其量也就是我们那里的一个村主任、镇长……"

我突然明白了,她跟我谈朋友,或许是冲着我爸的这个县委书

父亲的雪山，母亲的河

记。现在她彻底失望了，我预感到我们的关系或许也走到了尽头。果然回北京后不久，马静就提出了分手。

我们毕业后，马静留在了北京，嫁给了一个局长的儿子。

我留在母校当了老师。

一年后，我回了一趟河源。

我想请求卓玛原谅，我想娶她，我想带她到北京一起生活，可是已经晚了。卓玛结婚了。她嫁给了一个画唐卡的男人。

卷六　江果

二十七

　　世纪之交的夏天，我遇到了一道人生至关重要的门槛。如果这个门槛迈过去了，我就可以享受副师级待遇，而且可以分到一套四室两厅的房子。如果迈不过去，我这辈子就团级到头了。

　　我们医院有个副院长马上就要退休了，医院要从我们中层干部中提拔一个副院长。据说人选有三个，我是其中之一。按说我当护士长十多年，当总护士长也有七八年了，而且每次干部测评我都排在前面，连续三年都是后备干部，轮也该轮到我了。可是现在的事情并不是那么简单。另外两个候选人关系都比我硬，一个是省军区后勤部副部长的外甥，一个是罗院长的老乡。他们也都干得不错，提拔任用也不是说不过去。而且，听说他们最近活动得很厉害。所以面对强大的竞争对手，我心里一点儿底也没有。有人甚至在背后说，江果这个"后备干部"，可能就是个"垫背干部"，基本没戏。

　　但我不甘心，想努力争取一把。这也许是我最后的机会。如果不行我也就死心了，以后走我的技术级，老老实实干我的业务，清心寡欲，与世无争。

　　可是我怎么努力呢？身边连个商量的人都没有。青藏铁路格尔木至拉萨段已经开始修建了，江北是风火山段建设项目的总工程师，大部分时间都待在山上，一个月难得下来几天。他在高原上搞了二十多年的科研，现在梦想就要实现了，这种时候我怎么好意思叫他回来？看来我只能靠自己了。

　　我想去找找罗院长。作为医院的一个中层干部，我又不请客送礼，找院长谈谈心，汇报汇报思想，她总不会批评我吧？她不是"冷面菩萨"吗？我倒要看看她这尊菩萨是否能一碗水端平。

　　我去找罗院长，向她汇报了我想当副院长的想法。罗院长的脸色

父亲的雪山，母亲的河

冷若冰霜，淡淡地说道："你有想法向组织汇报是对的，但是考虑个人问题太多势必会影响工作，你要相信组织，不要想得太多，安心干好自己的工作，相信组织会秉公用人的。"

什么"秉公"？都是些冠冕堂皇的话，谁信呢！现在这种事谁心里都明白，"生命在于运动，当官在于活动"，谁又不是傻子！从罗院长办公室出来，我心里一片冰凉，知道自己没戏了。早知道这样，就不去找她了。我有一种耻辱感。这种耻辱感让我更是不甘心。我的倔劲儿上来了：要来邪的大家都来邪的！这个副院长我还非争不可！他们能找关系，我也能找！

我首先想到了央金阿姨。几年前，她从州里调到了格尔木市，当了主管文教卫的副市长，平时与我们医院有业务来往，好像跟罗院长很熟。即使不是很熟，没有太深的交情，就凭她一个副市长说句话，罗院长肯定也会给面子。这牵扯到军政军民关系，她不能不掂量。央金阿姨调到格尔木后我去看过她几次，感觉她挺喜欢我的，要她出面说句话应该问题不大。

我第二个想到的是刘达伯伯。尽管刘达伯伯现在离休了，但他跟省军区的领导比较熟，他要是给军区的哪个领导打个招呼，又会增加一个砝码。

还有丹增叔叔，尽管他现在退休了，住在西宁干休所，但是听说他当州长的时候，我们医院政委在州军分区当政治部副主任，他们一定认识，让丹增叔叔给我们政委打个招呼，把握性就更大了。

这么想着，我一下子有了信心。可是怎么去找他们呢？我想到了父亲。如果让父亲出面找他们，效果会比我找好。父亲从小就疼我，对我有求必应，他一定会帮我的。我有这个把握。于是我给父亲打了电话。听到父亲的声音，我不知怎么，突然感到自己很委屈，鼻子发酸，一时说不出话来。

父亲在电话里焦急地问："果儿，你怎么啦？说话呀！"

我的眼泪"唰"地流了下来。

父亲说："快告诉爸爸，出什么事了？你是不是病了？"

父亲的雪山，母亲的河

父亲这么一问倒提醒了我，我带着哭腔说："爸，我就是病了，你们快来吧！"我没想骗父亲，可是不知怎么话一出口竟成了谎言。

第二天傍晚，父亲和母亲就风尘仆仆地从河源赶到了格尔木。他们坐的是长途公共汽车，一夜没有合眼。他们见我好端端地在家里做饭，一下子愣住了。

父亲问我："你不是病了吗？"

我笑着说："我没病，就是想你们了。"

母亲一下子瘫软在沙发上，用手抚着胸口说："你这丫头，吓死妈了，还以为你怎么了呢，你快把你爸的心脏病吓出来了！"

父亲松了一口气，笑着说："你这孩子，女儿都上中学了，还跟孩子一样淘气，开这样的玩笑，该打屁股！"

我说："也不是一点儿没病，我得的是心病。"

母亲又吓了一跳："你心脏有毛病？"

我说："不是心脏病，是心里有事，想跟你们商量商量。你们先洗洗，吃完饭咱们再慢慢说。"

吃过晚饭，我把医院里选拔副院长和我自己的想法对父母说了。父亲一听让他去找老朋友为我拉关系，坐在沙发上沉默了。我依偎在父亲身边，抱着他的胳膊，像小时候那样撒娇。

"爸，这可是我最后的机会，求您了。"

母亲说："多大了，还在你爸面前撒娇，羞不羞。"

父亲说："不是爸不帮你，有些话爸不好说啊。任用干部向来是组织上的事，我个人怎么能去干扰组织的决定呢？"

我摇晃着父亲的胳膊："爸，都什么年代了，你还是这种老观念。现在没有关系，哪能办成事？"

父亲拍拍我的手背说："果儿呀，啥年代都不能没有原则啊。"

我笑着说："您就为了女儿，放弃一次原则嘛。"

父亲严肃地说："你这孩子，原则咋能随便放弃呢？没了原则，我们的国家还不乱了套？你要想进步，得靠自己努力。"

我说："爸，您女儿不是没有好好干，我年年都是先进，没有给

父亲的雪山，母亲的河

您丢人。可是现在这风气，没有关系根本就别想办成事。"

父亲说："你要相信组织……"

我生气了，甩开父亲的胳膊说："算啦，我不求您啦！您让原则给您当女儿吧，您权当没有我这个女儿！"

父亲惊讶地看着我。

母亲说："你这孩子，怎么跟你爸这样说话！"

我伤心地落下了泪。一半为了父亲不愿帮我，一半是因为顶撞了父亲心里懊悔。但是我的倔脾气上来了，不再理睬父亲。

父亲也很伤心，早早回屋睡去了。

半夜，我听到父亲屋里一声叹息。

我心里很难过。我一直认为父亲很疼我，一定会帮我，没想到结果会是这样。我对父亲很失望。父亲的脾气我知道，只要他认为正确的事情从来都不会让步。父母离休的时候，组织上为了照顾他们，在西宁干休所给他们分了一套三居室，让他们搬到那里去住。按说刘达伯伯和丹增叔叔都在那里，他们几个老朋友生活在一起不会寂寞。但是父亲坚决不去。母亲想去，又放心不下父亲，所以也没有坚持。母亲说我跟你在河源待了一辈子，还在乎这最后几年？

父亲就是这脾气。没办法，我只能靠自己了。

我背着父母去找央金阿姨。我告诉她我父母来了。原以为她听说后会很激动，毕竟她曾经爱过父亲——或许现在还爱着，他们好几年没见面了，可是我没想到她显得很平静，好像早知道他们来了。

"好啊，哪天有空，我请你们吃顿饭吧。"

"哪能让您请，我请。"

"要不上我家来吧，咱们包饺子？你爸最喜欢吃饺子了。"

"这样太简单了吧？你们好几年不见一次面，我请你们几个老人好好撮一顿。"说话的时候我想：何不借此机会把院长请出来坐坐，什么话也不用说，院长一看这层关系，心里也就有数了。于是我说："阿姨，您不是认识我们院长吗，要不也请她一起坐坐？"

"你这丫头，从小就鬼。你一进门，我就知道你干什么来了。"央金阿姨沉默了一会儿，为难地说："按说这个忙阿姨应该帮你，可是你爸已经给我打过电话，不让我管你的事。我要是不听他的话，他那脾气还不跟我翻脸呀……"

我简直不相信自己的耳朵："什么？他给您打过电话了？"

央金阿姨点点头说："他那个老正统你还不了解？自己认准了的事三头牦牛都拉不回来。你妈比你厉害吧，可她跟你爸斗争了大半辈子，想离开河源，结果还是没斗过你爸。你也别生他的气，其实他最爱你……"

"有这样爱的吗？"我不争气的眼泪一下子就涌了出来，"他害了我妈一辈子，现在又来害我！"

"你这孩子，不能这样说你爸！"

央金阿姨开始劝我。我的脑袋被悲伤塞得满满的，听不进央金阿姨的任何劝说。我告别央金阿姨，心情沮丧地走出市政府大院。

但是，我还是不甘心。央金阿姨跟父亲有那种特殊的感情，她当然要听父亲的。我不相信父亲给他所有的老朋友都打过那样的电话。我又分别给刘达伯伯和丹增叔叔打去电话，让我惊讶的是，得到的回答与央金阿姨的大同小异。这个死心眼的老头！

我怒不可遏，一回到家就朝父亲发火："您是不是我亲爸啊？您怎么能这样啊！您不帮我也就算了，怎么还阻止别人帮我？您太过分了，太让我失望了！您说说，世界上有您这样的爸爸吗？"

父亲耷拉着脑袋，一声不吭。

母亲说："江果，你别这样说，你爸他……"

我冲母亲喊："还有您，您跟他在河源待了一辈子，除了一身的病您得到了什么？我可不想跟您那样窝囊一辈子！"

母亲气得直喘息："你这孩子，你爸一辈子那样疼你……"

父亲赶紧过去扶住母亲："你身体不好，千万别生气……"

母亲的眼泪流了下来："就是你从小惯着她，你看看现在把她惯成了什么样子？四五十岁的人了，还这么不懂事……"

接下来的几天里，父亲像做错了事的孩子，一句话都不敢说。看

父亲的雪山，母亲的河

我的眼神怯生生的，脸上堆着讨好的表情。父亲怯懦和卑微的样子，让我更加难过和伤心。从前那个疼我爱我的父亲哪里去了？

二十八

在我对提拔几乎不抱任何希望的时候，央金阿姨突然来到了我们医院，我的希望之火突地又蹿起了火苗。

我是在去门诊部的路上碰到央金阿姨的。她在女秘书的陪同下，迎面朝我走来。我吃了一惊，愣在了那里。这个时候她来我们医院干什么？会不会是突然改变主意，为我的事来找我们院长的？我为那天的失礼感到羞愧。我快步迎上去，刚要张口叫"阿姨"，她用眼神制止了我，主动跟我打招呼说："这不是江护士长嘛。"

那口气很平常，像是遇到了一个很平常的熟人。我马上心领神会。这种敏感时期，不能让人看出我与央金阿姨的特殊关系。央金阿姨到底是副市长，比我有经验。

但是我还是忍不住问了一句："您是找我们院长吗？"

"是啊，我去跟她商量点事。"

她说话的时候并没有停住脚步，继续往前走着。我的心一阵狂跳。在我们擦肩而过的时候，我说："我……"

她礼貌地朝我笑笑说："我知道，你去忙吧。"

这话很有水平。在别人看来，好像我是想给她带路，而她的意思是她知道院长的办公室，不用麻烦我了。但在我听来那意思就是：你想说的事我知道，你去忙吧，放心吧。这就是市长的水平。

那天下午，我心里一直忐忑不安，不知道央金阿姨与院长谈的结果如何。我一次次从窗户往外张望，想看看央金阿姨是否从院长办公楼出来了。同事问我："你怎么了，六神无主的样子，是不是在等什么人？"我说："看看天会不会下雨，家里还晾着被子呢。"同事朝我神秘一笑，没说什么。可是我感觉她好像看穿了我的心思。

快下班的时候，院办打来电话，说院长找我。我心里一阵狂喜，看来事情搞定了,否则院长不会找我。走到院长办公室门口,我的心扑通扑通直跳,我停住脚步,手按胸口,深呼吸,然后走了进去。

我说:"院长,找我有事?"

院长说:"明天市上来检查卫生,你早点儿来上班,带人把住院部周围好好打扫一下。"

原来是这事,我有些失望。但我还不死心。

我说:"好的,院长!您还有别的事吗?"

院长开始拾掇桌上的文件,准备下班的样子,头也没抬地说:"没啦,就这事。一定要打扫干净啊,这事关系到建设文明卫生城市,央金副市长今天下午专门来打的招呼。"

"央金副市长来啦?"我想把话题往央金阿姨身上引。

院长抬头看着我说:"来啦,怎么啦?"

我的脸上一阵发烫,说:"她还说什么了?"

院长不解地看着我说:"就为这事,没说别的,怎么了?"

我的心彻底凉了。我说:"没什么,我走了。"

我沮丧地转身往外走,院长冲着我的后背说:"一定要打扫干净!建设文明卫生城市,我们军队要走在全市人民的前头……"

我没有马上回家,一个人在办公室里坐了很久。天色渐渐暗了下来,我的心情忽明忽暗。央金阿姨下午的神态,不像是不帮我的忙。也许她已经给院长说了,院长不好把话挑明,党委没有最后决定她怎么能提前许愿呢?院长刚才严肃的神情也似乎证明了这一点。领导越表情严肃越说明有戏,如果她见了你突然很客气,那你就死定了。我把见到央金阿姨和院长的细节又仔仔细细想了一遍,完全相信了自己的判断。我抓起电话给央金阿姨打了过去。

"阿姨,谢谢您了!"

"谢我什么?"

"我那事……"

央金阿姨沉默了几秒钟,然后说:"江果,我是从小看着你长大的,我很喜欢你坦率开朗的性格。我真的很想帮你,下午见到你们院

父亲的雪山，母亲的河

长时我几乎都要忍不住说了，可是想起你爸的话，又没有勇气给你们院长说……"

"您没有给我们院长说呀？"

"江果，你听阿姨说，其实你爸说得也有道理，咱们先不说党性原则的问题，如果我们用这种方式让你当上了副院长，你能有成就感吗？你能快乐吗？我们都很爱你，你爸更爱你，爱你胜过所有的孩子，这一点你应该知道。我们都想让你通过自己的努力，去争取自己应该得到的东西……"

我的脑袋嗡嗡直响，央金阿姨的话越来越遥远……

但是我万万没有想到，组织最后还是决定让我担任副院长。我简直不能相信这个事实。宣布命令前，罗院长专门找我谈了一次话。

罗院长问我："你知道为什么决定任用你？"

我摇摇头说："不知道。"

罗院长说："除了你业务能力强、群众基础好，还有一个重要的原因，就是你的政治素质和组织原则性都很强。在三个候选人中，只有你一个人没有通过各种关系写条子、打招呼，给组织施加压力，干扰党委的决策。这种不正之风我深恶痛绝，必须坚决抵制。在党委会上，我公布了其他人托关系打招呼的情况……"

面对一脸正气的罗院长，我如坐针毡，羞愧难当。如果当初我让父亲找了刘伯伯、央金阿姨和丹增叔叔，让他们替我说了情，那今天这个副院长也不会是我的。那一刻，我特别感激父亲。

回到家，我对父亲说："爸爸，对不起……"

我把院长找我谈话的内容告诉了父亲。

父亲像孩子一样开心地笑了，说："你看看，我说要相信组织嘛。我女儿靠自己的本事当上了副院长，爸爸真的为你自豪！"

母亲说："看来你们院长是个很正派的人，在这样的人手下工作是你的福气。院长帮了你的忙，你是不是应该去看看人家？或者咱们请人家吃个饭？组织决定前我们不请客送礼，现在组织已经决定了，这人情世故总该有吧？"

父亲说："你就是世故。"

母亲说："我怎么啦？知恩图报是中华民族的传统美德！"

父亲说："现在报答也不是时候，是不是有点儿那个？要我说呀，别想那么复杂，江果今后把工作干好，就是对领导最好的回报！"

我也觉得命令刚宣布，现在去看院长或者请她吃饭不太合适。父亲说得对，把工作干好，当好院长的助手，让她少操点儿心，就是对院长最好的报答。事情就这样先放下了。

可是几年后想起这事，我还真有点儿后悔。如果当时我能接受母亲的建议，我们一家请院长吃个饭，那么他们三个失散了几十年的老战友就会早点儿见面，我也就能早点儿与我的亲生母亲相认了。

院长不请可以，但央金阿姨不请不行。他们好几年没有见面，怎么说也得好好聚一聚。我正准备给央金阿姨打电话，她的电话却打了过来，说要请我们吃饭，给我庆贺庆贺。我说我来请。央金阿姨说："你跟阿姨客气什么，是不是阿姨没帮忙生阿姨气了？"我急忙说："没有没有，是我不懂事，给您添麻烦了。"央金阿姨说："那好，就这么定了，我来安排，你们等我电话。"

央金阿姨在市政府招待所宴请我们。能容纳十五六位客人的大包间就坐着我们四个人，显得空荡冷清。父亲嫌包间太大，非要换一个小点的，央金阿姨只好换一个小包间。菜很丰盛，大部分是海鲜，基围虾、大闸蟹，还有鱼翅捞饭，许多都是父母没有吃过的。

父亲看着桌子上陌生的菜肴，问央金阿姨："这些东西咱们青海有？我怎么没有见过？"

央金阿姨说："这都是从海边空运过来的。"

父亲惊讶地说："空运过来的？这得多少钱？"

央金阿姨笑着说："钱你就别管了，你只管吃就行了。"

父亲放下刚刚拿起的筷子说："你不说，我就不吃。"

央金阿姨看着母亲说："你看看，这么多年了，老脾气还是没改。"

母亲说："你也别太破费了。"

父亲的雪山，母亲的河

央金阿姨说:"不贵,一千多吧。"

父亲睁大眼睛:"啥？一千多?！你们也太腐败了!"

央金阿姨说:"你放心,我不报销,自己掏腰包,你个老正统!"

父亲脸上的表情松弛下来,不好意思地说:"那也太贵了。"

央金阿姨说:"我就一个人,要那么多钱干什么？先不说我们是几十年的老朋友,就凭你们在河源吃了一辈子的苦,为我们藏区做出了那么大的贡献,比我这个土生土长的藏族人还要爱藏区、爱河源,我请你们吃顿饭还不应该吗？钱算什么,像我们这样的老朋友现在能有几个……"央金阿姨说着眼圈红了。

母亲瞪了父亲一眼说:"央金好心好意请你吃饭,你倒说了那么多废话,这世上就你一个人正统!"

我说:"就是的,赶快给阿姨道歉!"

父亲嘿嘿笑着说:"对不起,我不是那意思……"

央金阿姨红着眼圈笑了,开玩笑说:"我掉眼泪可不是心疼钱。你们来我特别高兴、特别激动。像我们这个年纪,以后见面的机会越来越少,见一次少一次了……"

父亲说:"这是啥话！哭哭啼啼的哪像个市长。"

央金阿姨说:"我这个市长还不是你培养的？说实话,我这一辈子特别感激江大哥,你不但救了我的性命,还能那么信任我,给了我政治生命,把我一直培养成为一个民族干部。我现在没事的时候,经常会想起年轻的时候……"

"你不怨他就行了,还感谢他？"母亲笑着说。

央金阿姨听出母亲话里有话,有些不好意思,笑着说:"大姐的嘴从来都不饶人,还跟以前一模一样……"

"一样啥啊,老得不成样了。"母亲用羡慕的眼光看着央金阿姨说,"哪像你呀,几十年过去了还是那么年轻、那么漂亮。"

央金阿姨脸红了:"哪里呀,老啦,看不得了。"

母亲说:"你比我只小两三岁,现在看上去起码要比我小二十岁。你看看,你脸上白光白光的,看不到一点儿皱纹。"

父亲因为刚才惹央金阿姨伤心了,觉得过意不去,这时赶忙附和说:"就是就是,一点儿没变,显得年轻。"

父亲这么一说,母亲就有点儿不高兴了:"是呀,哪里像我,待在河源那个地方风吹日晒的,又生了三个孩子,早就是黄脸婆了。"

央金阿姨说:"大姐你也不显老,看上去蛮年轻的。"

我赶忙说:"你们别光顾着说话,吃菜,吃菜!"

父亲拿着筷子犹豫不决,不知道怎么对付面前的那些海鲜。央金阿姨耐心地教着父亲,母亲眼神复杂地看着他们。我赶忙教母亲剥虾。父亲在央金阿姨的指导下,笨拙地对付着海鲜,说:"吃这玩意儿,真是麻烦!"稀里糊涂地吃了一只大闸蟹,把勺子伸进桌子上的柠檬水玻璃碗里,准备舀一勺来喝。我刚想阻拦,央金阿姨抢先挡住了父亲,说这不是喝的,是用来洗手的。

父亲很尴尬,脸红了:"这么多穷讲究,真是麻烦。"

母亲说:"哪是穷讲究,这是富讲究。"

看着父亲笨拙的样子,我心里一阵酸楚。就是在那一刻,我打算将父母留在格尔木,不想让他们回河源去了。他们在那里待得太久了,已经与这个时代格格不入了。我想好好孝敬他们,让他们度过美满幸福的退休生活。

那天晚上回到家,我就背着父母给央金阿姨打电话说了我的想法,想让她帮我劝父母留下来。央金阿姨说:"你妈劝了你爸半辈子,想让他离开河源,他也没有离开,我能劝得了他?要想让他们留下来,就要想办法让他们充分体验到城市生活的好处。"我觉得央金阿姨的话很有道理,就说:"那我们就让他们好好体验体验。"

接下来的日子里,我和央金阿姨就开始带着父亲母亲享受城市生活。我们带他们去过游泳馆、文化馆、保龄球馆,进过豪华酒店、电影院,甚至去"桑拿"。但是效果不佳。

父亲说:"城里好是好,方便是方便,但不是我们待的地方。这种地方看看就行了,住的日子久了肯定会腻烦。"

央金阿姨说:"你在河源待了那么久怎么不腻?"

父亲的雪山，母亲的河

父亲说："河源的草啊花啊一天一个样，一不留神就长出一截，天天都是新鲜模样，看着心里就舒坦。可是城里的楼房能长吗？年年都是一个样，天天看那还看不腻？"

还有，他们也坐不惯央金阿姨的小轿车。

母亲说："轿车没有县里的吉普车敞亮，坐在里面头晕。车窗上贴着薄膜，里面能看见外面的人，外面看不见里面的人。"

父亲说："我最看不惯城里女人的穿着打扮，穿得那么少，肉都露在了外面，真是太难看了。"

母亲说："城里人也真是怪，喜欢把心思包裹起来，却把自己的肉暴露在外面，而且露得越来越多了……"

他们俩一唱一和，表现出少有的一致。

母亲说："我习惯一推开后窗，就能看见雪山，闻到草原的味道，习惯在河边沙地上留下自己的脚印。走在城市的街道上什么也留不下，就像没有走过一样，心里很不踏实。"

母亲说这话时，父亲嘿嘿地笑，很有成就感的样子。因为是他把一直想逃离河源的母亲变成了现在这个死心塌地的样子。

但是我猜想，母亲不想留在格尔木的原因，其中有一点可能跟央金阿姨有关。母亲既想跟央金阿姨待在一起，又不想让央金阿姨与父亲有更多的接触。我心里觉得很好笑，都什么年纪了还忘不了年轻时那点事。看来女人爱吃醋，不分年龄大小。

我和央金阿姨的一切努力，最终都付诸东流。父亲和母亲还是离开了格尔木，回到了他们生活了一辈子的黄河源头。

二十九

三年后的清明节，我回了一趟河源。

提副院长后，医院给我分了一套四室两厅的房子，江北大部分时间在青藏铁路建设工地，很少回家；女儿上中学了，住在学校，一个礼拜回来一次。偌大的房子，就我一个人住着，很是冷清。我想再去做做父母的工作，把他们接到格尔木来，让他们享享清福，他们有个头疼脑热的，我这个当医生的女儿也好照顾。前几年我一直做各种努力，但是都失败了。他们不愿意离开河源。但是几年时间过去了，或许他们现在已经改变了主意。

罗院长已经离休了，但是每周一三五还到专家门诊上半天班。我和江北去她家里看过她。她不再像以前那样严肃了，脸上有了和蔼的笑容。其实罗院长笑起来挺好看的。她的笑容让我感动。是不是人一退下来都会这么和蔼？

我说："院长，您笑起来真好看！"

罗院长笑得更开了："是吗？我怎么听着你这话有点儿别扭，是不是这么多年管你们太严了，对我有意见？"

我说："哪里有意见，我们知道您那都是为我们好。医院里的人都说您心眼好，我们背后都叫您'冷面菩萨'呢。"

罗院长高兴地说："你们能理解就好。你现在当了副院长，慢慢就会体会到当院长的难处。我们每天都在跟人命打交道，不要求严点儿很容易出问题，尤其是我们军队医院，要求必须更严。"

回家的路上，江北说："罗院长真是个好人！就是一个人生活也太冷清了，我们以后有空多来看看她。"

"你跟我想到一起去了。现在的罗院长和蔼可亲，有点儿像我妈。"

"哎，你还别说，你们俩还真有点儿像呢。"

"是吗？哪儿像？"

"我也说不上来，只是一种感觉。"

"也许这就是缘分，我们以后多去陪陪她。"

我这次本来想让江北一起回河源来，可是他工作太忙，一时走不开。青藏铁路已经修到了冻土地带，技术难题越来越多，而且都是世界性的难题，工地上一刻也离不开他。他为青藏铁路忙活了几十年，到了最后快要实现梦想的时候，我不想拖他的后腿。当兵这么多年

父亲的雪山，母亲的河

了，这点儿觉悟我还是有的。

河源这些年变化很大，旅游业发展很快，内地有的这里几乎都有，商铺一家挨一家，饭馆各种菜系都有，歌舞厅、桑拿浴也有了。街道上打扮入时的年轻女孩来来往往，她们的身份看上去很是可疑，我真担心她们是"小姐"，玷污了这片清净之地。现在交通很方便，城里人在喧嚣的都市待腻了，有跟随旅游团来草原观光，也有"驴友"自驾游，三五成群跑到边远的河源来找感觉。

我到家的时候，已经是傍晚了。母亲一个人在家做晚饭。我放下行李，卷起袖子帮母亲一起做饭。我问母亲："我爸呢？"

母亲没好气地说："他呀，越老越心野，整天在外面疯跑，很少沾家！"母亲叹口气："唉，我就是担心他的身体。这几年来河源旅游的人越来越多，游客们骑骑马、照照相，一走了之，却在草原上留下了大量的饮料瓶、塑料袋等垃圾，把个绿绿的草原变成了五花脸。更让人生气的是，一到夏天，挖虫草的人一群一群地往这里涌，最多的时候能有十几万，把个好好的草原祸害得不成样子了。你甘肃老家有个堂弟叫满仓的，你还记得吧？噢，对了，你没见过，那年是江雪跟我们一起回的老家。满仓听说你爸是县委书记，专门跑来要做虫草生意，被你爸硬是骂了回去。也不知道怎么回事，这几年内地人特别迷信虫草，使得虫草的价格越涨越高。价格一高，挖的人就越多。你知道的，挖一根虫草，就会在草原上留下碗口大的一个疤，三五年都长不出草来。你爸看着心疼啊，一夜一夜睡不着觉。我说你退都退了，操那么多闲心干什么？他生气地说，你是不是党员，有没有一点觉悟？我不能眼看着草原让这些人给毁了。后来，你爸就跟你扎桑叔叔给县里建议，成立了草原保护队。开始他们俩还跟着那些年轻人骑马驱赶挖虫草的人，后来他们就跟不上趟了。可是这俩老家伙还是闲不住，又把县里退下来的老人组织起来，给每个人胳膊上戴个'老年义务环保员'的袖标，整天在各个旅游点转悠。我也是其中一员。你爸每天天不亮就把我拽起来，跟他去值勤。我们现在退休了，反倒比上班还认真。这不，今天我感觉胸闷，就没跟他们去……"

父亲的雪山，母亲的河

我心里一惊："胸闷？多长时间了？"

母亲说："没事，我在家休息一天就好了。"

"您检查过没有？"

"我在县医院检查过，没查出什么毛病。"

"县医院条件差，过两天我带你去我们医院全面检查一次。"

"这话你可别当着你爸的面说，他就不喜欢别人说河源不好。"

"身体是大事，别听我爸的，听我的。"

我趁机把想接他们去格尔木的想法告诉了母亲。母亲说："只要你能做通你爸的工作，我没意见。"我们母女俩说着话，饭就做好了。母亲说："你去黄河边找你爸回来吃饭，他一准在那儿。"

果然，父亲在黄河边上。他和扎桑叔叔胳膊上戴着红袖标，正在河边捡游人丢弃的塑料袋。夕阳下，我看见父亲的腰越来越佝偻，禁不住鼻子一阵发酸。我走过去夺下父亲手里的塑料袋，扔在地上。父亲转身刚要发火，看见是我，咧开嘴笑了，满脸的皱纹。

"你回来啦。"

"还笑！你俩以前一个是县委书记，一个是县长，现在整天在这里捡垃圾，也不怕丢人！"我的眼泪一下子涌了出来。

"哎呀，长这么大了还掉眼泪。"父亲笑着想给我擦眼泪，我用手挡开了他的手。父亲对扎桑叔叔说："姑娘嫌咱丢人现眼了，生咱气了，咱们赶快回去吧。"

看到父亲这种生活状态，更坚定了我带他们离开河源的决心。

父亲邀请扎桑叔叔到家里喝酒。喝着酒，父亲叹息一声说："你说我们辛辛苦苦几十年，好不容易把河源建成现在这个样子，我们天天盼着河源能繁荣，盼着河源的老百姓能过上好日子。现在河源繁荣了，老百姓的日子也富裕了，可是麻烦也跟着来了。你看看，草原损坏越来越严重，这到底是咋回事嘛！"

扎桑叔叔说："这就是发展需要付出的代价。县委已经拿出了保护河源生态环境的具体方案，据说得到了州里和省里的肯定，国家正在调集资金准备综合治理呢，咱俩就别操那么多心了。我们要相信年

父亲的雪山，母亲的河

轻人，将来他们会比我们干得更好。你看格桑那小子，就比我们有眼光。去年学习国外的围栏经验，绘制了全县的草原围栏网络图，今年就取得了明显效果。现在那小子又在搞什么太阳能暖棚工程，还从内蒙古买了许多蔬菜种子回来，已经全种上了，我们河源冬天再也不用从内地运输蔬菜了。那小子还说，将来还要用暖棚技术养牛羊呢。"

父亲一听高兴起来了："格桑这小子，我从小就看出是个踏实干事的孩子，他这个草原站站长还蛮称职嘛。"

"什么草原站站长，你这个老丈人也太官僚了，"扎桑叔叔说，"如今人家已经是农牧局局长了。"

"是吗？"父亲端起酒杯，跟扎桑叔叔碰了一下，自个儿喝了，抹了把嘴说，"这帮年轻人比我们脑子活，就让他们去折腾吧。"

第二天是清明节，我跟父亲去祭奠了他的战友。跟多年前一样，父亲让我朝着阿尼玛卿雪山的方向，向他那个叫章明的战友磕了头。我笑着说："现在都什么年代了，不兴磕头了。"父亲认真地对我说："什么年代都不能乱了规矩，都得讲良心、讲感情，你长多大了，当了多大的官，这个头你都得磕。"我只好照办。

祭奠完后，跟父亲骑马往回走的路上，我委婉地把想接他与母亲去格尔木生活的想法告诉了他，没想到他一口回绝了。他说他喜欢河源这个地方，习惯了这里的生活，哪儿也不去。没办法，我只好回去找姐姐江雪，想让她劝劝父亲。

姐姐说："你的话他都不听，会听我的？再说这种话我也不能说呀，我劝他们走，他们还以为我嫌弃他们呢。"

从姐姐家出来，我们碰见了卓玛。卓玛看见我，亲热地迎了上来，从身后拉出一个十五六岁的姑娘，让她叫我阿姨。小姑娘长得很漂亮，活脱脱是一个小卓玛。

我问卓玛："这是你女儿？"

卓玛点了点头说："她叫拉姆，已经上高二了。"

"时间过得真快啊，这才几年时间啊，卓玛的女儿都这么大了。"我对拉姆说："明年考个好大学，让你阿妈高兴高兴。"

卓玛说："她喜欢唱歌，明年准备报考音乐学院。"

拉姆拉了拉卓玛的衣袖，意思是嫌母亲说了。

我对卓玛说："你原来就是我们河源的小百灵，你女儿拉姆当然歌也一定唱得很好，放心吧，她一定能考上。"

卓玛说："我就她这么一个女儿，就指望她了。"

卓玛母女走后，我对姐姐说："卓玛的神情好像有些忧郁。"

"还不是江河那小子给害的！其实卓玛一直都没有忘记江河，尽管她嫁给了那个画唐卡的男人，家里不缺钱，但我能看出来，她并不爱那个男人，心思还在江河身上。她嫁给那个男人，就是看中那人是个文化人。卓玛从小就喜欢文化人。她是想在文化人身上找到江河的影子。前几年，卓玛的男人去了拉萨，再也没有回来。开始还给她们母女寄钱，现在钱也不寄了，连音信都没有了。听说那男人在拉萨画唐卡发了财，又找了一个小姑娘。卓玛嘴上不说，脸上带着笑，可是她心里苦着呢。"

我没想到事情会是这样，心里很同情卓玛。江河跟他的女同学马静分手后，又谈了好几个，但都没有谈成，一直拖到三十好几了，才娶了一个小他好多岁的他的学生。那个女生后来出国去深造，一去不复返。江河没有再婚。怕父母生气，这事一直瞒着他们。

我说："卓玛跟那个男人这样不死不活地拖着，倒不如干脆离了算了，免得大家都难受。"

姐姐说："可是那男人杳无音信，卓玛怎么离？"

我在河源待了一个星期，到底还是没有做通父母的工作。我想带母亲去格尔木检查身体，母亲也不想去。我对母亲说："央金阿姨已经退下来了，你们去格尔木也有个伴，可以经常在一起聊聊天。"母亲看父亲，父亲装作没听见。母亲说："以后有的是机会，夏天是旅游旺季，你爸很忙，我得照顾他，等到了秋天闲下来了我们再去，我还真想外孙女呢。"

可是，秋天还没有到，母亲就不行了。我没有想到母亲会得肺癌。如果当初我坚持带母亲到医院去检查，也许母亲还有救。可是我

父亲的雪山，母亲的河

没有坚持，使得母亲错过了最后的治疗机会。都是我太大意了！我太自私了！工作一忙，就把接母亲来医院检查的事给忘了。

我真后悔啊！但是后悔有什么用呢！

我在心里一遍遍地对母亲说："妈妈，女儿对不起您！"

三十

夏天快过去的时候，父亲突然带着母亲来到了格尔木。

这次他们没有像从前那样坐公共汽车来，而是由县里的救护车送来的。看见母亲被父亲和姐姐从救护车上搀扶下来，我的腿一下子就软了。父亲对自己一向要求很严，不到万不得已他是不会动用公车的，何况是县里的救护车。可见母亲病得不轻。半年不见，母亲瘦了许多，脸色苍白。我的泪水一下子就涌了出来。

"妈，您这是怎么啦？"

母亲笑着说："看你，哭啥呢。我没事，就是有点儿胸闷，有时喘不上气来。都是你爸大惊小怪地吓唬人，非要让我来检查……"

母亲话没说完，又开始喘了。

母亲接受检查时，我和父亲、姐姐一直守候在门外。姐姐告诉我说，一个月前母亲的病情就开始重了，整宿整宿地睡不着觉，坐在床上呼哧呼哧直喘气。她和父亲带母亲到县医院检查了几次，又查不出什么毛病。母亲说她人老了，又是在高原，胸闷气短很正常，过阵子就会好的。父亲很担心，要带母亲来格尔木检查，母亲坚决不来，说江果如今是副院长了，工作很忙，江北又在山上修青藏铁路，女儿马上要高考了，别去给孩子添乱。最近，母亲的病越来越严重，好几次都背过气去了，父亲这才硬把母亲拉到了格尔木。

父亲说："江果啊，你妈这病遭罪呀，你没看她都瘦成啥样了。你可得给你妈好好查查，看看她到底得了啥病。你是副院长，公家的便宜咱一分钱不沾，别让人说你闲话，该咋收费就咋收费。家里的积蓄我都带来了，爸都交给你。"父亲说着眼睛就红了。

父亲的雪山，母亲的河

我的眼前一片模糊，我说："爸，都什么时候了，您还说什么费不费的。您放心，我一定给我妈把病看好。我真后悔啊，上次回去就应该把我妈带下来检查……"

"都怪我，没有听你的话，耽误了你妈的病。我太自私了，把你妈一辈子拖累在那个地方。如果她真有点儿什么，我就太对不起她了……"父亲抹了把泪说，"果儿，爸爸求你了，好好给你妈看看，爸爸不能没有你妈……"

我的眼泪哗哗地流，我说："爸爸，您看您说的什么话！你就放心吧，我们这里的医疗条件好，我妈会没事的……"

央金阿姨来医院看望母亲。她是从扎桑叔叔那里得知的消息。她一进来就坐在母亲床边，亲热地拉着母亲的手说："大姐啊，不会有事的。人老了，总是这儿不对那儿不对，我也一样，没什么大不了的。你的气色不错，看上去比我上次见你时还要年轻。"

我知道央金阿姨这是在宽慰母亲。母亲这两天一直用药物控制，喘得好了一些。母亲说："你别哄我了，七十多岁的人了，哪能不老。你看上去才年轻呢，腰身还是那么好，跟年轻时一模一样。"

央金阿姨笑着说："年轻什么呀年轻，我也快七十了。"

母亲说："你看看，我头发都白了，你的头发还是乌黑乌黑的。"

央金阿姨说："什么呀，染的，早就白了，不信你看看。"说着就伸过脑袋去扒拉开头发让母亲看。

母亲摸着央金阿姨的头发说："你年轻时候可真漂亮啊，我现在还经常想起你那时的模样……"

"我现在退休了，有时还真想搬回河源去住。"

母亲说："你好不容易出来的，可千万别再搬回去！尤其是现在上了年纪，你又离开河源这么多年了，再回去会不适应，对身体不好。"

"有啥不适应的，我是土生土长的河源人，倒不如你们？"

"你看我现在，这不就病了嘛。"

"那你搬到江果这里来嘛，我给你做伴。"

父亲的雪山，母亲的河

母亲看父亲一眼说："这老东西一辈子也不让我离开河源。"

央金阿姨开玩笑说："那是因为怕你跟别的男人跑了。"

母亲说："别说我了，说说你吧。这么多年了，怎么不找个伴啊？少年夫妻老来伴，有个头疼脑热的也好有人照顾。"

央金阿姨笑笑说："年轻时没遇到合适的，后来工作一忙也就顾不上了，现在一个人习惯了，老都老了，不想这事了……"

送走央金阿姨，我在楼道里碰到了罗院长。罗院长问我，你脸色怎么这么难看？我说可能这几天没休息好。我把母亲住院的事情告诉了她。罗院长有些吃惊，关切地问："你妈得的什么病？"

我说："可能是肺上的问题，检查结果还没出来。"

罗院长说："人在高原待久了，呼吸量大，肺壁就会增大增厚，这是常见的高原疾病。走，去看看你妈妈去。"

我说："院长不用了，您忙您的吧。"

罗院长说："我一个退休老太太有什么忙的？走，带我去看看！"

她坚持要去，我只好带她走进了母亲的病房。罗院长一进门看见我母亲，一下子愣在了那里。父亲正在给母亲喂苹果吃，见有人进来，俩人一起抬头，也愣住了。

我对母亲说："我们罗院长看您来了。"

"早就听江果说起过您，谢谢您对我们江果的关心！"母亲愣愣地看着罗院长，"我怎么看着您这么面熟，好像在哪儿见过？"

罗院长看看母亲，又看看父亲，说："我也觉得你们面熟。"

母亲问："您贵姓？"

我说："妈妈您糊涂了，这是我们罗院长，当然姓罗。"

"对不起，人老眼花，脑子也糊涂了，罗院长，快请坐！"母亲笑着摇了摇头，赶忙让大姐给罗院长搬凳子。

罗院长没有坐下，站在那里愣愣地看着父亲和母亲。

母亲招呼罗院长说："您快请坐，劳驾您来看我，真不好意思。"

父亲看着罗院长，回头对母亲小声说："你还别说，罗院长跟文静还真的有点儿像……"

父亲的声音不大，但是罗院长听到了，她惊叫一声说："我就是文静呀！你是茹雅，你是江三？"

母亲和父亲都惊呆了，傻了似的看着罗院长："你真是文静？"

罗院长激动得浑身发抖："我就是文静啊……"

罗院长朝母亲奔去，扑倒在母亲跟前，两个人拉着手，相互打量着，然后抱在一起失声痛哭。

罗院长哭着说："你们让我找得好苦啊！"

父亲站在一旁笑着笑着，两行泪水慢慢流了下来。

我被眼前的一切弄糊涂了，惊讶地站在那里，不知如何是好。

哭过一阵之后，母亲问罗院长："你怎么姓罗了？"

罗院长擦了擦眼泪，告诉父母说，那年她去藏族老乡家找粮食，马步芳的骑兵来了，部队被打散了。那家藏族人往她脸上抹了灶灰，让她穿上他们儿子罗布的藏袍，将她藏在羊毛堆里，又让儿子罗布穿上她的军装把马步芳的骑兵引开，结果罗布被打死了。为了纪念罗布，感恩那家藏族老乡，她后来就改姓罗了。后来她跟随另一支部队到了玉树。青海解放后，她曾经到州里找过老部队，但是那时部队已经解散了……

罗院长流着泪，伤心得像个孩子。她拉着母亲的手说："这么多年了，我到处在打听你们的下落，可是一直没有找到……"

母亲用衣袖擦了把泪，笑着向我招手："果儿，来，快过来，到妈妈跟前来。"

我走到母亲跟前。罗院长吃惊地看着我。

母亲对罗院长说："这就是你的女儿。"

我以为自己听错了，疑惑地看看罗院长，又看看母亲："妈，您在说什么？我不明白您说的什么意思。"

母亲说："孩子，罗院长就是你的亲生母亲。"

我求助似的看着父亲，父亲点了点头。

"这不可能！"我不知所措，大声说，"怎么会是这样？"

父亲的雪山，母亲的河

母亲说："这是真的……"

罗院长已经泪流满面，向我伸出双臂："女儿，我的女儿……"

我下意识往后退了一步："这不可能，不可能……"

母亲由于激动又开始喘息："孩子……快叫妈妈……"

罗院长一直向我伸着双臂，嘴唇哆嗦着等待着我。事情来得太突然了，我无法接受这个现实，哭着转身跑出了病房……

那天晚些时候，父亲告诉了我五十多年前发生的一切。我这才明白，父母为什么从小那么溺爱我，为什么在我和姐姐只能有一个人去当兵的时候选择了我，为什么父亲每年祭奠雪山上的战友时都要带着我，让我朝着阿尼玛卿雪山的方向磕头，原来掩埋在那里的那个叫章明的烈士就是我的亲生父亲……

母亲的化验结果出来了，是肺癌，而且是晚期，最多只能活一个月。得知这一结果后我几乎昏厥过去。我真后悔啊！后悔没有早早将母亲接来检查治疗。我一个人躲在办公室哭了一下午。我们跟父亲和大姐商量，决定不告诉母亲实情，想让她愉快地走完人生最后的日子。

我找到罗院长，对她说："请您原谅，我不能认您，尤其是现在这种时候。在我心里，茹雅永远是我的母亲。"

我流着泪告诉她，父亲母亲从小如何疼爱我，他们如何将自己的亲生女儿江雪留在了河源，而把我送进了部队。

罗院长听着我诉说，一直在流泪。最后，她说："孩子，你做得对，他们就是你的亲生父母，作为一个女儿，你去好好尽孝吧。"

那段日子，我和父亲、姐姐、罗院长都在病房陪母亲，大家装作没事人一样有说有笑。其实我的心里一直在流泪。有几次我实在忍不住了，悄悄跑到厕所哭上一阵，擦干眼泪，又笑着回到病房。

有一天，母亲对我们说："你们不用瞒我了，我知道我得了不好的病，我能感觉到老天留给我的时间不多了。"

罗院长说："茹雅，你没事。我是医生，你应该相信我。"

父亲的雪山，母亲的河

我强装轻松地说："妈，您没事，您很快就会好的。等您好了，我和姐姐还要陪您去北京呢。江河来电话了，他正在国外讲学呢，还有一个半月就回来了。等江河一回来，我和姐姐就陪您去北京。我们坐飞机去，您和我爸还没坐过飞机呢。我们陪您去看看天安门，再去秦皇岛看看大海，我一个战友转业在那里工作……"

母亲笑着说："天安门天天都能在电视上看到，大海有什么可看的，不就是一大片水嘛，我就不信比我们扎陵湖的水还蓝、还清。飞机我可不敢坐，头晕。"母亲扭头对父亲说："老江，明天你就带我回河源吧，我跟你在河源待了一辈子，临了临了，我可不想让你这个老东西说我是个逃兵……"

父亲一直紧紧地抓着母亲的手，说："你就好好养病吧，别想那么多了。我们在河源待了一辈子，还没有待够呀？"

母亲笑着说："你个老东西，她们骗我，你也骗我啊？年轻的时候你把我骗到河源，骗了我一辈子，这会儿还想骗我呀？"

父亲拍拍母亲的手，哄孩子似的说："好好，我依你，等你病好了，咱们就回河源。"

母亲说："你个老东西，怎么这么糊涂！"母亲咳嗽起来，父亲赶紧给母亲捶背。母亲缓了口气说："我可不想死在外面……"

父亲眼圈红了："好，我带你回河源……"

母亲把目光转向我说："江果，你得答应妈一件事！"

我说："妈，您说，就是一百件事，我也答应您。"

母亲说："你可不许反悔！"

我说："不反悔，妈您说。"

母亲将我的手和罗院长的手拉在一起，可怜巴巴地看着我说："孩子啊，今天你就当着我的面，叫声你妈妈好吗？"

罗院长说："茹雅，江果永远都是你的女儿。"

母亲不理睬罗院长，一直盯着我看，目光里充满执拗的期待："孩子，快叫呀，你要把妈急死啊……"母亲剧烈地咳嗽起来。

父亲的雪山，母亲的河

我赶忙给母亲捶背。

母亲喘息着说："快叫……果儿……别让妈着急……"

我的眼泪涌了出来："妈，您别着急，我叫，我叫。"

我面向罗院长，流着泪叫了一声："妈——"

母亲坚持要回河源，我没有办法，只好把她送回河源。

母亲最后的那段日子里，我一直守候在母亲身边。这么多年，我很少回河源看望母亲，即使回去了，最多住上两三天又匆匆走了。我们都在忙碌着自己的事，很少在意母亲、关心母亲。我们都把父亲母亲忽略了。看起来我是一个成功的女人，其实我最失败的就是忽略了亲情。现在明白过来了，可是母亲的日子已经不多了。

在母亲眼里，死亡并不是一件可怕的事情。她跟父亲谈起她的后事，就像谈一次远行一样。我一直以为母亲是一个柔弱的女人，没想到面对死亡时她是那样的坦然与坚强。

回到河源后，父亲就开始给母亲挖掘坟墓。地方选在掩埋父亲两个战友的那一片草地上。母亲对那个地方很满意，说我将来待在那里，如果寂寞了还可以跟他们说说话。父亲说那里就是一个村子，将来我也去了，村里就有四个人了，我让你当村主任。母亲笑了，说你别忘了老连长章明，他也算一个，尽管他离村子远一点，但是我一抬头，就能看见他待着的那座雪山。父亲说，还有后面雪山上的那三个藏族兄弟呢，这样算起来，我们村里就有了八个人，可以编一个班了，干脆你当班长算了。母亲说我不当班长，要当就当村主任。父亲说好好好，让你当村主任，真是个官迷……

父亲固执地要一个人为母亲挖坟，他不让任何人帮忙。姐夫格桑要去帮他，也被他赶了回来。父亲说："你妈跟了我一辈子，没有享过几天福，现在她要走了，我要亲手给她建造一座世界上最漂亮的房子。"每天晚上父亲回来，母亲都要问挖了多少，父亲就告诉她挖了多少。

母亲埋怨说:"怎么那么慢啊?"

父亲笑着说:"我舍不得你走啊。"

晚上母亲睡不着,父亲就一直抱着她,母亲渐渐就在父亲的怀里睡着了。母亲在父亲跟前像个孩子,一会儿撒娇,一会儿赌气不吃东西,父亲就哄她,一口一口喂她。母亲说她想吃饺子,我赶紧去给她做,她死活不让,非要父亲给她做。

母亲说:"他害了我一辈子,我现在就是要祸害祸害他。"

父亲每天晚上都给母亲用热水泡脚,一边泡一边用手揉搓。这时,母亲就用温柔的目光看着父亲花白的脑袋,有时忍不住就会伸手去抚摸,摸着摸着母亲的眼泪就流出来了。

"老东西,你也是个苦命的人啊!老东西,你现在对我好也没用了啊!我马上就要走了。老东西,我走了你可怎么办啊。老东西,你欠我的这辈子还不清,下辈子你还得继续还我……"

父亲仰头看着母亲,笑得像个孩子,父亲说:"好好好,下辈子我们还做夫妻,我继续伺候你。"

母亲说:"老东西,我欺负了你一辈子,你都不厌烦?"

父亲说:"我这人命贱,你不欺负我,我都不自在呢。咱们可说好了,下辈子我还让你欺负。"

母亲含着泪笑了:"老东西,说点儿正经的。我走了,你一个人我不放心,要我说呀,你就跟央金一起过算啦,我不计较。"

父亲说:"你不计较,我还计较哩。我这副德行,也就是你能看上,别人谁看得上?你就别害人家央金了,人家可是市长……"

母亲说:"行了吧,你心里惦记人家一辈子了,当我不知道?"

父亲认真地说:"你可冤枉死我了,除了你,我没惦记过别人。"

母亲说:"好好,算我说反了。人家惦记你一辈子了行不行?"

父亲笑着说:"谁也没惦记谁,是你惦记这事,惦记了一辈子。你就放心吧,你走之后,我一个人等着慢慢老,到时候去陪你……"

母亲无声地笑了。

父亲的雪山，母亲的河

过了些日子，母亲问父亲："老东西，你是不是干活偷懒呀，一个房子能盖这么久？"

父亲神秘地告诉母亲说："我现在告诉你吧，我不是盖一间，是盖两间。你一间，我一间，将来我得去那地方陪着你呀。"

又过了些日子，父亲回来对母亲说："这下好了，咱们的新房盖好了，住在里面能看见雪山，能听见黄河流水的声音……"

就在那天夜里，母亲躺在父亲怀里静静地走了……

卷七 江河

三十一

母亲去世的前一年秋天,父母突然来到了北京。以前我请他们来他们都不来,现在他们却自己主动来了,我觉得这里面肯定有文章。果然他们一来就问我:"马燕身体怎么样?什么时候生产?"原来他们是为孙子或者孙女来的。他们说这次来暂时就不打算走了,等孙子出生了再回河源。弄得我哭笑不得。

我猜马燕怀孕的消息一定是二姐江果透露给父母的。我趁父母去卧室休息的机会,打电话问二姐。

二姐说:"是我告诉爸妈的,怎么啦?这又不是什么见不得人的事。你不知道,咱爸咱妈一听说这事,激动得一晚上都没睡着觉,嚷着要去北京抱孙子。别看他们是一对老党员,骨子里封建着呢。让他们早日抱上孙子也是你这个儿子的责任和义务。你现在也四十好几了,老婆好不容易怀了孕,他们能不急着去北京吗?"

"我要知道你嘴这么快就不告诉你了,我当时只是随口说了一句,你倒嘴快,马上告诉了父母,现在他们千里迢迢来北京抱孙子了,你让我怎么办?"

"什么怎么办?父母去你那里是好事呀,我想让他们到我这里来他们还不来呢,你愁什么?难道你老婆没怀孕?"

"怀孕是怀孕了,关键问题是她现在还不是我老婆。"

"啊?你们是未婚先孕?"

"更要命的是,我现在还不知道该不该娶她。"

"好呀江河,你可真够前卫的!你都让人家怀孕了,还没想好娶不娶人家?你浑不浑呀你!"

"我让她怀孕是事实,可是我并不喜欢她也是事实。"

"你不喜欢人家干吗让人家怀孕?我明白了,你喜欢的是人家的

父亲的雪山，母亲的河

身体，你这叫玩弄女性你知道不知道？"

"二姐，你别说得那么难听好不好，事情不是你想象的那样。我一时半会儿跟你也说不清楚，等以后有机会慢慢跟你说。你千万别再告诉父母我没有结婚，那样他们会很失望，我不想让他们失望。"

"你自己惹的事自己处理，但有一条，不能惹父母生气。"

我与二姐正通电话，听到钥匙开门的声音，我小声说："二姐先这样，马燕回来了，我挂了。"

我八年前就离婚了，怕父母担心，一直瞒着他们。这也是我最近几年很少回河源的一个重要原因。我的前妻是我的学生，算是师生恋吧。婚后三年，她说想去国外进修，我就将家里的全部积蓄换成了美元，送她去了美国。结果一年后她给我寄回来一份离婚协议书。她那么纯洁善良的一个人，说变就变了，搞得我一点思想准备都没有。我不恨她。既然缘分已尽，那就由她去吧，毕竟我们曾经轰轰烈烈地爱过一场。

离婚之后，有一些女人在我的生活中来来往往，有离了婚的少妇，也有没结过婚的女孩，有见几面就分手的，也有发展到床上的，但上次婚姻给我留下了心理阴影，我一直不敢结婚。马燕也不例外。

马燕小我十六岁。两年前我认识她的时候，她刚三十岁。马燕属于那种人见人爱但谁都不敢跟她结婚的女人。我们是在云南一次学术会议上认识的。她实在太扎眼了，我在人群里一眼就看见了她，而且记住了她，记住了就再也忘不掉了。别的男人估计也是这样。

说她扎眼，不是说她打扮妖艳，不，一点都不，她甚至可以说是朴素，素面朝天，从她脸上看不出一点儿施过粉黛的痕迹。她身上的衣裳也很素雅、很随便，但仔细一瞧全是国际名牌，品牌的缩写字母都是用手工绣在暗处的那种。不显山，不露水，不张扬，但极其名贵。这是在我跟她上过床之后才发现的。她的眼神很处女，稚嫩、羞怯，甚至有那么一点无知无畏。因无知而无畏。后来我才发现那一汪迷人的清澈其实是男人的陷阱，只要你掉进去了就休想爬上来。由此我得到一条经验：你眼睛看到的不一定就是真相。

说她扎眼,是说她漂亮。她不是一般的漂亮,是很漂亮。用当下时髦的话说:她具有天使般的面容,魔鬼般的身材。当时别人告诉我说她还没有结婚,我一点也不相信。这怎么可能?难道世界上的男人都瞎眼了吗?结果事实证明是我自己瞎眼了。

吃饭的时候,我和马燕被安排在一桌。那时我还不知道她叫马燕,只知道她是北京某杂志社的一个美编。同桌有三位女士,男人们因此很兴奋,说些隐晦的黄段子,眼睛却只看着马燕。马燕装作听不懂,低头吃饭。我们被笑话逗笑的时候,她抬起头茫然地看着我们,好像不明白我们在笑什么,特清纯的样子。后来她对我说起这事,一脸的不屑,说那些人也太小儿科了,那也叫幽默?幸亏你在桌上没说什么,否则我才不会跟你上床呢。饭桌上,大家嘻嘻哈哈开着玩笑,不知怎么把话题扯到了我身上,说我是"钻石王老五"。马燕因此还多看了我几眼,让我的自尊心得到了一点点满足。

会议安排半天自由活动,大家都出去玩了,我没有去,我想自己上街去看场电影,然后吃碗过桥米线。我一个人独来独往惯了,平时在北京就是这样,礼拜天没事的时候,一个人看场电影,或者去美术馆看看展览,或者逛逛书店,或者跟朋友喝茶晒太阳,如此而已,生活很简单。我喜欢看电影,或许因为小时候在我们偏僻的河源很少看到电影,现在生活在城里有的是电影看,只要有时间。说不定我以后有兴趣,自己也会拍部电影,名字都想好了,叫《父亲的雪山,母亲的河》。

我刚要走出宾馆,有人在我身后喊:"哎,王老五。"

我一回头,马燕站在那里。我左右看看,附近没别人,我问她:"你是叫我吗?"

"不是你还能有谁,你不就是钻石王老五吗?"

我没想到我们第一次单独说话,她会这么称呼我。

我说:"我是王老五,但没有钻石。"

"俗,谁要你的钻石了?"她笑着朝我走过来,"干吗去?目空一切的样子。"

父亲的雪山，母亲的河

"看电影，然后吃饭。"我问她，"你怎么没去玩？"

"没人邀请我呀，我一个人去玩多没面子呀。"

"怎么可能？邀请你的人恐怕排着长队呢。"

"他们胆小啊，不敢邀请我。"

"为什么？"

"因为我太漂亮了呀。你敢邀请我吗？"

我没想到她会这样说。我说："求之不得。"

她高兴地一拍手说："太好了，我们去看电影。"

去电影院的路上，我懵懵懂懂的，不相信自己怎么会突然跟一个陌生的女人去看电影。真是太奇怪了。那天看的什么电影我现在一点也想不起来了。我根本就没有看进去，脑袋一直在琢磨身边这个女人。这太不可思议了。她到底是怎样一个女人呢？

看完电影，我们走进一家门楣上写着"正宗过桥米线"的小吃店。店里人很多，我们在角落找了一张小桌坐下来。我问她吃什么，她说难道这里除了米线还有别的吗？我看了下菜单，确实没有。我说那就米线吧。她说好吧，客随主便。我们一人要了一碗米线，她吃得很香，光洁的额头上沁出了细密的汗珠，亮晶晶的。

她突然抬起头问我："你叫什么名字？"

我们一起看电影、吃饭，搞了半天还不知道对方的名字，真是有点不可思议。我哈哈笑了起来。我说我叫江河。

饭店里人声嘈杂。她没听清，侧着头问我："哪个江河？"

我抓起一张菜单，在上面写下"江河日下"四个字递给她看。她看了一眼，抿嘴笑了。我说你笑什么？她说没什么。我说你叫什么名字？她拿起笔在"江河日下"后面写上"马燕"。我一看，是"江河日下马燕"，我忍不住哈哈大笑。她说你笑什么？你真坏，想哪儿去了！她抓起笔在"马燕"中间打了个勾，加上"踏飞"两个字，就变成了"江河日下马踏飞燕"。我看了看，还是笑。

我说："我就是那匹马！"

马燕说："你这人很坏！"

吃完饭，在回去的路上，马燕对我说："你这人很抠门！"

我说："我请你看电影请你吃饭，你还说我抠门，还讲不讲理？"

马燕说："十块钱一碗米线就把我打发啦？你是所有请我吃饭的男人里最抠门的一个！从来没有哪个男人敢请我进那样的小店，吃十块钱的饭，你今天算是破纪录了。"

"我喜欢'破'，我有破坏欲。"我被自己的话逗笑了。

马燕擂了我一拳："哎，我问你个问题，你必须说实话。"

"我从来不说假话。"

"下午看电影的时候，你就没想过拉一下我的手？"

"我们又不是少男少女，拉手多没劲。"

"讨厌！"马燕又擂了我一拳，"你们男人都一个德行，我算是看透了。所有请我吃饭的男人都是一个目的：想跟我上床。"

我没想到外表文静的她说话这么露骨，既然她这么撩拨我，我就不客气了，我说："我可没想跟你上床。如果你想，我可以奉陪。"

马燕又擂了我一拳："讨厌死了你！"

这么短的时间我们就开始打情骂俏了，我怎么突然变得如此孟浪？难怪有人说男人一见漂亮女人就会变得轻浮。

马燕说："尽管你这人有点讨厌，但跟你在一起我很放松，你让我没有心理负担。你知道你身上有什么长处吗？"

"我身上长的地方多了。"

"讨厌！我是说你腿长。我喜欢腿长肩宽的男人。"

"我喜欢腿长胸大的女人。"

马燕"扑哧"一声笑了，露出白亮细密的牙齿："你一点都不吃亏。我是说你的腿又长又细，走起路来很好看。"

一说到腿，我浮想联翩。我说："我腿细，但别的并不细。"

马燕推了我一把，斜睨着我笑着说："你这人看上去文质彬彬的，没想到会这么坏！"她用眼睛火辣辣地看着我说，"哎，听说郊外有家森林温泉，很好玩的，你想不想去？"

"现在？"

父亲的雪山，母亲的河

"不想去就算了！"

她装着生气的样子，一个人往前走。森林、温泉、马燕。我能想象到那是一种什么情景。我的心一颤一颤的，我追上马燕，一把将她拽进一辆出租车里。

那一夜，我们没有上床。有热气弥漫的温泉谁还上床？床太普通、太传统了。温泉才是我们的温柔之乡。我们在温泉里"马踏飞燕"的时候，她叫我老马、老马、老马、老马。我没想到事情会这么简单，简单得让人以为是一场梦。那一夜，我们"马踏飞燕"了好几次，直到我后来被她"踏"成了一摊泥……

我遇到的都是烈马。马静那匹烈马一尥蹶子，把我甩在了半道上，不知道马燕这匹烈马将来会怎么样。这世上好女人多的是，怎么偏偏让我遇上了野蛮女友？我的前妻是一匹温顺的小母马，可是她最终还是离我而去。她温柔地朝我招一招手，带着我的钱财去了遥远的美国；她潇洒地挥一挥衣袖，留下我这片傻了吧唧的云彩。

从云南回来后，我就和马燕同居了。说是同居，也不是每天都"居"在一起。马燕跟我约法三章，相当于同居合同：第一，不准干涉她的私生活；第二，同居期间实行 AA 制，双方互赠礼物除外；第三，她没提出结婚男方不能主动提出。马燕的意思是，她喜欢我，但并不想马上跟我结婚。她还想再搜索一下，看有没有比我更合适的名副其实的"钻石王老五"。但是她向我保证，只恋爱，不做爱。这是一份屈辱的合同。但是她实在太迷人了，她既是魔鬼又是天使，我已经离不开她了，只好忍辱负重，苟且偷欢。

如此这般，我们同居了两年。两年时间里，她一共见了三十七个"王老五"，认真地谈了六场恋爱，但是遗憾的是都没有成功。两个月前的一个晚上，她突然冲动地抱紧我，痛哭失声，说找来找去还是我最好，她不想再折腾了，想结婚了，就是我了。她说她已经三十二了，书上说女人过了三十五生孩子就困难了，她必须尽快生个孩子。她说她喜欢孩子。她说我们结婚吧。她说你来吧，快来吧，给我个孩子。那一夜，我们"马踏飞燕"到精疲力竭。

功夫不负有心人。一个月后,她兴奋地告诉我,她有了。而我,却陷入了深深的郁闷与思考:我真的爱她吗?我要不要娶她?

三十二

我告诉父母,出门时一定要带上三样东西:钞票、钥匙和手机。父母一来,我就给他们买了一个手机。他们习惯早上出去转悠,我怕他们走丢了,有个手机便于联系。我在手机里只存了我的手机号,他们要是有事,只要打开手机一拨就能找到我。

可是父亲说,带上这些东西干什么!我说北京很大,除了上厕所不要钱,干什么都要钱,没钱寸步难行。钥匙也不能丢,家里安的是防盗门,钥匙丢了想撬开都难。父亲说在河源这三样东西一样都不需要,没带钱我可以赊账,想找谁也不用打电话,抬腿就能找到,门更不用上锁。我说这不是北京嘛。父亲说,这城里真是麻烦!

父亲这话说了没几天,麻烦还真的来了。有天晚上马燕说她有事不回来了,恰巧我也有应酬,半夜才回到家。我一出电梯,就看见父母坐在昏暗的灯影里,我吃了一惊:"你们这是干什么?"

母亲说:"钥匙忘家里了。"

我说:"你们可以给我打手机嘛。"

母亲说:"手机也忘家里了。"

我说:"你们晚饭吃了吗?"

母亲说:"中午饭还没吃呢。"

我说:"哎呀,那你们干吗不在外面饭馆吃?"

母亲说:"早上出去转悠的时候,钱也忘了带。"

我赶紧打开家门。父亲一边进门一边说:"这城里真麻烦!要不是为了孙子,打死我也不在这里待!"

父母对马燕关怀备至,甚至有点儿过分。尤其是母亲,眼睛总是在马燕身上打转,恨不能把自己的目光变成X光,看看马燕的肚子里到底是孙子还是孙女。父亲有次殷勤地给马燕盛了一碗饭,笑容可掬

父亲的雪山，母亲的河

地递到她手上，完全丧失了一个老共产党员的原则。

但是对于父母的这种关心，马燕并不领情。在母亲又一次给马燕碗里夹菜的时候，马燕终于忍无可忍，爆发了。当然不是暴跳如雷。她毕竟是有知识有修养的女人，不可能那样过分。但是她无情地放下筷子，无言地站起来回了卧室。父母面面相觑。我赶忙解释说："她可能是因为怀孕了，反胃、恶心，吃不下。"

晚上，马燕对我说："我真受不了，一点卫生都不讲！不管人家愿意不愿意就给人家夹菜。"

她这么说母亲让我很不爽，但是我还是耐着性子劝她："老人这不是关心你嘛，你现在可是我们家的大功臣了。"

马燕撇了一下嘴说："什么关心我，他们那是把我当成了你们家的生育工具，他们关心的是他们未来的孙子。真是受不了！我无法跟他们一起生活！他们到底要在这里待多久？"

马燕说我什么我都可以忍受，但是我绝不能忍受她嫌弃我的父母。我不悦地说："这是他们儿子的家，他们想待多久就待多久。"

马燕一听就急了："你的意思是这不是我的家？不是我的家我还要这孩子干什么！"说着她就开始在地上蹦。

她已经看出来自己肚子里的孩子对我父母多么重要，同时也看出我是一个孝子，所以她用孩子来要挟我。

我被她的孩子气逗笑了，说："你看看你像不像个泼妇？"

她觉得自己那样确实有点滑稽，停止了跳动，用高耸的胸脯逼近我说："那你说，我们什么时候结婚？"

我说："我明天要出差，等我出差回来再说。"

我要去另一个城市里的一所大学交流讲学一个月。马燕知道。她说："好，我给你一个月时间考虑。如果一个月后，你还没有考虑好，我会毫不留情地打掉这个孩子！"

我现在的处境很难。如果不跟马燕结婚，孩子怎么办？如果没有孩子，父母那里怎么交代？他们会很伤心。如果不结婚，马燕再一闹，父母就会知道我们根本就没有结婚，他们会更伤心。我不想让他们伤心。为了卓玛的事，我已经让他们伤透心了。离开河源这么多年，我没有尽过多少孝道，现在起码不能让他们再为我伤心。我要好好想一想，该不该与马燕这个天使与魔鬼结婚。

一个月时间，弹指一挥间。我还没有想好是否跟马燕结婚。从机场回家的路上，我一直在想如何向马燕说。可是后来的事实证明，已经没有这个必要了。马燕已经一个星期没有回家了。

马燕最后一个早晨带着皮箱离开家的时候，告诉父母说她去出差。出差？她怎么没有告诉我？她到底在搞什么鬼？我打开衣柜，发现马燕的衣物全没了。我拨通了她的电话，她说她没有出差，一直在北京。她邀请我到亚运村的一家星巴克咖啡馆见面。

她一脸春风，比以前更迷人了，只是脸色有点儿苍白。她直截了当地说："我跟别人同居了。"

我惊讶得几乎跳起来："你怎么能这样，一点过渡都没有？"

"要什么过渡？"她含情脉脉地看着我说，"我们以前不是说好了吗？只要我找到如意的男人，我们就和平分手。"

"这么说，你已经找到了？"

"找到了，搞房地产的，虽然人长得矮了点儿、胖了点儿，比你大了七八岁，但是他有两个亿。我只是暗示了一下，人家第二天就为我买下了一套'汤豪斯'，这样的男人我没有理由不嫁他。"

我没想到她这么快就找到了她的"钻石王老五"，事已至此，我也不想多说什么，何况我一直在犹豫是否跟她结婚。现在她已经这样了，也就正好一了百了了。但是孩子呢？

我问她，她喝了口咖啡说："我已经处理了。"

"处理了？你怎么不跟我商量？"

"你可真逗！我肚子里的东西我做主，用不着跟谁商量。我总不能带着你的种跟别人结婚吧，那样也太不道德了。"她笑着说，"不过，我也舍不得我们就这样分开，我跟你在一起真的很快乐，我结婚以后我们还可以来往，一个月一次，我去你那里怎么样？"

我站起来说："算了吧你！我们就此了结！"

父亲的雪山，母亲的河

她仰起头，笑眯眯地看着我说："还教授呢，一点儿都不现代。"

我愤然离去。

走在路上我想：她是一个无情无义的女人，难道我就不是吗？她怀孕后，我不是一直也在犹豫该不该与她结婚吗？现在她突然提出分手，而且打掉了孩子，正好结束这场浪漫而又危险的爱情游戏。可是我为什么会感到屈辱和失落？关键是，我如何向父母交代？

我没想到马静会突然来找我。您一定还记得，她是我的第一任女友——如果不算卓玛的话，她跟我回过一趟河源，回京后不久就把我甩了，嫁给了一个局长的儿子。

我刚要睡觉时听到了敲门声。我穿着睡衣去开门，门口站着马静。昏暗的灯光里，我一下子没有认出来。"你不认识我了？我二十岁就跟你睡觉，你他娘的不认识我了？"我这才认出是马静。她踉跄了一下。我闻到了酒味。我怕她吵醒了邻居，只好让她进屋。

母亲在卧室问："江河，是马燕回来啦？"

我冲着父母的卧室说："不是，有人敲错门了。"

马静冲着我嘿嘿笑。我将食指放在嘴上"嘘"了一声，悄悄把她领进卧室，然后把门关上。马静直勾勾地看着我说："没想到你这么性急，刚进门就想上床，直奔主题呀。"

"我父母来了，我不想让他们听见。"

"那恐怕不行，你知道的，我叫床的声音可大了。"

马静说着，两条胳膊蛇一样缠上我的脖子。我甩掉她的滚烫的胳膊，生气地说："说吧，这么晚了找我干吗？"

马静嬉皮笑脸地说："马燕是谁？马静，马燕，听上去好像一对姐妹。她是你老婆？"

"你快说吧，你找我干吗？"

"你说干吗？一个女人半夜找一个男人能干吗？做爱！"

"我们早就结束了！"

"结束了可以重来呀。我们轻车熟路，重来比较容易。"

"你喝醉了。你那局长公子怎么不管你?"

"你干吗提那王八蛋?你是不是存心气我,羞辱我?"

"你小点声!他不是你心中的白马王子吗?他怎么你了?"

马静一下子搂住我哭了,眼泪哗哗的。我说你小点声,让人听见还以为我怎么你了。她死死地抱住我,我推都推不开。她满嘴酒气地告诉我说,那王八蛋在外面有了情人,而且不是一个,是三个。她说她要报复他,要给他戴绿帽子。

"我可不是绿帽子!"我使劲儿推开她说,"我去给你拿杯酸奶,你喝了醒醒酒,然后回家去吧。"

等我从冰柜里拿来酸奶,她已经倒在床上睡着了。她醉成这样,我能让她上哪儿去?没办法,我只好抱了床被子,睡到客厅的沙发上。睡到半夜,我听见父母的卧室有响动,知道他们谁要出来上厕所。我可不能让他们看见我睡在客厅里,那样他们肯定会怀疑。我赶忙抱了被子进了卧室。

马静已经醒了。她拧亮台灯,笑眯眯地看着我:"我就知道你会进来。我们分开这么多年了,我就不信你不想温习一下过去。"

我把被子扔在地板上说:"你别自作多情了,我是怕父母怀疑。"

她撩开身上的被子,露出赤条条的身子。

她命令我:"你给我上来!"

我说:"我不上去!"

她坏笑着对我说:"你不上来我就喊,让你父母知道他儿子卧室藏了一个女人。"

我简直没有一点儿办法。我问她:"你到底想干什么?"

"做爱!"她抚摸着自己的身体,从上到下仔细摸了一遍,然后说,"难道我现在对你就没有一点儿吸引力吗?你快上来!我数三下,如果你不上来,我就要喊了。一……二……"

我只好乖乖地上了床。她野蛮地扒掉了我的睡衣。我躺在床上,闭上了眼睛,身体处在疲软状态。她摆弄着说:"别一副垂头丧气的样子,振作起来。"我心里不愿意,但是我的身体却不争气地渐渐膨

父亲的雪山，母亲的河

胀起来。她得意地说："我就不信猫不吃腥。"说着就骑了上来。她像十几年前一样霸道。她起伏着，嘴里就有了声音。我怕父母听见，说："你再哼哼就把你掀到床下去。"她说："别……别……别……我……不……不……哼……哼……"她抓起枕巾，咬在嘴里。我的精力不投入反而拉长了时间，更让她疯狂，要死要活……

一切结束后，她像一条刚从水里捞上来的鱼一样，疲惫而又满足地躺在沙滩上，一动不动，嘴里却说："多年不见，你的功夫见长啊……歇一会儿，我们再来……"

天快亮的时候，我才好说歹说将马静送出家门。

接下来的日子里，父母天天问我马燕出差怎么还不回来。我只好哄他们说，过段时间就回来了。过段时间还没回来，父母又问，我说很快就回来了。母亲说她怀着身孕，这样东奔西跑的，万一有个闪失怎么办？我知道马燕永远也不会再回来了，但还是向父母捏造了马燕今天在这里明天在那里的事实，一边拖延马燕回来的时间，一边想着怎么向父母交代。

在父母问了无数次后，我觉得这样瞒下去太对不住父母了，就向他们交代了真实情况。我原来想父母肯定要大骂我一顿，可是没想到他们听了我的交代后，表现出出人意料的平静。

母亲说："我早就觉得不对劲。"

父亲说："城里女人就是靠不住。"

父亲的话有些片面，但我不想纠正他。事实摆在那儿，我还能说什么呢？起码我遇到的女人都不可靠，我只能自认倒霉。城里好女人多的是，只是我运气不好罢了。

父亲叹息一声说："当初你要娶了卓玛就好了，我的孙子早就上初中了。城里的事情我们不懂，但是你不能再这样折腾了。我看出来了，你什么都不缺，就是缺个安稳的家，缺个孩子。"

父母执意要回河源，我拦也拦不住，只好把他们送上了飞机。他们一辈子没有坐过飞机，我执意要让他们坐一次。我这样做算是尽了一点儿孝心。可是对于我对他们的伤害来说，这又能算什么呢？

父母离开的那天夜里,我梦见了卓玛……

三十三

母亲去世的时候我在国外,没有赶上母亲的葬礼。我一直在忙自己的事,忽视了父母的存在。我是不孝的儿子,我很自私。自从到北京上学工作以后,我就很少回河源,只是逢年过节的时候寄点钱回去,算是尽了孝道。其实这算什么尽孝?

母亲去世后,大姐在电话里哭着说,其实父母并不需要你们的钱,他们真正需要的只是能看见你们。父母每次提起我,总是说,江河不回来就不回来吧,只要他事业有成,我们比啥都高兴。听大姐这么说,我羞愧难当。其实我并不幸福,生活一直很狼狈。

我想专程回河源一次,去祭奠我的母亲。并且,我想把父亲接到北京来跟我一起生活。母亲走了,我不能在父亲身上再留下遗憾。尽管我婚姻不幸,至今孤身一人,但是经济条件还算可以,我有一套宽敞的住宅,有一辆中档的小车,如果父亲能跟我来北京,我打算请一个保姆专门照顾父亲的生活。

除此之外,我想回河源,还有另外一个原因。

听大姐说,卓玛前不久跟那个画唐卡的男人离婚了。听到这个消息,我心里突然冒出一个想法。这么多年我身边的女人来来往往,千姿百态,但是卓玛的形象总是挥之不去。可是现在我已经不是从前的我了,卓玛还能是从前的那个卓玛吗?她还能像从前那样待我吗?我没有把握。但是人不能只做有把握的事情。更重要的是,我想找回失去的东西。我的年龄已经不小了,不能再一次失去卓玛。

可是现在,我还无法马上离开北京。因为学校刚刚开学,新生正在报到,我这个系主任无法走开。

这天下午,一个中年女人走进我的办公室。每年新生报到时,都有家长托各种关系找我,为自己的孩子办这样那样的事情,我已经习以为常,也有点儿烦。我一边埋头忙碌,一边招呼那女人说:"请坐

父亲的雪山，母亲的河

吧，有什么事您抓紧时间说，等会儿我还有个会。"

女人没坐，也没有说话，站在那里一动不动。

我抬起头，发现女人有点儿面熟。

"江河，你不认识我啦？"女人笑眯眯地看着我，"我是白玉呀。"

我很惊讶："白玉？你怎么在这里？"

白玉这才坐在沙发上："我女儿考到你们学校了，我来送她。"

我更是惊讶："你女儿都上大学了？"

"我都四十五了，女儿不该上大学？"

我倒了杯茶给她，下意识地朝门口看："你女儿呢？"

白玉接过茶杯说："我没让她来。你要是想见她，以后天天都能看见，她考上的就是你们系。"

"怎么这么巧啊？"

"巧什么巧，就是因为你在这里我才让她报考你们系的，以后孩子也好有你这个主任照应呀。"

"我们这么多年没联系了，你怎么知道我在这里？"

"你二姐江果告诉我的。"

"你认识我二姐？"

"格尔木巴掌大的地方，找个人还不好找？我们俩以前恋爱的时候，你不是说起过你二姐在医院吗，我一找就找到了。"

听她说"我们俩恋爱的时候"，我很不好意思。那可是很久很久以前的事了，我几乎都已经忘记了。我脑子里浮现出从前那个清纯、美丽、羞涩的白玉。但是我无法将眼前这个女人跟从前那个白玉重叠在一起。她们是一个人吗？眼前的白玉依然漂亮，人到中年了身材还保持得很好，有一种成熟女人的韵味和魅力。但是与从前的那个白玉相比，好像又少了点儿什么。

开会的时间到了。我问清了白玉住的地方，说下班后去找她，晚上请她们母女吃饭。然后我就匆匆将她送出了办公室。

晚上，我来到白玉住的宾馆，却不见她的女儿。白玉说："你一个系主任，请学生吃饭不大合适，老师和学生还是应该保持一定的距离。我们俩好多年不见了,也好在一起说说话。"

吃饭的时候,我提议喝点儿红酒,白玉说红酒是你们大城市人喝的,我们青海人喜欢喝白酒。我没想到她变得这样泼辣与豪爽,与从前那个小鸟依人的白玉判若两人。但她是客人,我只好依她。

这些年我喝白酒比较少,酒量也不像在高原当兵那会儿那么好,几杯下去头就有点儿犯晕。我以为白玉挺能喝,没想到她也不行,俩人喝了大半瓶,她的舌头就有些硬了。

我把酒瓶盖拧上。白玉夺过酒瓶,又给自己倒了一杯,说:"我今天特别想喝。你一个大教授,不会付不起酒钱吧?"

我拗不过她,只好硬着头皮陪她喝。

白玉趁着酒劲,向我讲述了她这些年的经历。她和丈夫开始日子过得很平静。改革开放后,丈夫的单位改成了公司,丈夫当了办公室主任,手里有了权。后来丈夫当了公司经理,跟外界交往越来越多,回家的时间就越来越少了。开始她以为他工作忙,没有在意,可是后来有个好姐妹告诉她说,看见她丈夫跟一个年轻女人走进了一个豪华小区。她悄悄跟踪丈夫,结果发现丈夫在那里买了一套房子,那个女人是他养的小蜜。丈夫的秘密被揭穿后,非但没有悔改之意,索性撕破脸皮,直接搬到女人那里去住了。

白玉说着,眼泪就流了下来:"我就是不离婚!我要拖死他!我不能便宜了他,更不能便宜了那个女的……"

我说:"这又何必呢?这样拖下去对谁都没有好处。"

"我以前那样想,现在我不那样想了。世上好男人多的是,我何必在一棵树上吊死……"白玉盯着我说,"听说你离了以后一直没有结婚?"

她明显喝多了,我不想让她继续往下说。我把酒瓶藏了起来。"时候不早了,我们走吧,我送你回去。"

"好,你送我……可是我已经站不起来了……"

我只好扶着她走。她把整个身子靠在我的身上。我将她送回房间,给她倒了一杯水说:"你早点儿休息,我走了。"

父亲的雪山，母亲的河

我刚走到门口，她跑过来抱住了我的腰："你别走，陪陪我……"

我转过身来，拿开她的手，想扶她坐回沙发，她却将双臂勾在我的脖子上，我嗅到了她嘴里呼出的酒气。我将她的双臂从我肩膀上拿下来，她的头却软绵绵地抵在我的胸前。

"你抱抱我好吗？"她靠在我的胸口说，"你从来就没有抱过我……我知道你恨我……你为了我跟人打架，把上军校的机会打没了。可我却在你离开部队的那一天跟别人结婚了……我知道你恨我，可是你不知道，我其实是多么爱你……我爸将我关在屋子里，不让我出门，怕我去见你……我是没有办法啊，我父母几乎跪在了我面前，你说我能怎么办……你别恨我了好吗？"

白玉说着，双手死死地抱住我的腰，伤心地哭了起来。我无奈地抚摸着她抖动的肩头，安慰她说："我不恨你，我从来就没有恨过你，因为你从来就没有答应过我什么。是的，那时我喜欢你，你结婚的那天我退伍离开了格尔木，心里特别难过。现在一切都过去了，不要再提了。"

白玉说："你别以为我喝多了，我没喝多……我是故意要喝酒的，我就是想对你说说心里话，没有酒，我说不出口……现在好了，我终于说出来了……"

我说："时候不早了，你早点儿休息吧，我该走了。"

她死死地抱住我说："你别走，求求你，陪陪我……"

这时，不知怎么，我突然想起了卓玛，我仿佛听到了她的歌声从遥远的雪山飘来。我甚至嗅到了卓玛身上草原的气息，听到了她藏袍上银制饰物相撞的悦耳的声音。我一下子清醒了。她跟马静一样，是对丈夫出轨的一种报复。也许其中隐含着过去的爱，但是这爱早就被岁月稀释得没有多少味道了。我不恨她，但是让我现在接受她，我办不到。我拿开她的双臂，将她扶坐在沙发上，离开了房间。

走在楼道里，我听见了白玉的哭声……

白玉走后不久，我一个人回了青海。我要去祭奠我的母亲，我要去迎接我的父亲。我要去看看我日思夜想的卓玛。

父亲的雪山，母亲的河

在西宁转车时，我去看望了丹增叔叔。他住在干休所里，多年不见，已经苍老了许多。丹增叔叔说，以前还有刘达伯伯给他做伴，俩人经常下象棋，日子还好打发。去年刘达伯伯去世了，他现在一个人感觉特别孤单。他想念父亲，经常给他打电话，想让他来干休所住，可是父亲死活也不愿意来。

丹增叔叔说："有时我想，还不如回河源去呢。"

我说："您已经出来多年了，已经适应了这里的气候，现在年纪大了，千万别再回去了。"

我把想接父亲去北京的想法告诉了丹增叔叔。他摇了摇头说，你爸那倔脾气，是不会跟你去北京的。我说我妈走了，我担心他一个人孤单。再说他年纪大了，总是待在高原也不是个事儿。这一回，我背也要把他背到北京去！丹增叔叔笑笑说，你爸那么听你妈的话，你妈一辈子也没有把你爸劝离开河源，你能行？我说我想试试。丹增叔叔说，我看有点儿难。但是想让他离开河源，倒有个办法。

"什么办法？"我好奇地问。

丹增叔叔看了看我说："你还记得你央金阿姨吧？"

"当然记得。她现在不是在格尔木吗？"

"是在格尔木，她已经退休了。她一直喜欢你爸，你不知道吧？"

"这个我倒没看出来。"

"说来也有意思，年轻的时候，你爸想把你央金阿姨介绍给我，她怎么会看上我呢？我早就看出来了，她心里只有你爸。"

"可是，我爸一直对我妈很好啊。"

"是啊，你爸很爱你妈，所以你央金阿姨一直没有再结婚。"

"真有这事？"

"我们几个在一起共事多年，我能看不出来？我想你爸心里也明白，可是他一直装糊涂。你央金阿姨呢，也只是藏在心里，从不外露。我的意思是，现在你央金阿姨是一个人，你爸也是一个人，如果你爸能到格尔木跟你央金阿姨一起生活，你姐姐江果一家又在那里，这样相互有个照应，这不是一件很好的事情吗？"

父亲的雪山，母亲的河

"好事倒是好事，就是怕我爸不同意。他对我妈感情很深，可能不会接受这样的事情。"

"人老了，也就是个伴，啥感情不感情的。你妈如果在天有灵，也会同意的。"丹增叔叔说，"他如果不跟你去北京，你就给他做工作，让他去格尔木跟你央金阿姨一起生活，看他怎么说。"

"我一个做儿子的，这种话我可说不出口，要说还是您说。"

"我早就给他们分头打过电话了，你央金阿姨没说什么，可是你爸那头就是不同意。我估摸着，他是不是怕你们儿女不同意？所以，我才让你回去做他的工作呢……"

三十四

我回到河源的第一件事，就是跟随父亲去祭奠母亲。

母亲的墓地靠近黄河。草原异常寂静，河水静静流淌。到了夜里，河水的声音会变得响亮。有了河流的声音，母亲就不会寂寞了。也许这就是父亲当初要将墓地选在河边的原因。母亲的坟头长满了格桑花，远远看去，像是一个美丽的花冠。

母亲的坟旁有一座空坟，那是父亲给自己挖的。

再往北一点，是父亲从前那两个战友的坟墓。五十多年过去了，它们还像新坟一样。看来父亲最近刚刚整修过。

祭奠完母亲，我们照例祭奠了父亲那两个战友，还有巴颜喀拉雪山上的三个藏族烈士和阿尼玛卿雪山上的二姐江果的爸爸。我从大姐那里已经知道了二姐的身世，我为二姐找到了亲生母亲高兴，发自内心地对父亲和母亲产生了无限的敬意。现在才理解了父亲为什么对二姐那么好。

尽管高原的初秋已经有了寒意，但是下午的阳光很好，照在身上暖洋洋的。秋风习习，草原上弥漫着花香和青草的味道。我和父亲盘腿坐在母亲坟前，喝着青稞酒，进行着我们父子有生以来的第一次长谈。或许是人老了，或许是因为在母亲的墓前，一辈子沉默寡言的父亲，那天下午的话特别多。父亲讲了他前半生的故事，讲了他和母亲的故事。父亲时而高兴地笑，时而伤心地落泪。

父亲说："你不知道，你妈年轻时有多漂亮！到现在，我还能记得她那时的模样，能闻到她身上麦秸的味道……"

说起母亲，父亲满脸的幸福。趁着父亲高兴，我对父亲说了想接他去北京的想法。父亲一直沉浸在对往事的回忆之中，尽管脸上带着幸福的笑容，但是他还是坚决地摇了摇头。

我说："我知道您不想离开河源，是因为雪山上的战友。可是他们被积雪掩埋了几十年，也许永远也不会找到了。"

父亲平静地说："可是我知道，他们就在那里。"

他抬头仰望着雪山，眼睛眯成一条缝，仿佛那些昔日的战友就站在那里等待着他。高原的风在父亲的眼角刻下了深深的皱纹，紫外线将他的脸颊抚摸成了青铜色，看上去像是一尊铜像。

我说："您已经守了他们一辈子，也对得起他们了。"

父亲从雪山收回目光，平静地看着我说："这跟他们没有关系，我只想对得起自己的良心。如果我走了，我的心就不会安宁。人能躲过事，但躲不过自己的心。今年夏天我还带着县里的年轻人上山挖过他们，可是没有成功。明年等天气暖和了，我还要去挖他们。"

"人能躲过事，但躲不过自己的心。"父亲的话说得多好啊，已经有了哲学的味道。但是我劝父亲说："您都这把年纪了，别再去雪山了，多危险啊。"

"我这把老骨头硬着呢，没事。老天给我留下的日子不多了，我想在去陪你妈之前完成这个一生的心愿。老天爷看到我这么真诚，说不定会帮我。"父亲抬头看了一眼母亲的坟头，又看了看自己的空坟，接着说，"等我完成了这个心愿，我就来陪你妈。你妈陪了我一辈子，我得陪她下辈子。"

看着父亲脸上坚毅的表情，我知道自己无法说服父亲。我想起了丹增叔叔的话，于是拐弯抹角地说了那意思。

"我一听就知道是你丹增叔叔的主意。"父亲笑着说，"这个老家

父亲的雪山，母亲的河

伙，他真能想得出来。"

我说："丹增叔叔也是一片好意。您不跟我去北京，我也不勉强，您如果能跟央金阿姨待在格尔木，有二姐照顾，我也就放心了。"

"我在这里有你大姐他们，你有什么不放心的？我哪儿也不去，就在这里陪我的战友，陪你妈！"父亲叹息一声说，"我这一辈子挺对不起你妈。你妈有许多机会可以离开河源，都被我强留了下来。实话告诉你吧，我年轻的时候很自私，不想让你妈离开河源是担心你妈会离开我。因为她太漂亮、太优秀了。我只有把她留在河源这个偏僻的地方，她才能永远不离开我……"

父亲的话让我很惊讶。

父亲笑了，接着说："当时我们都年轻，我这个没有文化的粗人，能娶了你妈这个有文化的小美人，怎能不担心呢？你也别笑话你爸，男人嘛，在这个问题上都有点儿小心眼儿……"

父亲的坦诚让我感动。

父亲问起我和马燕的事情，我说她早就结婚了，还生了一个儿子。我的话戳到了父亲的痛处，他叹息一声说："你别再折腾了，找个本本分分的女人早点儿结婚，给我生个孙子。我已经老了，你再不抓紧点儿，恐怕我就见不上孙子了。"

我很惭愧，觉得很对不起父亲。"我一直在努力，我尽快。"

父亲说："我早就说过，城里的女人靠不住，你就是不听嘛。现在明白了吧？当时你要娶了卓玛……"父亲叹息一声说："唉，卓玛那孩子命苦，又离婚了，都是你小子害的！"

我不好意思地低下了头。

父亲说："你小子要是有良心，明天就去找卓玛！"

这时太阳落山了，河面上起了一层白雾，像母亲温暖的呼吸。我似乎感觉母亲还活着，就在这草原上，只是我看不见她而已。

第二天，我去了嘉措镇。但是我没有直接去找卓玛，我先到了大姐江雪家。大姐不在家，姐夫格桑刚从外面回来。卓玛的事我不好跟姐夫说，只好等大姐回来。

姐夫现在不在农牧局了，调到民政局当局长，最近正忙着牧民搬迁的事。近几年河源发展很快，但是由于自然和人为的因素，草地退化沙化比较严重，草原鼠害猖獗，水土流失面积不断扩大，对黄河上游的生态环境造成了很大危害。扎陵湖是河源自然保护区的核心地区，也是草原生态环境恶化最为明显的地区。三年前，河源县就开始大规模地实施退牧还草计划。县里将姐夫调到了民政局，专门负责牧民迁移工作。有政府提供住房、生活补助等优惠政策，牧民们开始自愿地从草原向城镇迁移。去年，国家投资七八十个亿，用于三江源生态保护和建设项目。目前，河源县境内已经有近千户牧民搬迁到了城镇，五百多万亩天然草原得以休养生息。

说起牧民迁移的工作，姐夫格桑滔滔不绝，他说："到明年6月底，我们就会有一万五千户牧民从生态恶化严重的地区搬迁出来，住进新建的城镇。再过三年，按照国家的保护计划，整个三江源地区实施搬迁的藏族牧民人口将达到十万人……"

姐夫正说着，大姐回来了。吃过午饭后，姐夫急急忙忙地走了。我向姐姐说了我的心思。

姐姐一听我的意思，十分高兴地说："你早就应该这样了。"可是她马上又犹豫起来，"不过，我最近看见那个'黑颈鹤'经常跟卓玛在一起，不知道他们是不是……"

我问："'黑颈鹤'是谁？"

大姐说："'黑颈鹤'是从州里来的一个研究黑颈鹤的技术员，是个汉族人，老家好像在安徽，听说大学毕业后自己要求来青海。他叫什么名字我不知道，大家都叫他'黑颈鹤'。他几年前就跟妻子离婚了，一个人跑到我们河源来了，好像正在追求卓玛……"

我马上烦躁起来。管他黑颈鹤白颈鹤，我要去见卓玛。我不能再失去卓玛了！我朝卓玛家走去。

离卓玛家还有很远，我看见一个男人正在帮卓玛往家里搬运草料。我收住了脚步，躲在一座房子后面，痛苦地看着他们。我没有勇

父亲的雪山，母亲的河

气走过去。那个男人恐怕就是大姐说的"黑颈鹤"。看着卓玛开心的样子，也许是因为她已经找到了自己的幸福。我没有理由再去打搅她，更没有资格去干涉她的生活。

但我仍不甘心。黄昏的时候，我看见"黑颈鹤"一个人在扎陵湖边忙碌，我鼓起勇气走了过去。"黑颈鹤"确实很黑，但是皮肤很有光泽，看上去比我年轻，四十岁的样子。我做了自我介绍。

"黑颈鹤"惊讶地看着我："原来是你呀，卓玛经常说起你，说你是河源出去的最有出息、最有学问的人。"

卓玛经常提起我？看来她没有忘记我。我掩饰住内心的激动，语气平静地对"黑颈鹤"说："你才是有学问的人，听说你放弃了城里优越的生活，专门跑到我们河源来研究黑颈鹤？"

"黑颈鹤"很憨厚地笑了，说："我喜欢黑颈鹤。我每天都要来巡湖，一天看不见黑颈鹤，心里就特别不踏实。"

"黑颈鹤"说，他刚来的时候，黑颈鹤只有二十一只，现在已经有一百六十九只了。他说他几乎能认出每一只黑颈鹤，哪天多了一只，哪天少了一只，他都知道。他说黑颈鹤的成活率很低，到了繁殖季节，他每天都要巡湖，以防人们干扰黑颈鹤的生活。

黑颈鹤我从小就熟悉。它们全身灰白，脖子和腿很长，头顶是血红色，除眼后和眼下有灰白色斑点外，头上的其余部分和脖子以上大部分为黑色，所以叫黑颈鹤。藏族人把黑颈鹤叫"青庄""冲虫"。黑颈鹤是国家一级保护动物，每年夏天在青藏高原繁殖，冬季去南方越冬，4月份再飞回河源，在草甸和扎陵湖、鄂陵湖活动，选择安全的地方繁殖生育。远行时，黑颈鹤会排成"一"字纵队或"V"字队形，到达目的地后分群配对，然后成双成对地生活。

不远处的湖边，有两只黑颈鹤正在觅食。它们一会儿伸颈低头，一会儿又仰首长鸣，绕着大圈追逐嬉戏。那只雄鸟展翅跳跃，绕着雌鸟兴奋地奔跑，尽情展示着它的雄姿。

我问"黑颈鹤"："你打算在这里一直待下去？"

"黑颈鹤"说："本来我的研究计划已经结束了，打算回州里去，可是后来认识了卓玛。你知道的,卓玛是河源县最漂亮最善良的女人,所以我就改变了计划……"

我心里像刀扎一样疼痛。"这么说,你打算娶卓玛?"

他笑了起来,反问我:"你不觉得我应该娶她吗?"

"当然,应该。"我听见自己的声音在颤抖。

他看着我:"你怎么了?身体不舒服吗?"

我支吾着说:"可能是刚回来,有点儿高原反应。"

他说:"秋天了,天气冷了,你该多穿点儿衣裳……"

第二天傍晚,我听见有人在我家屋后的河边唱歌:

> 雪山的狮子去年就去了,
> 雪山一直等你到今年,
> 狮子啊,你不要耽搁,
> 请你快些回来,
> 积雪一直等你不会变。
>
> 扎陵湖的黑颈鹤去年就去了,
> 扎陵湖一直等你到今年,
> 黑颈鹤啊,你不要耽搁,
> 请你快些回来,
> 湖水一直等你不会变。
>
> 姑娘的情人去年就去了,
> 姑娘一直等你到今年,
> 情人啊,你不要耽搁,
> 请你快些回来,
> 姑娘一直等你不会变……

父亲的雪山，母亲的河

那歌声是那样的耳熟。是卓玛！一定是卓玛！

我的泪水奔涌而出。我奔出屋门，跑向河边。卓玛站在她从前常站的地方，面向静静流淌的黄河在唱歌。西天的晚霞绚丽无比，裁剪出卓玛袅娜的身影。我跑过去，朝着她的背影喊：

"卓玛！"

卓玛转过身来，珊瑚耳环欢快地晃动了一下，她朝我嘻嘻笑了起来："你认错人了，我不是卓玛。"

我仔细一看，是一个酷似卓玛的小姑娘。

小姑娘说："我是卓玛的女儿，我叫拉姆。你是江河叔叔吧？我阿妈经常说起你。"

我很尴尬："你怎么一个人在这里唱歌？"

拉姆说："我经常站在这里唱歌。阿妈说，站在河边唱歌，河水就会把我的歌声带到很远很远的地方。"

我由衷地说："你刚才唱的歌真好听！"

拉姆说："是我阿妈教我的，这歌也是她自己编的。"

我惊讶地问："是吗？这歌叫什么名字？"

拉姆自豪地说："叫《雪山的狮子》，好听吗？"

我说："好听！太好听了！就是有些伤感，让人听着想流泪。"

拉姆说："是呀，我阿妈每次唱的时候都要流泪，有时一流泪就唱不下去了。我说阿妈你别唱了，我来唱吧，阿妈就教我唱。这歌尽管很感人，但我唱的时候从来不流泪。我不知道阿妈每次唱的时候为什么要流泪。阿妈唱得才好听呢，可惜她一辈子没有离开过河源，要不然，她一定能在城里的比赛中拿大奖。"

我问拉姆："你有没有想过，去雪山外面参加比赛？"

拉姆不好意思地低下了头，说："我今年考过音乐学院，可惜没有考上……"

我说："没考上没关系，许多有才华的歌唱家都没有上过大学。像你这么好的嗓子，是地地道道的原生态，很有希望拿到大奖。怎么样，跟叔叔去北京参加比赛好吗？"

"好啊好啊!"拉姆兴奋地跳了起来,但接着情绪马上又低落了下来,"我阿妈不会让我去的,她说城里很乱,她不放心……"

我说:"我明天去跟你阿妈说。"

拉姆说:"我阿妈去商场买东西了,让我在这里等她,她马上就会回来,等会儿你见了她,就跟她说呗?"

我说:"好,我们在这里等她。"

正说着,卓玛真的就来了。拉姆悄悄对我说:"我先走了,你跟我阿妈好好说说,可别说是我想去。"说着就跑了。

卓玛朝拉姆喊:"你跑什么呀?"

拉姆边跑边朝妈妈笑着说:"江河叔叔对你有重要的话要说。"

我和卓玛面对面站着,俩人都有些尴尬。

卓玛说:"你回来了。"

我说:"回来了。"

我本来想告诉卓玛我早就离婚了,我这次回来就是想娶她。可是想起那个"黑颈鹤",我把想要说的话咽了回去。

我说:"拉姆歌唱得真好,很有天赋,我想带她去北京参加原生态歌手比赛,说不定将来会有大发展,你同意不同意?"

卓玛说:"你觉得行,就带她去吧,让你费心了。"

卓玛看着我,我也看着卓玛。但是天色越来越暗,我看不清她脸上的表情。我们站了一会儿,都很尴尬,然后匆匆分手了。

几天后,我带着拉姆回到了北京。

三十五

第二年夏天,父亲突然去世了。

大姐说,父亲是在去雪山挖掘那三个藏族兄弟的路上,突发心肌梗死而去世的。当时所有人都劝他别去,可是固执的父亲非要去。那时父亲已经很老了,走路已经有点儿蹒跚了。

父亲的雪山，母亲的河

父亲说："今年的夏天比往年炎热，从来没有遇到过这么炎热的夏天。雪谷里的冰雪该融化了，这次我一定能挖出那三个藏族兄弟。"

父亲说："我挖了一辈子也没有把他们挖出来，我不甘心啊。"

父亲说："我一天天老了，剩下的日子不多了，这是我的最后一次机会了。"

大姐哭着求他也没有用，他还是骑着马走了。

父亲在姐夫格桑的陪护下骑马上了雪山。刚走到雪山谷口，父亲就不行了。父亲说："格桑啊，我感觉头晕胸闷，有点儿恶心，我们坐坐再走吧。"姐夫格桑将父亲扶下马，让父亲坐在一片开满格桑花的草地上。父亲这一坐下，就再也没有起来……

当时，青藏铁路刚刚建成通车。二姐夫正在北京参加总结表彰大会。他已经是高级工程师，因为对青藏铁路的贡献而享受了国务院特殊津贴。接到大姐的电话后，我跟二姐夫乘坐北京直通拉萨的火车，匆匆往河源老家赶。

我们在格尔木与二姐、央金阿姨、丹增叔叔会合，换乘汽车赶往河源。文静阿姨——二姐的母亲也想去为父亲送行，但是二姐没让她去。因为她有严重的高血压，到高海拔地区去会很危险。

我们将父亲掩埋在他自己两年前就已经挖好的坟墓里。清冽的黄河在不远处默默地流淌。正是格桑花盛开的季节，空气里弥漫着浓得化不开的花香的味道和河水的味道。

下葬前，央金阿姨拿出一件叠得整整齐齐已经发白的陈旧的老式军衣。我清楚地看见，那军衣的一只衣袖上有一个枪眼。

丹增叔叔说："五十多年，你还留着它？"

央金阿姨抚摸着军衣，淡淡地笑了笑说："它跟了我一辈子，我走到哪儿就带到哪儿，现在也该还给他了。"

丹增叔叔叹息着摇了摇头："央金啊央金……"

央金阿姨转身对我们说："孩子们，我告诉你们吧，这件军衣是你们父亲的。五十四年前，你们的父亲为了救我，胳膊上挨了一枪。你们看，这衣袖上还有枪眼呢。你们的父亲是我的救命恩人，我一直保留着这件军衣,现在,我想把它还给你们的父亲,行吗?"

我们姐弟三个相互看了一眼,然后朝央金阿姨点点头。

央金阿姨眼睛潮湿了,说了声"谢谢",然后小心翼翼地将军衣放进父亲的棺木。我看见她的泪水像散落的珠子一样掉了下来,滴落在父亲的墓穴里……

那天傍晚,我看见央金阿姨一个人站在河边,酷似母亲以前在河边站立的姿势:端着肩,挺着腰,头上的白发迎风飘动。她面对着的正是父亲和母亲坟墓的方向。

我走过去,对她说:"天黑了,外面凉,我们回去吧。"

听到我的声音,她用衣袖擦了一下眼睛,转过身来,不好意思地对我说:"人老了,就特别容易激动。"

我说:"您跟我爸妈相处了一辈子,经历了那么多的事情,也吃了那么多的苦,感情很深,我能理解……"

她说:"尽管这些年我跟你父母不常在一起,但我知道他们就在河源,所以也没有觉得孤单过。可是现在他们一个个地都走了,我真的觉得很孤单……阿姨不是怕死,阿姨就是心里难过……"

我说:"阿姨,我想问您一个不该问的问题:您年轻的时候是不是喜欢过我爸?"

她不好意思地笑了。这个问题也许让她很难回答,但是她停顿了一下,还是回答了我:"我不是年轻的时候喜欢,我一直都喜欢你爸。阿姨这么说,你不会笑话阿姨吧?"

我说:"当然不会。我理解您的感情,尊重您的感情。"

她说:"你既然提起了这个话题,我就索性把藏在心里几十年的话告诉你吧。如果你爸在天有灵,能听见我的话,那就更好了。你爸是我见过的最耿直、最善良、最重感情、最有责任感的男人。当时我才十七八岁,一见面我就喜欢上了他。你不知道,你爸那时穿着军装,腰里别着手枪,看上去好威风啊!后来他为了救我,胳膊上挨了一枪,我就更喜欢他了。可是那时我已经是嘉措头人的女人了,不能表露出来,只能在心里偷偷喜欢他。后来嘉措头人被工布头人打死

父亲的雪山，母亲的河

了，我心里就盼望着能嫁给你爸。那时你妈还没有来河源，我不知道他已经结婚了……

"有一次，我跟他去工布庄园给一家牧民送粮食。我们骑着马，走在草原上。他在前面，我跟在后面。他的后背是那么宽厚、那么挺直，我真想将自己的脸贴在那后背上。我这样说，你别笑话我，当时我真的就是这样想的。现在老都老了，我也不怕害羞了。可是他一路上很少跟我说话，板着个脸，一个人走在前面，好像根本就没有我这么个人。我装着从马背上掉了下来，倒在了草地上。他跳下马，跑过来问我怎么了，想把我扶起来。我也顾不了脸面，一下子就抱住了他。他很生气地推开我，一句话也没说就走了。从此，他就再也不跟我单独出去了。

"还有一次，我在半路上遇见了他。他想躲开，我拦住了他。我问他：'你是不是讨厌我？'他看也不看我说：'你帮政府做了很多事，我们是革命同志，我咋会讨厌你呢？'我生气地说：'那你干吗老躲着我？难道我长得很丑吗？'他黑着脸说：'你是河源最漂亮的女人。'一听这话，我高兴极了，问他：'那你喜欢我吗？'他说：'我不能喜欢你，因为我有老婆，我很喜欢她。'听到这话，我几乎昏厥过去……

"等你妈带着你的两个姐姐来到河源——那时还没有你呢，我一看见你妈，就知道你爸为什么那么喜欢她了。你妈才是河源最漂亮的女人。说实话，刚开始我很嫉妒你妈，不仅是嫉妒，还有一种无缘由的怨恨。因为她比我漂亮，比我有文化，比我儒雅，就是说话的声音也比我悦耳动听。在她面前，我相形见绌。我知道，这辈子也不可能得到你爸了。但是我没有办法，我就喜欢你爸，除了你爸我没有喜欢过任何一个男人。这就是我一辈子没有再嫁的原因……

"日子长了，我就不怨你妈了。她没有错呀，人长得漂亮，让男人死心塌地地爱她是她的错吗？我怨你妈没有道理。后来，我跟你妈接触多了，发现她确实是个好女人，值得你爸那么去爱。而且你妈也很爱你爸。尽管她嘴上对你爸很厉害，但心里还是很爱你爸的。我是女人，这一点不难看出来。所以，我就打消了过去的念头，把对你爸的感情一直掩藏在心底。

"你妈去世后,你丹增叔叔曾经想把我跟你爸撮合在一起,我当然愿意啊,年轻时候没有嫁给他,老了能在一起做伴也算是缘分,当然也了却了我一生的心愿。可是你爸他不愿意……"央金阿姨叹息一声说,"他不同意,我当然很伤心,但是我并不怨他。你爸对事业,对爱情,对友情,对亲情,对一切都很认真、很忠诚,很有自己的原则,这让我更敬佩他。我一生最羡慕的人就是你妈,她遇到了一个好男人,所以她很幸福……"

天色暗淡,河边越来越冷。我说:"我爸我妈有您这么一个好朋友,也是他们的福分。阿姨,天冷了,我们回去吧……"

早在半年前,拉姆就告诉我说,她阿妈没有跟那个"黑颈鹤"结婚。拉姆这丫头很鬼,用一种奇怪的眼神看着我说:"我阿妈没有结婚,我想接她来北京,打理我们的'拉姆小屋'。"

拉姆老在我跟前提起她妈,这丫头的意思我明白。

我去年将拉姆带回北京后,让音乐学院的一个教授朋友单独辅导了她一段时间,拉姆进步很快,参加了原生态歌手比赛,演唱的是她母亲卓玛教她的那首《雪山的狮子》,取得了第二名。

我跟拉姆商量,决定让她留在北京发展。我用自己的积蓄,在后海帮拉姆开了一个藏族饰品小店,起名叫"拉姆小屋"。拉姆一边经营她的小店,一边在音乐学院进修。

这次我回河源时,拉姆托我回来时一定将阿妈带回北京。她说她要专心学习,想让阿妈帮她照看小店。这丫头的心思我明白。可是我怎么对卓玛说呢?她愿意跟我去北京吗?还有,卓玛跟那个"黑颈鹤"为什么一直没有结婚?

我去问大姐江雪。

大姐说:"你这个傻瓜,那还不是因为你?你去年带拉姆走后,我忍不住告诉卓玛你早就离婚了,而且那次回来就是为了见她。卓玛一听就哭了,哭得伤心极了,说她并不爱'黑颈鹤',她没有拒绝跟

父亲的雪山，母亲的河

他来往，是因为他跟你一样也是文化人。她说她一直都爱着你，从来没有变过心。从那以后，卓玛就不再跟'黑颈鹤'来往了，'黑颈鹤'很伤心，一个人回城里去了……"

我眼前一片模糊。

大姐说："我刚才看见卓玛背着一个木桶，去扎陵湖边了，你这个傻瓜，还不赶快去！"

我醒过神来，转身朝扎陵湖跑去……

2008年3月—9月　草拟于北京小关
2009年4月—5月　修改于乌鲁木齐